므짓도

므깃도 1

이황주 퓨전 장편 소설

초판 1쇄 찍은 날 § 2005년 7월 15일
초판 1쇄 펴낸 날 § 2005년 7월 25일

지은이 § 이황주
펴낸이 § 서경석

편집장 § 문혜영
편집 § 장상수 · 서지현 · 최하나

펴낸곳 § 도서출판 청어람
등록번호 § 제1081-1-89호
등록일자 § 1999. 5. 31
어람번호 § 제1-0617호

주소 § 경기도 부천시 원미구 심곡1동 350-1 남성B/D 3F (우) 420-011
전화 § 032-656-4452   팩스 § 032-656-4453
http://www.chungeoram.com
E-mail § eoram99@chollian.net

ISBN 89-5831-606-3 04810
ISBN 89-5831-605-5 (세트)

므깃도

이황주 퓨전 판타지 소설

FUSION FANTASTIC STORY

1

Puis de nouveau les guerres suscitées.

도서출판 청어람

 Contents

凡所有相 皆是虛妄
若見諸相非相 卽見如來
있는 것을 있다고만 보지 말아야 한다.
없는 것을 없다고만 생각해서는 잘못이다.
모든 있는 것은 언제고 없어질 것이며 그 자성(自性)이 없다.

금강경에 있는 말씀이다.

요즘 되새김질하고 있는 구절이다.
그런데 잘 실감으로 와 닿지 않는다.
내 앞에 인터넷으로 연결된 노트북이 있고 책상의 대리석 돌판이 차가운
촉감으로 팔꿈치에 너무나도 선명하게 느껴지고 있는데 이것들이 허상(虛像)

이라니……? 이 무슨 귀신 씻나락 까먹는 소리란 말인가.

그러나 어느 순간부터 점차 이 세상 모든 것들이 내 마음에서 만들어낸 가짜라는 것을 조금씩 눈치채기 시작한 것이다.

아마도 도(道)의 끝자락을 잡기 시작한 것일지도 모른다.

난 기독교인도 아니고 불교인도 아니다.

오늘도 용인의 산속에서 성경책과 금강경에 빠져들다가 문득 고개를 들어 푸른 산맥들이 굽이쳐 흘러내리는 것을 넋 놓고 바라보곤 한다.

므깃도(Megiddo)는 갈멜 산맥의 북쪽편에 있는 이스르엘(Jezreel 또는 Esdraeron) 평원과 남쪽의 샤론(Saron) 평야가 만나는 갈멜 산맥의 횡단도로의 입구에 위치하고 있다.

고대 세계에서는 아프리카(Egypt)와 아시아(Syria)를 연결하는 교차 지점이어서 나일(Nile) 강과 유프라테스(Euphrates) 강의 두 문명권 세력이 부딪치는 곳이었다.

이집트의 도드모스 3세(Thothmes, BC 1500)는 '므깃도는 천(千)의 도시의 가치가 있다' 고 말했다고 전한다. 그는 에티오피아를 종속시키고 이 므깃도를 장악함으로써 북으로 유프라테스까지 지배하여 사상 최초의 대제국을 건설했다.

그 후에도 지중해 연안의 비옥한 땅을 차지하려고 동서남북의 세력국들이 이 므깃도에서 자주 충돌하여 스물네 번이나 파괴되고 재건되었다.

히브리어로 '므깃도의 언덕' 이라는 뜻을 지닌 하르마게돈(Harmagedon)에서 유래한 것으로 보이는데 이 말은 성서에 딱 한 번 나온다. 신약성서 요한계시록(16:16)이다.

그래서 아마겟돈이라 함은 세계 역사의 종말에 악을 상징하는 마귀 측의 왕들과 선을 상징하는 하나님 세력 간의 결전장을 일컫는다.

현재 므깃도는 많은 옛 문화의 역사를 땅 속에 묻은 채 폐허가 된 언덕 유적지에 돌무더기만 남기고 있었다(눅19:40).

그러나 므깃도(Megiddo)는 세상의 끝 날, 곧 전능하신 하나님의 큰 날에 일어날 대전(大戰)을 위하여 악령들이 세상의 왕들을 모을 장소의 이름으로 기록된 성경의 '예언(요한계시록16:12~15,16)' 을 기억하게 하고 있었다.

'세 영이 아마겟돈(Armageddon, 므깃도 산의 다른 이름)이라 하는 곳으로 왕들을 모으더라(계16:16).'

第1章
부활(復活)

Les fléaux passées diminue

6651

By three seas, one country shall be born

3면이 바다인 곳에서 한 나라가 탄생할 것이다.

Its fame, praise, reign, and power shall be increased

이것의 명성, 찬미, 지배, 그리고 힘은 증가하게 될 것이다.

Through land and sea, and through conquest of Oriental storms

땅과 바다를 통해서, 그리고 동양의 폭풍의 정복을 통해서

In Asia shall appear

아시아에서 나타날 것이다.

The one of the lineage issued from the great Hermes

혈통의 누군가 위대한 헤르메스 신으로부터 태어날 것이다.

And over all the Kings of Orient he shall increase

그리고 동양의 모든 왕들을 지배하여(넘어서) 그는 강해질 것이다.

―노스트라 다무스 예언서 중에서.

Act *1*

“사건 번호 98고합 321호 직계 존속 살인. 피고인 유한상.”

김기출 부장판사는 판결문을 읽다가 고개를 들어 수갑을 차고 앉아 있는 열여덟 살의 창백하고 파리한 얼굴의 유한상을 내려다보았다.

마르고 큰 키, 입술은 긴장으로 인해 하얗게 말라붙어 있고 포승줄로 두 팔이 단단히 묶여 있을 뿐 아니라, 손목에 수갑까지 채워져 있는 그의 손이 가늘게 떨리고 있다.

김기출 부장판사는 피고인과 같은 나이인 자신의 둘째 아이를 떠올리며, 유한상에게 사형 언도를 내리고 있는 자신의 직업에 대해 문득 회의가 들었다.

“본 재판부는 피고인이 잔인한 방법으로 친부모를 살해한 것은 사회적으로 용납할 수 없는 반인륜적 범죄이고, 일가친척 또한 피고인에 대해 엄벌에 처할 것을 원하는 바…….”

김기출 부장판사는 중간에 말을 끊고 숨을 한 번 몰아쉬고 다시 판결문을 읽어 내려갔다.

“형법 제250조 2항 존속 살인에 관한 죄를 적용, 피고 유한상을 사형에 처한다.”

땅땅땅!

어금니를 물고 눈을 질끈 감는 유한상의 얼굴 위로 기자들의 카메라 프레쉬 불빛이 무차별로 쏟아졌다.

바로 작년 9월, 교수이던 자신의 부친과 부동산업을 하던 자신의 모친을 망치로 살해하여 온 나라를 벌집 쑤셔놓은 듯 만들었던 장본인이니만큼 방청석에서는 각 신문사며 잡지사, 방송국들의 취재 기자들이 가득했다.

경기도 의왕시 포일동 산 18-1번지.

사방이 산으로 둘러싸여 공기가 맑기로 소문난 이곳엔 재벌 총수에서 군 참모총장, 장관, 국회의원 등 소위 힘깨나 쓴다는 이들이 한동안 머물다 간 유명한 ‘호텔’이 있다. 심지어 노태우 전 대통령도 2년여나 이곳에서 수양했고, 한때 ‘황태자’로 불리던 몇몇 인사들도 잠시 주소지를 이곳에 두었다.

이곳이 바로 1908년 경성 감옥으로 문을 열고 1987년 서대문에서 이사 온 서울 구치소였다.

한없이 기다란 복도, 한쪽으로는 밖을 볼 수 없는 천장에 붙은 좁은 창문이 나 있고, 맞은편으로는 수감방사들의 문들이 일렬로 나란히 나 있었다.

그 복도의 끝, 24시간 3교대로 당직을 서고 있는 교도관의 책상이 있고, 그곳을 꺾어지면 독방(獨房)들이 있다.

문제나 말썽을 일으킨 수감자들을 가두어놓는 아파트 현관 문짝 두 개를 합쳐 놓은 크기의 좁디좁은 독방이었다.

유한상은 그 좁은 독방 안에서조차 수갑을 차고 있었다.

머칠 전 타월을 찢어 묶어 끈을 만들어 철창에 목을 매달아 자살하려 했다가 미수에 그쳤기 때문이다.

결국 독방으로 옮겨져 CC카메라에 의해서 24시간 감시를 받아야 하는 신세가 됐다.

한상은 퀭한 눈으로 등을 벽에 기대고 맞은편 벽을 우두커니 바라보고 있었다.

폭이 워낙 좁기 때문에 발바닥이 벽에 닿아 있었다. 문 안쪽 구석으로는 손바닥만한 화장실과 수도가 있었다.

결국 자신이 예상했던 대로 사형(死刑)을 언도받은 것이다.

다시 한 번 진저리가 쳐졌다.

사형이 집행되기 전까지 하루하루 기다린다는 것은 더 끔찍한 지옥이었다.

하루하루가 끔찍한 형벌인 것이다.

한상은 독한 눈빛으로 이를 갈았다.

'자살을 할 거다, 씨발놈들아!'

죽을 방법은 머리를 벽에 부딪치는 방법과 혀를 깨물어 잘라내 죽는 방법, 그리고 마지막으로 숨을 멈추고 쉬지 않는 세 가지 방법이 있었다.

사형 집행을 당하는 날까지 사느니 자살하는 게 나았다.

밤마다 숨을 멈추고 스스로 질식해 죽으려고 시도했지만 실신 지경까지 갔다가 실패하곤 했기 때문에 두 번째 방법인 혀를 깨물어 잘라내는 방법을 쓰기로 결심했다.

자신을 비추고 있는 천장에 붙은 감시카메라를 올려다보았다.

두꺼운 아크릴판 속으로 카메라가 보호되고 있었다.

좁은 방 안에서 카메라의 감시를 피할 수는 도저히 없었다.

밤이 되길 기다렸다가 잠자는 척하면서 혀를 잘라 끊어버리면 다량의 출혈로 인해 아침에는 죽어 있을 것이다.

혀를 깨물었지만 결국 교도관에게 발견되었고 너덜거리는 혀를 더 이상 깨물지 못하도록 턱을 잡힌 채 개처럼 의무반으로 끌려갔다.

"죽일 것을 뭐 하러 수술하느냔 말야 개자식들아, 그냥 둬!"

입에서 흘러나온 피로 온통 앞가슴을 적신 채 발버둥 치는 한상을 마취시키고는 봉합 수술을 해버렸다.

놈들은 죽일 때 죽이더라도 멀쩡하게 고쳐 놓고 죽일 작정인 것이다.

더욱 감시가 심해졌고 입에는 재갈이 물려졌다. 결국 한상은 자신 스스로 죽는 것을 포기해야 했다.

마지막 사형 판결을 받은 지도 몇 달이 흘렀다.

차라리 빨리 형이 집행되어 이 좁은 우리에서 영혼이라도 벗어나고 싶었다.

하지만 한편으로는 죽고 싶지 않았다.

결코!

개처럼 이 좁은 시멘트 상자 안에서 평생을 살더라도 결코 죽고 싶지 않았다.

그래서 개똥밭에 굴러도 이승이 좋다고 말하는지도 몰랐다.

손바닥만한 햇볕이라도 쬐이고 싶었다. 머리카락을 흩날리게 했던 자연의 바람이 너무 그리웠다.

이곳의 공기는 눅눅하게 영원히 정지된 듯해 숨이 막혔다. 사형 집행이 되기도 전에 미쳐 버리고 말 것이라고 한상은 스스로 생각했다.

저벅저벅!

문밖에서 교도관의 발자국 소리가 들리더니 철커덕! 하는 소리와 함께 문을 여는 소리가 들렸다.

한상은 자신도 모르게 소스라치게 놀라 벽에서 등을 떼었다.

"유한상, 접견(接見)."

"저, 접견 시간은 끝났잖습니까?"

유한상은 일그러진 얼굴로 더듬었다.

사형을 집행하려는 것인지도 몰랐다.

"걱정 마, 오늘은 아니니까."

교도관은 안심하라는 듯 씨익 웃어 보였다.

"정말… 이죠?"

새파랗게 질린 한상의 얼굴에 믿지 못하겠다는 듯한 불신감(不信感)이 떠올랐다.

죽기 위해 자살하려고 발버둥 치다가도 막상 사형 집행이라는 것을 생각하면 끔찍하게 두려웠고 잠이 들다가도 벌떡 일어나서 식은땀을 흘리면서 헐떡대곤 했다.

한상은 이처럼 인간의 모순된 모습을 하루에도 수십 번씩 더 겪으며 뼈와 피가 마르는 것을 느꼈던 것이다.

"네 변호사가 특별 접견 신청을 한 모양이야. 걱정 말고 나와라."

빙긋 웃는 형님 같은 30대 교도관의 미소에 유한상은 안도의 한숨을 내쉬었다. 자신도 모르게 손바닥이 축축하게 젖은 것을 느끼면서 문을 나와 흰 고무신을 신었다.

유한상이 접견실로 들어서자 낯익은 오승근 변호사가 와 있었고 검은 양복을 입은 사내가 팔짱을 끼고 서성이고 있다가 돌아보았다.

오승근 변호사는 소위 잘 나가는 386세대의 변호사였다.

유한상은 사형만 면하게 해준다면 자신이 받게 될 모든 유산의 반을 오승근 변호사에게 양도하겠다는 각서까지 써준 상태였다.

돈은 귀신도 부린다고 했던가.

　그만큼 오 변호사는 유한상의 변호에 최선을 다해왔고, 사형이 확정된 지금까지도 각 종교 단체들을 통해서 구명 운동을 벌이고 있었다.

　한상은 들어서자마자 오 변호사의 안색을 살폈다.
　그동안 내내 자신을 찾아왔을 때는 우울해하던 얼굴이었던 것이다.
　"어서 오게, 유 군."
　그런데 오늘은 자신을 보자마자 벌떡 자리에서 일어나는 것이었다.
　유한상은 가슴속에서 한 가닥 희망이 보이는 듯한 느낌을 받았다.
　한상은 떨리는 목소리로 물었다.
　"좋은 소식이라도 있습니까?"
　"있네. 먼저 인사를 드리게. 국정원에서 나오신 강 보안관님이셔."
　"국정원… 요?"
　"국가정보원 말일세, 예전엔 안기부로 불렸던."
　한상은 의아한 얼굴로 실내에서도 선글라스를 쓰고 있는 40대의 사내를 돌아보았다.
　"고생이 많은 것 같군. 강이라고 하네."
　사내가 손을 내밀었다.
　유한상은 수갑 찬 손을 내밀어 얼떨결에 악수를 했다.
　"어이, 보안과장."
　강이라고 하는 사내는 옆에 서 있던 보안과장을 마치 부하 직원 부르 듯 불렀다.
　구치소에서 보안과장은 일인지하 만인지상의 대통령과 맞먹는 빽으로 통한다.
　"예, 실장님!"
　그런데도 보안과장은 바싹 힘이 들어간 몸짓으로 구두 뒷축을 붙이며 똑떨어지게 대답을 하는 것이었다.

"직원들 데리고 잠시 나가 있어. 한상 군과 단독으로 할 이야기가 있네."

보안과장과 교도관들 두 명을 포함 교도대 세 명은 군말하지 않고 접견실을 나갔다.

직원들이 나가기를 기다렸다가 강 실장이라는 사내는 품속에서 담배를 뽑아 들었다.

"피울 텐가?"

한상이 평소 즐겨 피웠던 파란 딱지의 빨간 말보로 마일드였다.

한상이 머뭇거리면서 눈치를 보자 오 변호사가 피워도 된다는 듯 고개를 끄덕였다.

한상은 떨리는 손으로 담배를 뽑아 들었다.

선글라스 사내는 금장으로 된 듀폰 라이터로 한상에게 불을 붙여주었다.

한상은 뱃속까지 연기를 깊숙하게 빨아들였다.

단 세 모금으로 머리가 피잉 돌며 하체가 싸하니 내려앉으면서 괄약근이 풀리는 것을 느꼈다.

너무나 그리웠던 담배였지만 아예 단념을 하고 서서히 한상의 기억에서 사라져 갔던 담배였다.

선글라스의 사내는 한상에게 불을 붙여준 뒤 한상이 들어왔던 반대편의 문 쪽으로 걸어가 문을 열었다.

그러자 기다렸다는 듯 장신의 금발인 백인 사내들이 접견실로 들어왔다.

한상은 담배 맛에 취한 채 그들이 들어오는 것을 멍하니 바라보고 있었다.

지금 이 순간만은 담배 맛을 즐기고 싶을 따름이었다.

실장이라는 사내가 백인 사내들에게 뭔가 영어로 빠르게 이야기를 하는 것이 들렸다.

그러자 백인 사내들은 한상을 쏘아보듯 살펴보면서 고개를 끄덕였다.

그들 역시 짙은 선글라스를 쓰고 있었기 때문에 눈동자의 방향은 알 수 없었지만 한상은 본능적으로 백인들의 눈동자가 자신을 살피고 있음을 느꼈다.

한상이 알아들을 수 있는 말은 '오케이, 댓츠 올라잇' 뿐이었다.

"한상 군, 잘 듣게."

담배로 인해 몽롱해진 한상의 의식 너머로 오 변호사의 목소리가 꿈결처럼 멀리서 들려왔다.

"예……."

"자네가 살 수 있는 방법이 생겼네."

"뭐라구요?"

한상은 오 변호사의 말을 순간적으로 납득할 수 없었다.

"자네가 살 수 있는 방법이 있단 말일세."

갑자기 몽롱했던 의식이 확 깨면서 정신이 번쩍 들었다.

"어떻게……?"

"이분들은 미 국방정보국(DIA)에서 오신 분들일세."

한상은 어리둥절한 얼굴로 자신을 바라보고 있는 백인들을 올려다보았다.

"그런데요……?"

"자네가 이 서류에 사인을 하면 자네의 형이 집행된 후, 자네를 미국으로 최대한 빨리 이동시켜 다시 살려낼 걸세."

"뭐라구요?!"

한상은 자신도 모르게 버럭 소리를 질렀다.

"자네가 듣기엔 공상 과학 영화의 줄거리처럼 들릴지도 모르겠네. 나도 처음에 그 이야기를 들었을 때는 우스갯소리로 들었으니까."

"지금 절 가지고 장난 놀자는 겁니까? 제 재산이 탐이 나서 모두들 짜고 연극하시는 겁니까, 뭡니까!"

한상은 흥분해서 탁자를 치며 소리를 질렀다.

"분명히 이야기하건대 자네는 나를 믿어야 하네. 다른 방법은 없어."

한상은 어이가 없었다.

"임상 실험에 의하면 사람의 영혼은 숨이 끊어지고도 72시간 동안은 체내에 머물러 있다는군."

"그 72시간 동안에 미 국방연구소의 천재적인 연구원들이 자네를 다시 살려낼 걸세."

'죽은 사람을 다시 살려낸다고?!'

"치킨 껍데기 기름에 끓는 소리 하지 마! 내 나이가 어리다고 사람을 가지고 노는 거야, 뭐야, 씨발 새끼들아!"

한상은 끓어오르는 분노로 미친 듯 고함을 질러댔다.

문이 열리고 보안과장과 교도관과 교도대들이 뛰어들어 왔다.

강 실장이라는 사내가 버럭 호통을 쳤다.

"누가 들어오라고 했나! 내가 허락하기 전까지는 들어오지 말란 말이다!"

"죄, 죄송합니다!"

교도관들과 보안과장은 호통에 찍소리도 못하고 다시 문을 닫고 나갔다.

한상은 흥분을 가라앉히려고 숨을 식식 몰아쉬면서 잡아먹을 듯 오승근 변호사를 노려보았다

서울대 출신의 이 머리 좋은 변호사 개자식은 사기를 치고 있는 게 분명하다.

자신의 시체를 미국으로 가져가서 다시 살려내겠다는 것이 웬 개소리고 귀신 씻나락 까먹는 소리란 말인가!

"지금으로서는 내가 아무리 길게 이야기해 봤자 개소리로 들릴 걸세. 자넨 이 서류에 사인만 하면 그 뒤는 내가 알아서 처리하겠네."

윤한상은 오승근 변호사가 내민 서류에 시선을 고정시켰다.

질 좋은 종이에 영문으로 된 서류였고, 독수리와 별로 된 문장이 선명하게 찍힌 서류였다.

그러고 보니 영화에서 백악관을 배경으로 한 서류에 있는 문장과 같은 것을 본 것이 기억이 났다.

한상은 서류와 자신을 무표정하게 바라보고 있는 서양인들을 번갈아 돌아보았다.

"농담하는… 거 아니죠, 오 변호사님?"

어찌 됐든 한상은 지푸라기라도 잡고 싶은 심정이었다.

"자네는 내 말을 믿어야 하네. 달리 방법이 없어."

오승근 변호사가 담담한 어조로 단호하게 내뱉었다.

"서, 설명을 해주실 수 있습니까? 제가 이해할 수 있도록 말입니다."

"이분들의 말에 의하면, 미 국방성은 극비리에 초인간을 만드는 실험을 오래전부터 해왔다고 하더군. 그것은 군사용 목적일 수도 있고 대항성 탐험용 목적일 수도 있다더군."

"항성 탐험이라뇨?"

"미 항공우주국과 국방연구소는 무인 우주선에 고도로 훈련된 원숭이를 실어서 대기권 밖으로 소형 로켓을 날려 보내는 실험을 행하고 있는데, 원숭이로는 복잡한 우주선을 조작하기엔 한계가 있기 때문에 인간으로 대체를 하고 있다는군."

한상은 그야말로 뚱딴지 같은 우주 공상 과학 영화에나 나올 법한 이야기를 멍청히 듣고 있을 수밖에 없었다.

"그래서 죽은 사람을 살려내서 보내시겠다?"

"그렇네."

"왜? 미국에는 시체가 없답디까? 하루에도 수백 명씩 총격으로 사람들이 죽어 나자빠지는 나라가 미국 아니냔 말입니다!"

다시 흥분하려는 한상의 모습에 옆에 있던 강 실장이라는 사람이 끼어들었다.

"교통사고나 총상으로 인해 몸이 망가진 시체는 실험 대상이 아니네, 한상 군."

강실장은 무표정한 안색으로 설명했다.

"온전한 시체는 극히 드물기도 하거니와 건강한 시체는 더욱더 찾기 힘들기 때문이라는군."

"그래서 이 극동의 구석진 나라까지 와서 시체를 수입해 가겠다?"

"한국뿐만이 아니라 미국과 우호 군사 협정을 맺고 있는 전 세계의 나라들을 대상으로 온전한 시신을 수습하고 있다는군."

오승근 변호사가 보충 설명을 했다.

"전 세계에서 시체를 끌어 모으고 있다면 한두 구도 아니고 수십, 아니, 수백 구는 될 텐데 그 많은 사람들을 다 살려내서 우주선에 실어 보낸단 말입니까? 우주선이 몇 백, 몇 천만 원 하는 장난감입니까? 날 도대체 어떻게 보고 이러는 겁니까, 오 변호사님!"

한상의 정곡을 찌르는 말에 말문이 막혔는지 오 변호사는 답변을 하지 못했다.

전전긍긍하는 듯한 표정이 역력하더니 이윽고 오 변호사는 결심한 듯

무겁게 말을 내뱉었다.

"솔직히 이야기하자면, 자네가 살아날 수 있는 확률은 50%일세."

"……."

"더구나 살아난 후에도 실험에 견디어낼 확률은 더 적다더군."

"빌어먹을, 그럼 그렇지."

한상은 어이없다는 듯 한숨을 내쉬었다.

"하지만 서명을 하지 않으면 자네가 죽을 확률은 100%야. 단 1프로의 살아날 확률이 있다면 그쪽에 패를 던져야 하는 게 자네 입장 아닌가?"

'……!!'

오승근 변호사의 말에 이번엔 한상의 말문이 막혔다.

그렇다!

이래도 죽고 저래도 죽는다면 오 변호사의 말대로 단 0.0001%로라도 살아날 수 있는 쪽에 승부를 걸어야 할 판인 것이다.

실장이라는 사내와 두 명의 백인 사내는 묵묵히 한상을 지켜보고 있었다.

한상은 오 변호사가 내민 생사가 걸린 연판장(連判狀)과도 같은 서류를 받아 들고는 한참을 내려다본 후에는 결국 사인을 했다.

Saturne encor tard sera de retour:
Translat empier devers nation Brodde.

L'œil l'arrache a Narbon par autour,
Par autre vents fera dishonore

Un peu de temps les temples de couleurs

Quand le poisson, terrestre & aquatique

Saturne en l'arc tournant du poisson Mars,
Vening chachez soubs testes de Saulmons,
Leurs chefs pendus a fil de polemars.

Act 2

Puis de nouveau les guerres suscitees.

De la partie de Mammer grand Pontife.
Subjuguera les confins du Danube.
Chasser les croix par raffe ne rifle,
Captifs, or, bagues. Plus ne cent mille rubies

두 달이 지났다.

언제 형이 집행될지 모르는 상황에 사형수들은 피가 바싹바싹 말라붙을 수밖에 없다.

유한상 역시 예외는 아니었다.

밖은 8월의 불볕 더위로 찌는 듯한 날씨인데도 불구하고 기이하게 한상은 땀을 흘리면서도 몸을 웅크리고 사시나무 떨듯 떨고 있었다.

혀를 깨문 뒤로 식사를 제대로 하지 못했기 때문인지 몸은 바싹 여위고 얼굴은 햇빛을 보지 못했음에도 불구하고 새카맣게 타 들어가 있었다.

피부가 시멘트처럼 거칠어졌고 뺨이 움푹 들어간 것이 손의 감촉으로 느껴졌다.

사형 집행은 일단 법무부 장관의 결재로 결정되며 어느 날 대검찰청에서 사형수 대여섯 명을 지정, 사진 촬영과 건강 진단을 해 올리라는 지시가 떨어지면 사형 집행이 있다는 암시로 받아들여진다는 것이었다.

그러나 그 몇 사람만 건강 진단을 하면 그 사형수가 눈치채기 때문에 사형수 전체를 건강 진단을 했으며, 이때부터 사형수들에게는 피를 말리는 시간이 시작되는 것이었다.

며칠 전에 구치소 전체의 건강 진단이 있었다.

한상 역시 건강 진단을 받았다.

집행 당일에는 사형장 청소가 있고 재소자들이 청소를 하는데, 이 소문이 파다해서 전체 감방은 술렁이면서 알 수 없는 음침한 긴장감이 아침서부터 감돌았다.

사형수를 형장까지 데려오는 것을 교도관들 사이에서는 연출이라고 했다.

무술에 능한 건장한 보안과 직원 세 명이 사형 집행을 눈치채지 못하도록 감방에서 사형수를 끌어내기 때문에 연출이라 하는 것이다.

보통 'XXX번, 의무과로 체중 검사!' 내지는 'XXX번, 전방(轉房)!' 이라는 말로 한 명이 문을 열면서 소리치면 두 명은 양쪽 문 옆에 몸을 감추고 붙어 서 있는다.

사형수가 안에서 문을 열고 나서면 재빨리 두 명이 양쪽에서 팔을 움켜잡고 꼼짝 못하게 잡아끌고는 형장으로 데려가는 게 거의 공식화되어 있었고, 사형수들이라면 누구나 이 사실을 수십 번이나 귀에 딱지가 앉도록 들어서 알고 있었다.

그래서 사형수들은 여섯 번 죽는다는 말이 있는 것이다.

1심 선고 때, 2심 때, 3심 확정 판결 때 죽고, 사형 집행장으로 가는 모퉁이를 돌 때―그때 비로소 사형 당한다는 사실을 알고서―네 번째 죽고, 사형 집행장 건물을 보았을 때 다섯 번째 죽고, 교수대에서 여섯 번째로 마지막 죽음을 당하는 것이다.

온종일 죽음만 생각하며 하루를 보내는 한상은 점점 더 눈이 퀭하게 들어갔다.

밥알이 모래알 같았고 식도로 넘기는 것이 힘들기도 했지만 한상은 밥을 먹지 않고 몰래 변기통에 흘려 버리곤 했다.

굶어 죽기 위해서였다.

하지만 기진맥진 탈진해서 늘어져 의식을 잃으면 끌어내서 링거를 맞히고 영양제를 주사해서는 기어코 다시 살려내곤 했기 때문에 굶어죽을 수도 없었다.

혀를 깨물고 죽는 것도 여의치 않았다. 당직 교도관들이 24시간, 수시로 감방 안을 들여다보면서 확인을 하기 때문이었다.

순찰을 돌면서 곤봉으로 툭툭 창문을 두들기며 한상을 깨웠다.

"어이, 유한상, 자나?"

"예."

한상은 자면서도 대답을 해야 했다.

교도관들로서도 한상이 자살하게 되면 큰일인 것이다.

한상은 발끝에 굴러다니는 자그마한 성경책을 돌아봤다.

누군가 넣어놓은… 한상이 오기 전부터 있던 손바닥만한 낡은 신약성경이었다.

국제기드온협회가 발간한 길거리에서 무료로 나눠주는 빨간색의 딱딱한 껍질로 된 작은 성경책.

무의식적으로 성경책을 집어 들어 펼쳤다.

볼펜으로 누군가 낙서를 해놓은 것이 눈에 띄었다.

'씨발 조또, 이 좆가튼 나라에 다시 태어나면 내 성을 간다! 빨리 죽여다오, 개새끼들아' 라고 씌어 있었다.

철자법도 틀리고 삐뚤빼뚤하게 씌어진 조잡한 글자였지만 한상의 가슴에 화인(火印)을 찍는 듯한 느낌으로 와 닿았다.

그렇다. 한상 역시 이제 하루하루 사는 것조차도 끔찍했다.

좁은 콘크리트 방 안도 끔찍했고, 세 끼 꼬박 나오는 식사도 끔찍했으며, 식사 시간 때마다 건물에 퍼지는 국 냄새와 밥 냄새조차도 소름 끼치도록 싫었다.

이곳의 공기가 싫었으며, 한국이라는 숨 막힐 듯한 이 땅에 태어난 것이 증오스러웠다.

언젠가 읽었던 신문의 칼럼을 기억해 냈다.

부정부패 지수가 세계 아흔아홉 개 조사 대상국 중 50위인 나라.

기업의 뇌물 공여 지수는 세계 열아홉 개 조사 대상국 중 2위.

고급 양주의 수입은 세계 1위인 나라.

1990~1998년 중의 연간 돈세탁 금액이 국민 총생산(GNP)의 30%에 이르러 그 규모가 한 해 170조에 이르는 나라.

자영업자들의 매출 누락률이 60~70%에 이르는 나라.

도무지 정직이라는 단어는 찾아볼 수 없는 나라.

허구한 날 지역 감정이나 부추겨 나라를 삼국시대로 되돌려 놓은 장본인이 또다시 국회의원에 당선되는 나라.

부정부패로 감옥에 들어갔던 사람들이 1개월도 되지 않아 다시 활보하는 나라.

수십 억의 재산이 있어도 세금 한 푼 내지 않아도 되는 나라.

제자가 선생님을 고발하고 선생은 학생에게 더 이상 가능성을 보지 못하는 나라.

분식 회계, 이중 장부, 뇌물 제공, 변칙 상속, 배임 횡령, 주가 조작, 세금 포탈, 사기, 외국인 근로자 착취 등 썩는 냄새가 천지에 진동하여 눈을 뜰 수 없는 소돔과 고모라의 나라.

이런 이 땅에 과연 신(神)은 어디 있고, 정의(正義)란 것이 어디 있단 말인가?

모두 다 같이 범죄자인 썩어빠진 나라에서 누가 누구를 심판한단 말인가!

"3589 유한상."

갑자기 밖에서 들려온 소리에 한상은 소스라치게 놀랐다.

"전방(轉房)!"

문이 열렸다.

한상의 얼굴은 순식간에 창백하게 질렸다.

"설마… 오늘이……?"

한상은 엉거주춤 일어나면서 교도관의 눈치를 살폈다.

교도관은 한상의 시선을 피하면서 대답을 외면했다.

한상은 몸에서 소름이 돋고 피부가 팽팽하게 당겨짐을 느꼈다.

방에서 한 걸음 나서기가 무섭게 문 양쪽에 몸을 숨기고 붙어 있던 교도대 두 명이 한상에게 달라붙었다.

콱!

무술로 단련된 듯한 교도대 두 명은 한상의 뼈만 남아 앙상한 팔을 단단히 옥죄었고, 그들의 땀 냄새가 한상의 코끝을 훅 하고 찔렀다.

쿠웅!

한상의 가슴이 철렁 내려앉았다.

"놔! 놓으란 말야!"

한상은 미친 듯 발버둥을 쳤지만 두 명의 건장한 무술 교도대원들의 강철 같은 완력에 개처럼 끌려갈 수밖에 없었다.

한상이 사형 집행실에 들어선 것은 상오 11시 5분.

20평가량의 사형 집행실 복판에 놓인 의자에 한상을 앉혔고 그 맞은편에 집행 지휘 검사와 집행관인 구치소장, 검시관인 구치소 의무과장 등 집행 관계자들이 앉아 있는 것이 한상의 눈에 날카로운 가시가 박히듯 들어왔다. 문의 좌우에 서 있던 10여 명의 계호 및 형 집행 보조원들이 재빨리 한상을 둘러쌌다.

안쪽으로 한 평쯤 되는 돗자리가 한상의 망막을 찌르듯이 확 들어왔다.

"놔, 이 개새끼들아! 니들이 뭔데! 니들이 뭔데 날 죽이냐고!"

한상은 울부짖으면서 발버둥 쳤지만 그의 몸은 교도관들에 비해 너무 연약했기 때문에 꼼짝 못하고 돗자리에 앉혀질 수밖에 없었다.

맥이 풀어진 한상은 반항을 포기하고 구치소장이 읽어 내리는 인정 신문을 멍하니 듣고 있었다. 멀리서 꿈결같이 들려오는 목소리였다.

'꿈이다, 꿈이야! 이럴 수가 없어! 내가 사형을 당한다니⋯⋯!'

스스로에게 꿈이라고 골백번 외쳐 봤자 꿈은 깨지 않았고, 억양없는 소장의 판결문 소리는 한상의 고막을 여전히 파고들 뿐이었다.

"위와 같은 이유로 사형이 확정되었으므로 오늘 법무부 장관의 최종 승인에 의해 사형을 집행하는 바입니다. 유언있으면 말씀하십시오."

'⋯⋯.'

초점없는 시선으로 한상은 멀건하게 구치소장을 바라볼 뿐이었다.

"없으면 형을 집행하겠습니다."

옆에 있던 교도관들에게 턱짓을 하였다.

바로 이어 구치소 교회사인 목사와 그동안 한상의 구명 운동을 했던 여자 목사가 나와 한상의 머리에 두 손을 모으고 기도를 시작했다.

한상은 고개를 들고 여자 목사를 올려다봤다.

'이 여자 목사의 이름이 뭐였더라? 맞아, 송애랑 목사였어. 날 구해준다고 해놓고 왜 이 자리에 나와 있는 거지?

"자비와 은혜로 충만하신 하나님……."

"오, 주여."

탄식하듯 떨리는 목소리로 송애랑 목사가 옆에서 중얼거렸다.

그 목소리를 듣자 한상은 퍼뜩 제정신이 들었다.

"으아아아아!"

다시 한상이 울부짖으며 발버둥을 쳤다.

"집어치워, 개자식들아! 유언이 있냐고?! 오냐, 있다! 만일 내가 다시 태어난다면, 내가 다시 살아난다면 이 땅을 피로 물들이고 너희들을 모두 죽일 것이다! 악마에게 맹세하건대! 이 땅, 이 세상을! 천하를! 너희의 피로 물들일 것이다!"

피를 토하듯 악을 써대는 한상을 누르면서 사형 집행 보조 교도관 한 명이 용수 모양의 흰 무명 자루를 한상의 머리에 뒤집어씌웠고, 다른 한 명이 뒤에 가려졌던 커튼을 젖히자 올가미가 매달려 있는 것이 보였다.

네 명이 발버둥 치는 한상을 필사적으로 잡아 누르면서 그곳으로 끌고 가 한상의 머리에 올가미를 걸었다.

"마루판에서 비켜서!"

누군가 외쳤고 연이어서 '젖혀!' 라는 짧은 명령이 터져 나왔다.

집행실 외벽에 대기하고 있던 교도관 한 명이 벽에 붙어 있던 포인트의 손잡이를 힘껏 당겼다.

콰앙!

한상의 고무신 신은 발밑으로 네모난 마루청이 푹 꺼지면서 지하 광의 벽을 치면서 큰 소리가 울려 퍼졌다.

패앵!

지하로 떨어진 한상의 몸이 밧줄에 매달려 핑그르르 돌았다.

이 순간은 집행장 안에 있던 누구에게나 몸서리치는 광경이었고, 결코 두 번 다시 보고 싶지 않은 광경이었다.

허공에 매달려 흔들거리던 한상의 고무신 한쪽이 벗겨지며 떨어졌고 발가락이 파르르 경련을 일으켰다.

'주여!'

송애랑 목사는 눈을 질끈 감으며 부르짖었다.

타타타타—!

그 순간 사형장 밖에서 헬리콥터 한 대가 내려앉았다.

미군 수송 헬기였는데, 문이 열리면서 국정원의 강 실장이라는 사내와 오승근 변호사가 내렸다. 뒤이어 선글라스를 쓴 양복 차림의 미 국방정보국 요원 두 명과 얼룩덜룩한 개구리 복을 입은 덩치 좋은 다섯 명의 미군 병사들이 알루미늄 합금으로 된 관 같은 모양으로 생긴 상자를 들고 내린 후 강 실장의 뒤를 따라 사형장 쪽으로 달려갔다.

시체를 끌어 올려 바닥에 눕혀놓은 의무관은 한상의 가슴을 풀고 청진기를 갖다 댔다.

완전히 호흡이 멎고 사망한 것을 확인한 의무관은 사망 진단서에 '사망' 이라는 사인을 휘갈겨 썼다.

한시라도 빨리 벗어나고 싶을 따름이었다.

청진기를 귀에서 떼는 순간 집행실 문이 거칠게 열리면서 강 실장과 미 국방정보 요원들이 뛰어들어 왔고, 관을 들고 들어온 병사들은 한상의 시체 옆에 알루미늄 상자를 놓고는 잠금쇠를 풀고 뚜껑을 열었다.

순간 알루미늄 금속 상자 안에서 질소 액화 냉매체인 기체가 밖으로 실타래처럼 풀어헤쳐지며 퍼졌고, 미 국방정보 요원들은 밧줄을 군용 대검으로 끊어버린 후 보자기도 벗기지 않은 채 한상의 시체를 상자에 넣고 뚜껑을 닫았다.

타타타타타타!

2분 후, 모래바람을 피워 올리며 서울구치소의 건물 위로 헬기는 다시 떠올랐으며, K—55라는 넘버로 분류된 경기도 평택 송탄에 위치한 미군 기지를 향해 빠르게 날아갔다.

그리고 정확하게 8분 뒤에 미군 5천 3백여 명을 포함한 약 1만 1천여 명이 상주하고 있는 미 태평양 공군 사령부 예하 주한미군 미 제7공군의 사령부가 위치한 오산 미 공군 기지의 북쪽 활주로 근방에 착륙하였다.

필리핀 클라크 기지가 폐쇄된 이후로는 태평양 지역에서도 가장 큰 200만평 규모를 자랑하는 오산 미 공군 기지의 북쪽 활주로였다.

다다다다!

네 명의 미군들은 헬기에서 금속관을 들고 뛰어내려 활주로에 웅크리고 있는 거대한 군용 수송기 쪽으로 달렸다.

보잉 사(社)에 의해 제작되었고, 공대지 미사일 하운드도그와 단거리 공격용 미사일(SRAM)을 장비하고 있는 B—52 전략 폭격기는 유한상을 담고 있는 알루미늄 합금 냉동 상자를 싣고 굉음을 울리면서 공중으로 떠올랐다.

第 2 章
광란(狂亂)의 시대
Les fléaux passés dimine
665.1

Saturne encor tard sera de retour;
Translat empier devers nation Brodde.

L'oeil arrache a Narbon par autour,
Par autre vents fera dishonore

En peu de temps les temples de couleurs

Quand le poisson, terrestre & aquatique

Saturne au l'arc tournant du poisson Mars,
Venins chachez soubs testes de Saulmons.
Leurs chefs pendus a fil de polemars.

Puis de nouveau les guerres suscitees.

De la partie de Mammer grand Pontile.
Subjuguera les confins du Danube.
Chasser les croix par raffe ne riffe,
Captils, or, bagues. Plus ne cent mille rubles

서기 2017년까지만 해도 미국의 패권주의 독재와 영광은 영원할 것 같았다. 모두들 그렇게 믿었다.

미합중국이 그 내부로부터 적이 자라고 있을 줄은 아무도 상상하지 못했다.

그렇다.

결국 미국은 그 내부의 적으로 인해 결국 찢어져 오십 개의 나라로 분열되고 만 것이었다.

요한계시록의 예언대로 될 것인가?

엉뚱한 곳에서 그 전쟁이 시작되었다.

미국의 남쪽 끝에 자리잡고 있던 한 첨단 유전 공학 회사로부터 그 불씨가 번지기 시작했던 것이다.

그 회사는 플로리다 주에 있던 별로 이름이 알려지지 않았던 네오 클로네이드 사(Neo Cloneied)로서, 첨단 유전 공학과 차세대 IT산업으로 순식간에 세계 경제의 판도를 바꿔놓기 시작했다.

클로네이드 사의 최고 경영자(CEO)였던 이탈리아 혈통을 가진 가브리

엘르 레오파드 2세는 플로리다 주지사에 출마해 2013년 당선되었다.

그의 나이 32세였다.

이듬해 플로리다 주는 미 연방정부에 대해 독립을 선언했으며, 세계는 이 충격적인 사실을 대대적으로 보도했다.

그리고 마침내 콧방귀를 뀌던 미 연방정부에 대해 플로리다 주방위군은 선전 포고를 하고 전쟁을 벌였다.

온 세계는 이 말도 안 되는 전쟁 놀이를 흥미롭게 지켜봤다.

그러나 결과는 엉뚱했다.

미 국방성과 백악관, 통합 작전 본부 상공 위에서 레이더와 모든 방어망을 뚫고 강력한 전자기 펄스(EMP Electromagnetic Pulse) 폭탄들이 연달아 터졌다.

즉시 수천만 암페어의 플럭스 압축 장치(FCG)가 지상을 덮쳐 순식간에 모든 반도체와 컴퓨터 내장 기기들을 달걀프라이를 지져 버리듯 파괴시켜 버렸고, 반도체로 작동하는 모든 전자 통신 기기들을 작동 불능 상태로 만들어 지휘 체계와 전투 능력을 완전 무력화시켜 버렸다.

미국 전역의 주요 군사 기지 상공 위에도 펄스 폭탄이 덮쳤고, 그 뒤를 이어 태양의 수백 배의 빛을 발하는 고섬광탄이 소나기처럼 떨어지며 작렬을 시작했다.

고폭약과 헬륨, 아르곤 등을 공중 폭발시켜 수천, 수억만 촉광의 강한 빛을 내는 이 폭탄은 순식간에 군인들의 시신경과 망막을 파괴했고, 이로 인해 모든 군과 장비들이 마비되어 버린 것이다.

숨 돌릴 틈도 주지 않고 미국이 자랑하는 구름 위의 요새라 불리는 B—52폭격기보다 몇 단계 발전을 한 골리앗이라는 폭격기가 미국의 모든 요새에 정밀 재단 폭격을 시작했다.

재급유 없이 4만 4,150㎞를 비행할 수 있는 이 전략 폭격기들은 전 미국의 하늘을 누비며 골고루 폭탄을 뿌려댔던 것이다.

이 전투를 훗날 군사 전문가들은 풀샤워 전략이라고 했다.

무방비 상태로 일방적으로 당한 것을 비꼬는 말이기도 했다.

다급해진 미 정부는 영국과 이스라엘에 긴급 구조 요청을 했으며, 형제국이나 다름없는 두 국가는 즉각 이 내부 전쟁에 개입하였다.

영국과 이스라엘은 함대와 전투기들을 총동원하여 플로리다의 네오 클로네이드 사에 폭격을 시도하였으나, 최첨단 군사 대국인 미국으로서도 상상할 수 없는 가공할 방어 시스템으로 모든 공격을 무력화시켜 버렸다.

플로리다 주방위군은 과거 헐리우드 배우 출신의 도널드 레이건 대통령 때부터 부시 행정부의 도널드 럼스펠드 미 국방장관까지 추진해 왔던 우주 전략 방위 시스템을 장악하고, 그것을 이용하여 미사일 공격과 성층권의 위성 레이저빔 공격으로 맞섰다. 그리고 펄스 폭탄과 위의 모든 것을 합친 폭탄에다 마무리로 BLU2004 폭탄을 퍼부어댔다.

잔디 깎는 기계라는 의미인 '데이지 커터' 라는 별명의 이 폭탄은 센서를 가진 밑 부분 탐침으로 지상 3m 상공에서 폭발, 주위를 진공 상태로 만들어 초토화시키는 폭발력을 극대화시킨 것이었다.

사태가 절망적으로 흐르자 미, 영, 이스라엘의 합동군은 마지막 육상전에 모든 것을 걸고 모든 병력을 총동원하여 플로리다 주를 에워싼 채 총공격을 퍼부어댔다.

그때 바티칸 교황청이 네오 클로네이드 사를 거들고 나섰다.

'미국은 소돔과 고모라의 도시이며, 오만과 편견, 창녀의 도시로 전락했다. 썩을 대로 썩은 미국은 정화되어야 할 것이다' 라는 선언과 함께 첨단 무기로 무장한 최고의 정예 용병들인 황금 여명의 기사단과 콜룸부스 기사단을 파견하여 플로리다를 전폭적으로 지원하였다.

결과는 미 정부와 영국과 이스라엘 연합군의 패배로 끝났다.

세계는 이 예측치 못한 사태에 경악했고, 숨죽이고 그 사태를 지켜보고 있었다

플로리다 주의 승리는 네오 클로네이드 사의 승리였다.

이후 미국은 무정부 상태로 극도의 혼란을 겪기 시작했다.

미연방 50개 주는 각각 독립 선포를 하였으며, 미국은 실상 산산이 쪼개지게 되었다.

전쟁에 패한 영국과 이스라엘 역시 무정부 상태의 극심한 혼란에 빠져들게 되었다.

네오 클로네이드 사는 미국의 새로운 질서자로 나서게 되었으며 동시에 기업 활동에 관한 자유헌장을 선언했다.

회사의 첨단 기술을 무상으로 이전한다는 미끼로 전 세계 기업들을 끌어들여 상인 조합을 발족시켰던 것이다.

조합에 가입한 세계 각국은 네오 클로네이드 사의 각종 첨단 유전 공학과 전자 및 기계 공학의 첨단 기술력을 무상으로 지원받게 되면서 네오 클로네이드 사를 전폭적으로 지지하였다.

처음엔 눈치를 보던 기업들까지 네오 클로네이드 사로부터 막대한 기술력 이전과 혜택을 받게 되자 전 세계의 대기업들이 너도나도 앞 다투어 길드, 상인 조합에 가담을 하게 되었다.

동시에 네오 클로네이드 사는 치밀하고도 무지막지한 로비를 펼쳐 회사로서는 처음으로 유엔에 가입을 하게 되고, 거의 만장일치로 통과, 사실상 세계는 플로리다 주를 앞세운 네오 클로네이드 사(社)를 하나의 독립 국가로 인정하게 되었다.

곧바로 네오 클로네이드 사는 전 세계 국가 정부를 상대로 폭탄선언을 하였다.

즉, 조합에 가입한 회사나 그 회사 직원들에 대해, 국가 정부가 압력을 가한다든지 부당한 제재를 가할 경우는 자사(自社)에 대한 선전 포고로 받아들일 것이며, 상인 조합과 기업의 권리 수호를 위해 응징을 가하고 전쟁도 불사하겠다는 발표를 한 것이었다.

이에 자극을 받은 세계 각국의 상인 조합에 가입한 기업들과 대재벌 그룹들은 그동안 알게 모르게 정부와 관료들에게 억압받고 제재를 받았던 것을 화풀이라도 하듯 정부를 무시하고 비협조적으로 나가기 시작하였다.

그중 대만의 한 재벌 그룹은 정부의 과중한 세금에 대해 반발하고 세금 납부를 거부하자 정부 당국은 즉각 각종 규제와 탄압을 가하기 시작했다.

그러자 대만의 기업은 네오 클로네이드 사에게 하소연하면서 구조 요청을 하였고, 이에 네오 클로네이드 사는 대만 정부에 대해 선전 포고로 경고하였다.

하지만 대만 정부는 코웃음을 쳤고, 2017년 9월 네오 클로네이드 사의 가공할 화력으로 무장한 군대와 함대가 일시에 대만을 공격했다.

대만의 방공망은 플로리다 주정부군과 네오 클로네이드 사의 민병대에 의해 전자파 방해 폭탄에 의해 무력화되었다.

그 직전에 5,500kg의 핵탄두를 실은 극초음속 폭격기(HCV)들이 미 플로리다 주 공군 기지에서 소리없이 이륙하였다.

마하 7의 속력으로 성층권으로 날아간 폭격기들은 16,700km 떨어진 타이페이 상공까지 날아가 순항 미사일과 핵탄두를 군 통합본부와 대만 총통 관저 상공에 떨어뜨렸고, 타격 목표로부터 오차 3m 범위인 이 450kg 핵탄두들은 엄청난 중력 가속도로 총통 관저의 정원에 떨어져 20m의 땅속까지 뚫고 들어간 후에 폭발하였다.

최고 지도자가 관저와 함께 흔적도 없이 이 세상에서 사라지자, 대만 역시 무정부 상태의 혼란에 빠졌다.

그 틈을 타서 중국 인민공화국은 숙원이던 대만을 손도 안 대고 먹어 치울 수 있었다.

이로써 중국은 미국이 사라진 현재 최강국이 된 듯싶었다.

이와 같이 자유주의 종주국이랄 수 있는 영국과 미국이 이 지경이 되었는데도 플로리다 주의 네오 클로네이드 사가 세계 연합군의 공격을 받지 않았던 이유는 몇 가지가 있었다.

미국 정부와 영국 및 이스라엘과 전쟁을 벌여 승리를 거뒀지만 그들을 점령한 것도 아니었고, 두 번째는 미국이 민주주의의 맹주로 자처하면서 그동안 이라크 등 지구 곳곳에서 자국의 이익을 위한 전쟁을 벌여왔던 것에 전 세계의 미움을 사고 있었던 때문이다.

오히려 아랍의 이슬람 문화권은 플로리다의 네오 클로네이드 사를 열광적으로 지지했고, 기회를 놓칠세라 아랍 국가들이 연합하여 일제히 이스라엘을 공격하였다.

다급해진 이스라엘 정부는 세계 경제의 60%를 장악하고 있던 유태인 거상들을 동원하여 로비를 펼쳐 일본을 끌어들였다.

일본의 막강한 원조를 받은 이스라엘군은 아랍 국가들을 순식간에 제압하고 이스라엘, 일본의 공동 원유권 확보를 선언하였다.

그러자 러시아가 반발하며 나섰고, 결국 일본과 러시아는 제2의 러일 전쟁을 벌이게 되었다.

고이즈미 총리 이래 꾸준히 군사력을 키워왔던 일본은 막대한 첨단 장비를 동원하여 러시아를 초토화시켰다.

전황이 불리하게 돌아가자 러시아는 다급하게 미국의 플로리다 네오 클로네이드 사에 지원을 요청하였고, 시베리아에 대거 진출해 있는 미국의 기업들을 보호한다는 명분으로 플로리다 주의 네오 클로네이드 사가 다시 러일전쟁에 개입하기에 이르렀다.

일본은 양쪽의 협공을 받아 옥쇄 작전의 장렬한 전투를 벌였지만, 막강한 첨단 무기의 화력 앞에 결국 항복할 수밖에 없었다.

엎친 데 덮친 격으로 일본 열도 전역에 걸쳐 대지진이 일어나 사실상 일본이라는 나라 자체가 지구상에서 궤멸된 것이나 다름없었고, 난민(亂民)들이 일본 열도를 탈출하여 블라디보스톡과 한국, 중국으로 물밀듯 밀려들었다.

과거의 전쟁 양상은 민족과 민족, 종교와 종교, 국경 문제와 영토 문제였지만 이번 전쟁은 기업의 생존권 보장과 회사의 이익을 추구하는 기업과 국가 간의 전쟁이라는 점에서 전혀 새로운 패러다임을 탄생시킨 것이었다.

지구의 세력 판도가 바야흐로 새로 짜여지기 시작하는 조짐이 보이기 시작했다.

2017년, 세계 각국의 종교 단체들은 말세를 떠들어대고 있었고, 지구의 종말을 외쳐 대는 혼란과 무질서의 시대였다.

第 3 章
무기를 줍는 시베리아의 부랑아들
Les fléaux passés diminue
6651

Act *1*

2018년, 회색 눈발이 어지럽게 시베리아 벌판에 휘날리고 있었다.

과거 1827년도에 합동으로 시베리아 지역의 석유, 가스 탐사에 나섰던 러시아 탐사팀과 미국의 쉘르코 팀은 야쿠츠(Yakutsk) 시 외곽 지역의 한곳의 땅을 파 내려갔다.

바이칼(BaiKal) 지역 출신의 탐사 전문가이자 탐사대장 쉐르코는 지하로 아무리 파 내려가도 물이 나오지 않는 것을 보고 이상히 여겼다.

그가 당시에 판 곳은 지름이 2m, 깊이는 29m였다.

페테르부르크 연구원들이 이후 10년 동안 116m까지 파 들어갔다.

그래도 역시 땅은 영하 12도를 유지하는 얼음이었다.

보통의 경우 지하로 30m 내려갈 때마다 온도가 섭씨 1도씩 오르는 것으로 되어 있었다.

통상의 경우라면 아무리 시베리아일지라도 몇 미터만 파 내려가면 그 밑은 얼지 않아야 했고 계산대로라면 영상 20도는 되어야 했다.

탐사 대원들은 결론을 내렸다.

지구상의 육지에도 영원히 녹지 않는 층이 있다는 결론이었다.

시베리아의 툰드라 지역을 발견해 낸 것이다.

이후 야쿠츠 동토 연구소가 확인한 영구 동토 층은 지하 1,500m까지로 잠정 결론을 내렸다.

눈발이 날리고 있는 그 영구(永久) 동토(凍土) 층인 시베리아의 툰드라 벌판은 온통 회색 빛으로 하늘과 땅이 맞닿아 끝 간 데가 보이지 않았다.

"찾았어!! 이리 와보라구!"

돌연 그 눈보라 속에서 고함 소리가 들렸다.

고함 소리에 눈구덩이를 파면서 뭔가를 찾고 있던 비슷한 또래의 녀석들이 고개를 들었다.

모두 네 명이었는데, 동양인의 얼굴을 하고 있었다.

오십여 미터 떨어진 곳에서 덩치 큰 한 녀석이 금속 탐지기를 흔들고 있는 것이 보였다.

"여기야! 반응이 굉장해. 제대로 찾은 것 같다구!"

흥분해서 소리치는 것은 백인 모습을 한 덩치 큰 러시아 녀석, 얀센이다.

얀센은 눈발이 흩날리고 있는 툰드라의 저쪽에서 흥분한 모습으로 기관차처럼 흰 입김을 뿜어대며 곡괭이로 딱딱하게 얼어붙은 눈덩이를 찍어대고 있었다.

"사방에서 반응이 오고 있어. 틀림없이 왕건이가 걸린 거야!"

초이와 몽골인 보루엔, 북한 출신 리석철(李錫哲), 중국 인민해방군 출신 탈영병 챠우는 얀센이 있는 곳으로 달려갔다.

모두 이십대 초반의 또래들이었다.

도쿄 출신의 난민 열여섯 살 소년 마사오도 커다란 야크가 끌고 있는 썰매를 몰고 얀센이 소리친 곳으로 서둘러 달려갔다.

까앙!

허리 정도까지 파고 들어간 눈구덩이 속에서 다시 얀센이 찍은 곡괭이 끝으로 날카로운 금속음이 울려 퍼졌다.

“조심하라우! 재수없게 포탄이나 수류탄이라도 찍으면 즉방 골로 간다구.”

리석철이 비명을 질렀다.

“他媽的(제기랄)! 개떡 같은 세상에 뭔 미련이 있다구 몸 사려. 뒈지면 뒈지는 거지.”

홍금보 내지는 찐빵이란 별명의 중국인 챠우가 딱딱하게 굳은 빵을 뜯어 먹으면서 퉁명스럽게 대꾸했다.

“개똥밭에 굴러도 이승이 좋은 기야. 그렇지 않나, 캡틴?”

“그래, 곧 좋은 세상이 올 거라고 믿어.”

캡틴이라고 불린 동양인 녀석이 보드카를 병째 들이키며 대답했다.

아마 이들 일행의 리더 내지는 캡틴인 듯싶었다.

캡틴의 러시아식 이름은 초이(Choi), 카레이스키(한국인)였다.

방한모를 뒤집어쓰고 있었지만 언뜻 보기에도 이목구비가 굵직한 남자다운 모습이다.

칼날같이 곧게 뻗은 짙은 눈썹에 반듯한 콧날, 깎지 않은 수염으로 턱이 뒤덮혀 있었지만 조각처럼 잘 다듬어진 턱임을 한눈에 보아도 알 수 있을 정도로 잘생긴 마스크였다.

하지만 그의 몸짓에는 어딘지 모르게 쓸쓸함과 허무함이 배어 있었다.

“어두워지기 전에 서둘러야겠어. 토치를 다오, 마사오.”

얀센이 허리를 펴면서 곡괭이를 팽개쳤다.

일행 중 가장 막내인 일본인 마사오가 썰매에 덮여 있던 천막 천을 젖히고 농약 분무통을 꺼내 들었다.

마사오의 아버지는 러시아 주재 일본 대사 공관이었다고 했다.

미 플로리다 주정부군과 러시아의 합동 공격으로 도쿄가 대공습을 받고 무참하게 파괴되자, 혼자 일본에 남아 고등학교를 다니고 있던 마사오는 부친을 찾아 피난선을 타고 도쿄항을 탈출했다.

그리고는 사할린을 거쳐 이곳 시베리아까지 흘러들어 오게 된 것이다.

전쟁만 아니라면 만화 전문 대학에 들어갔을 것이고, 소원대로 애니메이터가 되어 있을 녀석이었다.

120kg의 찐빵같이 비만한 중국인 챠우가 골동품 같은 농약 살포 분무기를 메고 손으로 노 젓 듯 아래위로 움직이자, 통 안에 들어 있던 휘발유와 디젤을 섞은 기름이 안개처럼 뿜어지기 시작했다.

푸화악!

거기에 마사오가 재빠르게 지포 라이터로 불을 붙였다.

농약 분무기는 화염방사기처럼 시뻘건 불길을 토해냈다.

그걸로 눈구덩이 속에 쏘아대자 금세 눈구덩이가 푹푹 들어가며 패어 들어가기 시작했다.

"나왔다! 그만!"

눈이 녹아 들어가면서 점차 그 안에 묻혀 있던 무기의 총신이 모습을 드러냈다.

"빌어먹을! 또 카라쉬니코프야!"

얀센이 총신을 잡고 눈구덩이 속에서 총을 뽑아내었다.

러시아 연방군의 카라니쉬코프 AK58이다. 북한에서 2008년에 제조한 구닥다리 골통품이다.

이런 것은 10달러 정도밖에 못 받는다.

쿠우우우우!

다시 챠우가 엉성한 화염방사기로 눈을 녹여댔다.

갑자기 살 타는 냄새가 코끝으로 확 풍겼다.

"조심해, 시체야!"

보루엔이 눈살을 찌푸리면서 소리쳤다.

"알게 뭐람."

챠우는 퉁명스럽게 대꾸하고는 계속 화염방사기로 눈을 녹여댔다.

"이런 추운 곳에서 총 맞아 죽은 것도 서러운 판에 개처럼 그슬리면 죽은 인간 얼마나 서럽겠냐구."

몽골인 보루엔이 혀를 찼다.

"플로리다 주방위군 놈들 무기가 나왔어야 하는 건데 계속 인민해방 군들의 싸구려 무기들만 걸리는군."

얀센이 중국제 바추카포 한 정과 중국제 소총, 반쯤 부서진 무전기를 더 찾아냈다.

"여긴 중국군들 시체밖에 없어. 다른 곳으로 옮길까, 초이?"

초이는 서글서글한 눈을 들어 회색의 눈을 퍼부어대고 있는 하늘을 올려다보았다. 초이의 눈썹에도 서리가 내려앉아 허옇게 얼어붙어 있었다.

"곧 어두워질 것 같아. 이곳만 좀 더 파보고 오늘은 돌아가도록 하자."

"오케이!"

초이의 결정에 얀센이 흔쾌히 대답하고는 다시 곡괭이를 집어 들었다.

퍽퍽.

녹아 패인 구덩이를 중심으로 힘 좋게 얼어붙은 눈덩이를 찍어댔다.

훅훅.

두꺼운 목도리를 두른 입 주위로 흰 김이 뿜어져 나왔다가는 곧 목도리 주변으로 허옇게 얼어붙었다.

쉬이이이잉—

그때 하늘로부터 금속성이 들려왔다.

초이는 소리가 나는 쪽으로 고개를 돌렸다.

"무인 정찰기다! 숨엇!"

초이의 호통에 마사와 챠우가 후다닥 구덩이로 뛰어들었고, 눈의 색깔과 같은 회색의 천막 천을 머리 위에 뒤집어썼다.

몽고인 보루엔과 함경도 출신의 리석철도 각자 등에 두르고 있던 회색의 망토 판쵸우의를 뒤집어쓰고 눈바닥에 납작하게 엎드렸다.

이미 이런 상황에 익숙해진 듯한 재빠르고도 번개 같은 반응이었다.

초이 역시 썰매 밑바닥으로 들어가 엎드렸다.

썰매에는 이미 눈이 한 뼘 이상 두께로 쌓여 있어, 하늘에서 본다면 바위나 흙더미쯤으로 보일 것이다.

쐐애애애애!

러시아를 돕고 있는 미 플로리다 주방위군의 원반형의 거대하고 시커먼 쇳덩이 무인 정찰기는 50큐빗(1큐빗:팔꿈치에서 손가락 두 번째 마디까지의 길이, 약 50㎝) 정도의 높이에 떠서 굉음을 울리면서 천천히 초이 일행의 머리 위를 지나갔다. 밑바닥에 커다랗게 쓰인 USFA(United States Florida Army)라고 쓰인 글씨가 선명하게 보일 정도로 낮게 떠 있다.

쌓였던 눈들이 미친 듯 사방으로 휘몰아치면서 소용돌이를 일으켰다.

만일 움직이는 물체가 있으면 즉각 원적외선 판독기를 통해 짐승인지 두 발 달린 사람인지를 판단해 내고, 만일 그것이 사람이라면 가차없이 인마 살상용 레이저빔을 쏘아버릴 것이다.

얼마 전에 일행 모두는 실제로 순록 한 마리가 레이저빔에 관통당해 갈가리 찢겨지는 것을 목격한 일이 있었다.

시베리아 순록 한 마리가 높은 곳에 있던 나뭇가지의 순을 뜯기 위해 앞발을 들고 나무에 기대 있었기 때문에 무인 정찰기의 컴퓨터는 두 발 짐승, 즉, 인간으로 판독하고 살인 빔을 쏘았던 것이다.

순록을 팔뚝만한 굵기의 붉은 레이저빔이 관통하는 듯싶더니 둔한 파열음과 함께 순록의 몸체가 갈가리 찢겨 허공으로 흩어져 흔적도 없이 사라졌다.

그 후에 한참 동안 그 순록 주위를 맴돌다가 더 이상 생명체의 반응이 없자 다시 진로 대로 사라졌던 것이다.

"FUCKING! USFA!"

완전히 무인 정찰기가 사라지자 구덩이에서 기어나온 챠우가 팔뚝을 하늘에 까 먹이며 욕을 퍼부어댔다.

미국의 플로리다 주방위군과 교황청이 개입한 시베리아의 남동부 전역에서는 중국 인민해방군과의 대전투가 벌어지고 있었다.

밤인데도 온통 하늘이 벌겋게 달아올랐으며 수백 킬로 떨어진 곳에서도 그것을 볼 수 있었다.

종이호랑이가 된 러시아가 일본과의 제2 러일전쟁을 벌이면서 옛 소련 군인들과 강경 보수 세력이 연합한 군사 혁명이 일어났고, 발트해 연안의 표르트 궁전에서 겨울 휴가를 즐기던 러시아 대통령이 체포되고 온건파들과 개혁파들을 모조리 숙청하고 대통령을 총살함으로써 피의 쿠데타는 성공을 거두었다.

정권을 인수한 군사혁명위원회는 옛 제정 러시아 시대의 마지막 황제인 니꼴라이 2세의 먼 친척인 알렉산드르 3세를 찾아내 황제의 자리에 앉혔다.

옛 영토를 모두 통합해 이른바 대러시아 왕국의 왕정 정치 시대를 연 것이다.

이 과정에서 독립을 요구하는 연방국들 간의 갈등과 내전으로 러시아 전체가 어수선해진 틈을 타서 중국이 대대적인 침공을 시작했다.

미국의 뒤를 이어 최대 패권국이 되려고 틈만 엿보던 중국은 러시아와의 국경 문제 시비를 빌미 삼고 일방적인 선전 포고를 한 뒤 광대한 시베리아를 집어삼키기 위해 몽고를 거쳐 물밀듯 러시아 국경으로 쳐들어온 것이다.

러시아는 총력을 다해 방어했으나 이미 미국이 사라진 작금, 세계 최강의 군사 대국으로 발돋움한 인민해방군을 막기에는 역부족이었다.

시베리아의 남쪽 반 이상을 빼앗겼을 때, 네오 클로네이드 사의 조종을 받는 미 플로리다 주정부군의 개입과 함께 바티칸 교황청 소속의 정예 기사단들이 전쟁에 뛰어들었다.

전세는 순식간에 뒤바뀌었다. 보도 듣도 못한 차세대 첨단 무기로 무장한 플로리다 주정부군의 화력은 상상을 초월할 정도였다.

시베리아로 진격하던 중국 인민해방군의 머리 위에 합동 직격탄(JDAM)과 지하 벙커 동굴 파괴 폭탄(GBU—28/37)과 흑연 폭탄(GBU—94/B)을 쏟아 부었고, 일본 북단 오호츠크 해안의 함대에서 토마호크 함대지 순항 미사일(BGM—109)을 밤낮으로 퍼부어대는 데는 아무리 최강의 중국군들이라도 견뎌낼 재간이 없었던 것이다.

특히 이번 육상전에 네오 클로네이드 사가 개발해 투입시킨 타조를 닮은 모양의 TZ—901 레이저 스톰건 머신은 세계를 경악시켰다.

타조의 몸동작 메카니즘을 완벽하게 모방해 낸 로봇 머신건이었던 것이다.

바퀴로 달리는 것이 아니라 타조처럼 두 발로 시속 90마일 이상의 속력으로 시베리아 벌판이며 산악 지대를 번개처럼 뛰어다녔다.

멀리서 보았을 때는 뿌연 눈보라가 휘몰아치듯 벌판을 가로질러 이쪽에서 저쪽으로 순식간에 폭풍을 몰고 다니는 것처럼 사라져 버리곤 했던 것이다.

온통 쇳덩이라 기관총을 퍼부어도 끄떡도 하지 않았다.

운 좋게 자동 추적 장치를 부착한 휴대용 소형 미사일로 쏘아 맞혀도 폭발과 함께 튕겨 나갔다가 불사조처럼 다시 일어났던 것이다.

타조 머리의 눈에 붙은 적외선 탐지기가 피아군을 식별해, 중국 인민군만을 골라 주둥이 부분에 장착된 분당 2,500회 발사되는 레이저건으로 무참하게 살해했으며, 시속 100㎞로 달려들어 중국 인민해방군의 기갑사단의 포화를 뚫고 탱크에 뚫린 구멍 안으로 정확하게 열화 레이저포를 갈겨댔던 것이다.

불과 3초 만에 탱크 안의 레이저빔의 엄청난 열로 인해 벌겋게 달았고, 탱크 안에 있던 중국군들은 비명 지를 새도 없이 새카맣게 숯덩이가 되어버렸다.

거기에다 거대한 말을 타고 망토를 휘날리면서 빔건을 들고 종횡무진 전쟁터를 누비는 교황청 소속의 정예 용병 콜룸부스 기사단(Columbus Orden)의 모습은 상대의 간담을 서늘케 만들고 사기를 떨어뜨리게 만들기에 충분했다.

21세기의 전투에서 말을 타고 전쟁이라니, 웬 말도 안 되는 짓거리냐고 군사 전문가들은 냉담한 코웃음을 쳤었다.

그러나 막상 기사단들이 전쟁을 치르는 현장을 단 한 번이라도 본 군인들은 적군과 아군을 가리지 않고 치를 떨고 공포에 떨 수밖에 없었다.

그리고 며칠 전, 시베리아의 땅거죽이 온통 뒤집어지는 듯한 거대한 대폭발이 있었다.

대륙간 핵탄도탄(ICBM) 기지가 폭발을 한 것이라는 소문이었다.

그 다음날 시커먼 재가 섞인 검은 눈이 하늘에서 내렸다.

곧바로 러시아 전역의 대규모 병력이 야쿠츠의 툰드라 지대로 군력이 집중되었고, 미국의 플로리다 주방위군과 함께 바티칸 교황청의 콜룸부스 기사단이 대거 시베리아 전투에 투입되었다는 소문이 들린 것은 이틀 전이었다.

그것을 막바지로 며칠 전에 포화는 그쳤고, 중국 인민해방군은 몽고 국경 쪽으로 일단 후퇴한 상황이었다.

"엇!"

곡괭이로 얼음덩이를 찍어 내리던 얀센의 비명에 동료들은 돌아다보았다.

"오우 셧!!"

얀센이 두꺼운 방한 장갑을 낀 손으로 얼음 조각들을 걷어내었다.

옆으로 자빠져 죽어 있는 말의 커다란 머리를 곡괭이로 찍었던 것이다.

눈과 귀 사이에 곡괭이의 날이 박혀 있지만 피는 나오지 않았다. 아마 피까지도 꽁꽁 얼어붙었기 때문일 것이다.

"말이다! 말이야!!"

"기사단 놈들이 타고 다니던 말이다!"

말의 이마를 덮고 있던 강철 갑주의 문장에 선명하게 새겨진 컴퍼스와 초승달의 문장.

그렇다. 중국군을 공포로 떨게 했던 교황청 소속의 콜룸부스 기사단의 문장이었다.

"무기가 있는지 찾아보라우! 시체도!"

리석철이 흥분한 목소리로 외쳤다.

그도 그럴 것이, 기사단의 무기라면 암시장에서 엄청난 값을 받아낼 수 있었다.

족히 만 불 이상은 받아낼 수 있을 것이다.

중국 정부가 기사단의 무기를 십만 달러 이상에 사들였다는 소문을 들은 적이 있기 때문이다.

중간 밀매상에 팔아치워도 족히 만 불 이상은 받아낼 수 있을 것이다.

직접 중국 정부 부원과 접촉을 하는 것은 위험하기 때문이다.

아마도 무기를 분해하고 분석하고 연구해서 복제하려는 것 때문일 것이다.

하지만 좀처럼 기사단의 무기를 구입하긴 쉽지 않았다.

수십 군데의 전쟁터를 돌아다니면서 무기를 파내고 주워들였지만 거의 중국 인민해방군들의 시체와 무기가 대다수였던 것이다.

그만큼 중국군이 일방적으로 전쟁에서 패하고 있다는 증거였다.

이런 판에 바티칸 교황청 소속인 콜롬부스 기사단의 시체를 발견했다는 것은 확실히 행운이었다.

파헤쳐진 눈구덩이 속에서 거대한 말의 시체의 윤곽이 드러났다.

"노다지를 캔 기분이야! 잘하면 오늘 나이트 클럽에 가서 실컷 퍼 마실 수 있겠다!"

독한 러시아 보드카를 한 모금 마신 챠우가 농약 분무기의 화염방사기로 나머지 말의 시체에 붙어 있던 눈들을 녹여냈다.

"우왁!"

갑자기 챠우가 뒤로 엉덩방아를 찧으면서 비명을 질렀다.

"왜 그래?"

"마, 말이 움직였어!"

챠우가 겁먹은 얼굴로 손을 떨면서 앞을 가리켰다.

"뭐라고?"

"말이 움직였단 말야! 죽지 않았다고, 씨발!"

머리에 곡괭이가 반쯤 박혀 있는 말이 살아 있다니, 챠우는 보드카에 취했거나 헛것을 본에게 틀림없었다.

"비키라우, 내가 할 테니까니!"

리석철이 챠우를 밀어내고는 곡괭이를 집어 들었다.

순간 곡괭이를 높이 치켜든 리석철 역시 흠칫했다.

"보, 보라구! 지금 움직이고 있잖아!"

믿을 수 없는 일이었다.

말의 뒷발굽이 힘겹게 끄덕이며 움직이고 있었던 것이다.

"이, 이기 뭐가? 정말로 움직이고 있잖네?!"

리석철이 겁먹은 얼굴로 뒷걸음질을 쳤다.

"관절이 얼어 있다가 열에 녹아서 움직이는 게 아닐까?"

얀센이 불안한 얼굴로 초이를 돌아봤다.

초이는 구덩이로 뛰어들어서는 장갑을 벗고 맨손으로 말을 만져 보았다.

차갑고 딱딱하게 얼어 있었다.

그럼 그렇지. 오줌줄기조차 금방 고드름으로 되어버리는 영하 4, 50도의 혹한 속에서 온기가 느껴질 리 없잖은가.

순간, 배 부분을 만지던 부위에서 꿈틀하는 촉감이 전해졌다.

초이는 순간 흠칫하면서 자신도 모르게 손을 움츠렸다.

"왜 그래, 캡틴? 움직였어?"

초이는 믿을 수 없다는 눈으로 미간을 찌푸렸다.

"그래, 배가 움직였어."

"것봐! 살아 있다고 했잖아! 기사단의 말은 괴물이 틀림없다구! 젠장!"

챠우가 흥분해서 떠들어댔다.

초이는 다시 말의 시체를 조심스럽게 손끝으로 더듬었다.

그러고 보니 아랫배 부분은 차갑지 않았다. 아니, 오히려 희미한 온기가 손끝으로 전해지고 있는 것이 아닌가.

"온기가 있다."

"……!!"

초이의 말에 모두 어리둥절했다.

초이는 귀마개가 달린 모자를 벗고 말의 배에 귀를 대고는 엎드려서 머리를 땅에 대다시피 하고 말 시체의 밑을 살폈다.

과연, 생각대로 말의 배 밑으로 삐죽하게 삐져 나온 금속판이 보였다.

기사의 방패였다.

"도와줘, 얀센. 말을 들어 올릴 테니까 밑에 있는 것을 꺼내라구."

초이는 곡괭이 자루를 말의 배 밑에 찔러 넣고 들어 올렸다.

그사이에 얀센이 말 밑에 깔려 있던 물건을 뽑아냈다.

"와우! 방패야! 콜롬부스 기사단의 방패!"

일제히 환호성을 올렸다.

검정색 바탕에 붉은 십자가와 초승달, 컴퍼스 문장이 선명하게 그려져 있었고, 방패의 뒷면은 팔뚝에 낀 후 잡을 수 있도록 두 개의 손잡이가 붙어 있었다.

그리고 윗 손잡이에는 단추만한 초록빛의 램프가 반짝이고 있었다.

그랬다! 방패에는 플라즈마 이온 축전지의 작동 스위치가 ON 상태로 놓여져 있었고, 그 방패가 열을 내고 있었기 때문에 말의 한쪽 부위가 얼지 않고 온기를 유지하고 있었던 것이다.

기사단의 기사들이 야전(野戰) 생활을 하면서 방패를 깔거나 덮고 잔다는 소문은 들은 바 있었다.

적의 공격을 막는 데 사용하기도 하고 보온(保溫) 용도로 사용하는 기능도 있었던 모양이다.

"방패가 공기막을 만들어서 대전차 포탄까지 막는다는 소문은 들었어. 이것도 굉장히 비싸겠지?"

"물론. 일단 기사단들의 무기라면 암거래 시장에서도 부르는 게 값일 정도야. 다른 무기도 있는지 찾아봐! 기사의 시체도!"

"오케이! 어젯밤 꿈자리가 황홀하더니 횡재를 할 꿈이었던 것 같아!"

모두들 흥분해서 주변을 파헤치기 시작했다.

초이는 뒷춤에 차고 있던 그라인더로 날카롭게 갈아 날을 세운 군용 대검을 쑤욱 뽑아 들었다.

말 옆을 파헤치던 보루엔이 말했다.

"뭐 하려고 하는 거야, 캡틴?"

초이는 대답 대신 유난히 불러 보이는 말의 배를 손으로 더듬어 칼끝을 겨냥했고, 배에 대검을 찔러 박았다.

퍼억!

온기가 남아 있어 얼지 않은 말의 불룩한 뱃속으로 군용 대검이 깊숙하게 틀어박혔다.

"……!"

모두들 움직임을 멈추고 초이의 행동을 의아한 눈으로 지켜보고 있었다.

초이는 군용 대검을 가차없이 척추를 따라 옆으로 부욱 그었다.

우두둑!

그리고는 두꺼운 뱃가죽을 찢어내자, 더운 김이 왈칵 피어오르면서 얼지 않은 내장들이 쏟아져 내렸다.

"윽!"

모두들 확 풍기는 피비린내와 오물 냄새에 입을 막았다.

초이는 개의치 않고 엎드려서 내장들을 손으로 헤쳐서는 손을 깊숙하게 집어넣었다.

예상대로 초이의 손끝에 꿈틀거리는 커다란 덩어리가 손에 잡혔다.

두 손으로 커다란 점액질로 뒤덮인 그 덩어리를 뽑아내었다.

"오 마이 갓!"

구경하던 녀석들이 일제히 비명을 질렀다.

"오 마이 갓! 자궁이잖아!!"

"무슨 짓이야. 버려, 초이!"

초이는 대꾸 대신 점액질의 껍질을 움켜쥐어 들어 올리고는 그 껍질의 막을 칼로 부욱 찢었다.

껍질을 벗겨내자 끈적거리는 피와 점액으로 뒤덮인 말의 새끼가 드러났고, 놀랍게도 말의 태아는 꿈틀거리고 있었다.

"……!!"

모두 입을 딱 벌렸다.

이 말은 암컷이었고, 죽기 전에 새끼를 배고 있었던 것이다.

"살아 있어. 마사오, 내 군화 끈을 풀어다오!"

초이는 소리치면서 말의 새끼 코에 입을 대고는 빨아댔다.

말의 코를 막고 있던 점액질의 덩어리가 입 안으로 물컹하니 빨려들어왔다.

"퉤!"

핏덩이를 뱉고는 새끼의 입을 벌려 기도를 막고 있던 양수의 찌꺼기를 손가락으로 뽑아냈다.

끼히힝.

그제야 꿈틀거리던 말의 새끼가 미약하게 소리를 냈다.

"탯줄을 자를 테니까, 묶어라!"

"알았어요, 캡틴!"

초이가 탯줄을 잘라내자 마사오가 재빨리 군화 끈으로 탯줄을 단단히 묶었다.

"이봐, 구경들만 하고 있지 말고 모포를 줘. 방패를 썰매에 깔아놓고 파카나 아무것이나 보온이 될 만한 것으로 덮어놔."

새끼를 안아 들고 버럭 소리치는 초이의 말에 그제야 정신이 퍼뜩 들었는지 리석철이 방패를 들고 뛰어갔다.

헝겊으로 새끼의 몸에 묻은 양수를 닦아내고는 모포로 꿈틀거리는 새끼를 친친 감쌌다.

새끼라곤 하지만 웬만한 처녀의 몸집 크기였기에 꽤 힘이 들었다. 초이의 등짝이 땀으로 축축이 젖어들었다.

"세상에, 이런 일이!! 말을 해도 아무도 안 믿을 거야!"

"믿고 안 믿고는 나중 문제고, 나머지 무기나 찾아봐. 분명 기사의 물건들이 있을 거야."

초이는 보온병에 담긴 따뜻한 물을 헝겊에 적셔 새끼에게 물려주었다.

새끼는 마치 젖이나 되는 양 헝겊을 힘차게 빨아댔다.

죽은 전투용 말은 네오 클로네이드 사가 지구상의 최고 품종의 말의 유전자를 합성해서 복제 배양을 해낸 클론 말이었다.

일반 경기용 말들보다 1.5배 크기의 거대한 몸통을 가지고 있었고, 네 다리의 관절은 강철로 대체를 해놓았던 것이다.

즉, 말을 전투용으로 안드로이드화시켰던 것이다.

기사들이 들고 있는 방패는 에어 쉴드(Air Shield)로서 압축된 공기막을 형성해 웬만한 폭탄의 충격을 막아내고 장갑차용 철갑탄까지 팅겨낸다는 소문을 들었다.

그들이 가지고 있는 장창(長創)은 블레스터(Belester)로 응축된 에너지를 쏘아내어 트럭이나 장갑차까지 한 방에 날려 보낼 정도의 위력이 있다 했다.

기사들이 뒤엉켜 백병전을 벌일 때는 짧은 곤봉 토막 크기의 광자검(光子劍)을 사용했다.

광자검은 일종의 생체 에너지 증폭기였다.

오라 마나(Mana:생체 에너지. 기)를 주입시키면 작은 토막에서 빛으로 된 막대가 솟아나서 쇳덩이를 무 토막 같이 잘라 버렸던 것이다.

옆에서 싸우던 동료가 기사의 광자검에 의해 어깨부터 반대편 허리까지 비스듬히 통째로 잘라져 나가고, 머리통의 반쪽이 잘라져 나가는 것을 지켜본 전우의 심정이 어떠하리라는 것은 능히 짐작할 수 있으리라.

콜롬부스 기사단이 휘두른 광자검의 빛에 닿기만 해도 인민해방군들의 팔다리가 뭉텅뭉텅 잘라져 나갔다. 철모를 쓴 머리까지 헬멧과 함께 외과용 수술메스로 잘라내듯 깨끗이 잘라져 날아갔다.

중국 인민해방군의 공포는 극에 달했고, 후방으로 파고들어 종횡무진 장창의 빔을 쏘아대고 광자검과 검정 티타늄 장검을 휘둘러대는 기사들의 눈부신 활약은 곧잘 다 이겨놓은 전세를 역전시키기 일쑤였다.

초이는 회색 눈발이 굵어지고 있는 하늘을 올려다보았다.

유도탄 기지가 대폭발을 일으킨 후로 폭발 먼지가 하늘을 뒤덮었고, 회색 빛의 눈으로 변한 것이다.

이곳에서 마지막으로 치열한 전투가 있었던 것이 3일 전이었고, 눈은 3일 동안 계속 퍼부어댔다.

눈이 그치면 군대를 동원해서 시체 수거 작업에 들어갈 것이다. 그전에 한 개라도 더 무기를 주워야 했다.

그 뒤로 말 시체 주변을 샅샅이 뒤져 한 시간 동안에 제법 여러 가지 무기들을 찾아냈다.

기사가 사용했던 장창과 조그만 막대 크기의 광자검 손잡이, 스위스제 소총 MIG SG550 세 자루, 장교용 권총 한 자루, 미국의 바렛 사가 만든 대장갑차용 소형 로켓 발사기 한 대(Barrett M82A1), 그 외 수류탄 몇 발 들이었다. 그 정도면 기사의 무기는 제외하고라도 수확이 양호한 편이 다.

기사 시체의 신장은 대략 185센티 정도, 겉으로 보기에도 딱 벌어진 어깨와 근육질 몸의 30대 중반의 잘 다듬어진 체격이 백인 사내였다.

검은빛의 갑주를 몸에 걸치고 있었고, 각종 첨단 장치가 부착된 헬멧 을 쓰고 있었다. 특수 고글이 위로 올려져 있었고, 그 안으로 얼굴 반쪽 이 피떡이 되어 뭉개져 있는 것으로 보아 총에 머리를 재수없게 관통당 한 것 같았다.

기사가 착용하고 있는 것은 어느 하나라도 모두 돈덩어리 아닌 게 없 을 터였다.

핏빛 십자가가 선명하게 새겨진 망토를 벗겨낸 후 갑옷을 뜯어내고 헬 멧을 벗겨냈다.

초이가 말렸음에도 불구하고, 몽고인 보루엔은 갑옷 속으로 입고 있던 기사의 제복과 장갑, 그리고 부츠까지 벗겨냈다.

히팅 장치가 되어 있어서 옷조차도 큰돈을 받을 수 있을 것이라는 거 였다.

자동으로 온도를 조절해서 사막 같은 더운 곳에서는 몸을 차게 해 주 고, 추운 곳에서는 히팅 장치가 작동하여 몸을 따뜻하게 하는 기능이 있 으니 비싼 값을 받아낼 수 있을 것 같긴 했다.

거기다 한술 더 뜬 리석철은 기사의 바지와 스타킹과 양말까지 벗겨냈다.

초이가 화를 내면서 말리지 않았다면 팬티까지 벗겨낼 기세였다.

죽은 자에게 미안한 일이었지만 시체에겐 아무 쓸모 없는 물건들이다.

미안한 대신 특별히 눈덩이를 덮어 무덤을 만들어주고는 떠날 채비를 했다.

이미 날씨는 어두워지고 있었고, 눈보라도 점점 더 극성을 부렸다.

나침반이 없으면 이 넓은 시베리아 벌판에서는 길을 잃고 얼어 죽기 안성맞춤이다.

"자! 자! 서두르자고!"

초이의 말에 각자 무기들을 챙기고 떠날 준비를 했다.

쐐애애애액!

그 순간 귀청을 찢는 듯한 엔진의 금속성 소음이 들렸다.

"……!!"

위를 올려다보던 보루엔의 얼굴이 확 밝아지는 것을 느낀 순간, 퍼억! 하는 소리와 함께 보루엔의 머리가 수박처럼 터져 나갔다.

"빌어먹을! 무인 정찰기가 되돌아왔어!!"

얀센의 다급한 비명 소리가 폭음에 묻혀 버렸다.

쾅쾅쾅쾅!

하늘에서 팔뚝만한 빔이 땅으로 소나기 빗줄기같이 꽂히는가 싶더니 얼어붙었던 땅거죽이 하늘로 솟구쳐 오르며 폭음이 대기를 찢어놓았다.

짜악!

공기가 갑자기 팽창되는 폭발 후폭풍에 의해 초이의 몸이 날아갔다.

가까이 폭탄이 떨어지면 쾅 소리가 아닌 짝 소리가 들렸다.

예전에 폭탄이 옆에 떨어져, 온몸이 찢겨져 날아갔다가 구사일생으로 살아난 적이 있었기 때문에 알고 있었다.

'씨발, 맞았어!'

초이는 자신도 모르게 속으로 부르짖었다.

초이의 몸은 본인의 의지와는 상관없이 바닥으로 사정없이 곤두박질하고 뒹굴고 있었다.

다시 옆으로 빔이 꽂혔다.

짝! 하는 둔탁한 굉음과 함께 복부가 갈가리 찢기는 듯한 통증과 함께 몸이 부웅 떠오르는 것을 느꼈다.

콜롬부스 기사단 놈의 시체를 발견하고 흥분한 탓에 무인 정찰기가 되돌아올 시간이 된 것을 미처 생각하지 못한 것이다.

더군다나 퍼부어대는 눈발에 엔진 소음에 묻혀 가까이 오는 것을 듣지 못했던 것이다.

누군가 지른 소리를 초이는 꿈결처럼 들었다.

"좆됐다. 무인 정찰기가 우리를 발견했어!"

리석철의 목소리 같다는 생각이 들었다. 초이가 곧잘 내뱉는 말들은 일행들의 공통어가 됐고, 일행들은 뜻도 모르면서 욕설을 지껄여 댔던 것이다.

콰앙!

썰매에 묶인 끈 때문에 발버둥을 치는 놀란 순록의 등을 야구방망이만 한 굵은 빔이 관통하였고, 폭음과 함께 순록이 산산조각나서 흔적도 없이 사라져 버렸다.

초이의 몸뚱어리 위로 순록의 피가 뒤엉킨 살점이 후드득 떨어져 내렸다.

콰콰콰콰콰콱!

무인 정찰기는 아예 레이저빔으로 지면을 긁어대듯 훑어댔다.

빔이 긁고 지나간 자리는 어른의 허리 깊이로 구덩이가 패었으며, 사방으로 빔을 긁어댔다.

이른바 초토화였다.

'빌어먹을, 저것을 인민해방군에게 팔아먹는다면 떼부자가 될 텐데!'

초이는 그 와중에도 그런 생각이 스쳐 갔다.

어깨를 살짝 스쳤을 뿐인데도 어깨 한쪽 살점이 새카맣게 타 들어가면서 튕겨져 날아갔다.

초이는 머리를 흔들면서 몸을 일으켰다.

그동안 악착같이 살아왔는데, 결코 이대로 죽을 순 없었다.

"마사오!! 기사 놈의 창을 던져라!"

마차 밑에 엎드려 있던 마사오가 악을 쓰듯 외치는 초이의 음성을 듣고는 옆에 떨어져 있던 노획한 총기들 사이에 섞여 있던 창을 집어 들었다.

마사오는 온 힘으로 캡틴 초이 쪽으로 창을 던졌다.

초이는 날아오는 창을 낚아채고는 몸을 구르면서 하늘을 향해 창을 겨눴다.

동시에 창에 튀어나와 있는 버튼을 닥치는 대로 눌러댔다.

순간 창끝에서 한줄기 빔이 곧장 뻗어나가더니 무인 정찰기의 육중한 밑바닥에 꽂히는 것이었다.

콰쾅!

거대한 폭음과 함께 거대한 무인 정찰기가 흔들리는 것이 보였다.

"나간다! 에너지가 충전되어 있나 봐! 계속 쏴, 초이!"

얀센이 고함을 질러댔다.

쾅쾅쾅쾅쾅!

초이는 연료 탱크라고 생각되어지는 엔진 부위에 블라스터 장창을 미친 듯 집중적으로 갈겨댔다.

순간적으로 20여 발의 블레스터빔을 맞은 배 밑바닥이 벌겋게 달아오르는가 싶더니 눈을 멀게 할 듯한 섬광이 번쩍였다.

쿠와앙!

엄청난 폭음과 함께 무인 정찰기가 폭발했다.

그 폭풍이 지상을 내리 덮쳤고, 초이는 두 발이 들려서 뒤로 날아갔다.

시커먼 연기와 화광에 휩싸여 무인 정찰기가 굉음을 내면서 비스듬히 떨어지기 시작했다.

회색의 눈발 속으로 묻혀 사라지는가 싶더니 다시 거대한 폭발을 일으켰다.

콰쾅!

모두들 얼이 빠진 얼굴들로 고개를 들었다.

귓속이 멍멍하게 울려 그 거대한 폭발음도 모깃소리같이 들릴 뿐이었다.

그리고는 누군가의 입에서 함성이 터져 나왔다.

"씨발, 잡았어!"

"브라보!"

모두들 방한복이 걸레같이 찢겼지만 벌떡 일어나서 환호를 하며 얼싸안았다.

쐐애애애액!

하지만 기쁨도 잠시, 모깃소리같이 고막을 파고드는 파공성과 함께 두 줄기 강한 라이트가 일행들을 향해 곧장 쏘아오는 것이 보였다.

'맙소사!'

콰웅!

순식간에 나타난 그 작은 기체는 일행의 머리 위를 낮게 날아 스치고 지나서 턴을 하고 있었다.

말로만 듣던 왈큐레라는 이름의 X 자형 날개가 달린 소형 에어 바이크 두 대였다.

각각엔 무장을 한 러시아 군인이 타고 있었다.

콰콰콰콰콰!

바이크에 붙은 기관포가 불을 뿜었다.

주위로 콩 볶듯 얼음이 튀고, 누군가의 비명이 울렸다.

"아이고, 내 다리!"

챠우가 다리를 감싸 쥐고 뒹굴면서 비명을 질러대고 있었다.

초이는 재빠르게 다시 창을 놈들의 바이크에 겨누고 버튼을 눌렀다.

하지만 창끝에서 약한 섬광만 번쩍였을 뿐 빔이 나가질 않았다.

빌어먹을! 배터리 에너지가 다 닳아 방전되어 버린 것이었다!

꽝!

얀센이 소총을 집어 들어 방아쇠를 마구 당겼지만, 작약실이 폭발을 일으켜 오히려 뒤로 나자빠졌다.

총구 안이 얼음으로 꽝꽝 얼어 채워져 있었던 것이다.

무기가 없다는 것을 알았는지 왈큐레의 병사는 마치 제비가 수면을 차듯이, 몸을 일으키는 얀센을 발로 차면서 지나갔다.

얀센의 커다란 몸집이 부웅 떠서 날아가 곤두박질하는 것이 보였다.

리석철도 러시아 병사가 휘두른 개머리판에 맞아 날아가 떨어졌다.

마차에서 쏟아진 더럽혀진 무기들을 보고 이 부랑아들의 정체를 알았는지 총을 발사하지 않고 사방으로 날아다니며 폴로 경기 하듯 초이 일행을 가지고 놀고 있었다.

전쟁터에서 무기를 줍는 녀석들은 어디에나 있었던 것이다.

초이의 머리가 재빨리 회전을 했다.

보통의 경우라면 발견 즉시 사살일 테지만, 놈들은 무인 정찰기가 추락하는 것을 보고 달려왔을 터이고, 그 이유를 캐기 위해 자신들을 당장 사살하지 않는 것 같았다.

어차피 놈들에게 끌려가면 모두 총살형이다. 여기서 죽는 게 차라리 백 번 낫다.

'좆같은 새끼들!'

초이는 속으로 부르짖었다. 오늘은 재수없게도 정말 오지게 걸린 것이다.

미국 놈들이 최근 전투에 날아다니는 반중력 수소 이온 엔진으로 된 바이크를 전투에 투입시켰다는 소문을 들었다. 저건 분명 말로만 듣던 그 왈큐레임이 틀림없다.

네오 클로네이드 사 놈들은 끊임없이 상상도 못할 새로운 무기들과 가공할 화기들을 전쟁터에 쏟아냈다. 세계 각국은 네오 클로네이드 사의 무기 개발에 온 신경을 곤두세우고 수집하기에 혈안이 되어 있었다.

초이를 향해 왈큐레가 날아왔다.

창으로 놈들의 공격을 막아보려 했으나 위에서 쏜살같이 스치면서 휘두른 발길질은 상상을 초월하는 파괴력이 있었다.

퍼억!

옆구리에 틀어박힌 놈의 부츠는 마치 통나무가 몸을 꿰뚫는 듯한 충격을 안겨줬다.

초이는 군화발에 턱을 채여 뒤로 부웅 날아갔다.

창자가 끊어지는 듯한 고통에 숨이 턱 막혔다.

"커억!"

엎드려서 기침을 해대는 초이의 입에서 피가 한 모금 뿜어졌다.

정신을 차릴 수가 없었다.

지독한 고통으로 자신도 모르게 눈물이 흘러 뿌옇게 된 초이의 시야에 날아갔던 왈큐레가 포물선을 그리면서 유턴하는 게 보였다.

러시아 병사 놈들은 이번엔 소총을 거꾸로 들고 날아왔다.

저 총의 개머리판에 맞는다면 아무리 방한모를 쓰고 있다 할지라도 개박살이 날 터였다.

초이는 다급하게 무기가 될 만한 것을 찾았지만 주변엔 아무것도 없었다.

그때 눈에 뜨이는 것이 있었다.

두 뼘쯤 되어 보이는 나무토막!

그것이 뭔지 파악할 새도 없이 주워 들고는 놈이 내려친 총을 막아갔다.

까앙!

나무토막이 아닌 모양이다.

금속음이 들렸다.

놈은 실패를 하고 다시 곤두박질하는 초이를 스쳐 날아갔다.

초이는 그제야 손에 들고 있는 것을 내려다봤다.

기사들이 사용한다는 광자검이었다.

창과 같이 버튼이 있는지 다급히 살펴봤지만 검은빛으로 차갑게 빛나고 있는 표면엔 아무런 장식도 없었다.

"빌어먹을!"

초이는 자신도 모르게 욕설이 튀어나왔다.

말이 광자검이지, 기(氣) 에너지를 사용할 줄 모르는 사람에겐 무용지물인 쇠토막이나 다름없다.

차앙!

놈도 약이 올랐는지, 허공에서 바이크를 선회하면서 허리에 차고 있는 군도를 뽑아 드는 것이 보였다.

러시아가 왕정제로 부활하면서 지휘관급 장교들에게 3큐빗(150㎝) 길이의 티타늄 합금으로 만든 검을 지급해서 착용토록 했다.

옛 제정 러시아의 영광과 향수와 콜룸부스 기사단의 영향을 받기도 하였고, 과거 일본 장교들이 착용하고 있던 군도의 위압적인 모습에 영향을 받기도 하였던 것이다.

강철 장검(鋼鐵長劍)은 옛날이나 현재나 육박전에서 대단히 효과적인 무기였던 것이다.

총으로 쏘아대고, 빔으로 갈겨대고, 폭탄으로 터뜨려 버리는 삭막한 현대 전투에서 말을 타고 나타난 기사단의 모습은 확실히 신선한 충격이었고, 아이들과 여자들에게서 폭발적인 인기를 얻고 있는 것은 사실이었다.

그런데 막상 검(劍)을 장교들에게 착용토록 해본 결과 가볍고도 효과적이었다.

강하기 이를 데 없는 티타늄 검은 백병전에서 심리적으로나 물리적으로 의외의 효과를 거둘 수 있다는 것이 증명되었던 것이다.

그것은 과거 2차 세계대전 당시의 일본군 장교들에게 군도(軍刀)를 착용시킨 이유와 같은 것이었다.

소총에 달린 무거운 군용 대검으로 육박전을 벌일 때보다 티타늄 장검은 굉장한 효력을 발휘하였다.

거기다가 검을 착용한 병사들은 자신이 기사단의 일원이 된 듯한 착각을 하면서 자기 만족감을 느꼈고 한층 용맹해졌던 것이다.

그 결과 처음엔 의장용으로 지휘관급 장교들에게만 지급됐던 군도를 모든 러시아 병사들에게 지급해서 착용토록 한 것이다.

놈은 번쩍거리는 티타늄 검으로 초이의 목을 단숨에 날려 버릴 듯한 기세로 후려쳐 왔다.

이 시베리아의 툰드라 벌판은 도망갈 곳도 없고 몸을 숨길 만한 엄폐물도 없었다.

'끝장이다!'

눈을 질끈 감은 초이의 목구멍에서 다급한 부르짖음이 터져 나왔다.

까앙!

순간, 고막을 찢는 듯한 소리와 함께 경비군의 티타늄 검이 튕겨져 나갔다.

러시아 병사는 튼튼하기 이를 데 없는 군용 장갑을 끼었는데도 손바닥이 찢어질 듯한 고통 때문에 하마터면 티타늄 장검을 놓칠 뻔했다.

'뭐야? 저 자식, 뭘로 내 검을 막은 거지?!'

곧이어 자신이 들고 있는 검을 보고 경악하지 않을 수 없었다.

대포탄에 맞아도 멀쩡하다고 자랑하던 고탄력의 티타늄 합금검이 엿가락처럼 휘어져 있었고, 가운데의 날이 뭉텅 이빨 빠지듯 빠져 버린 것이 아닌가!

초이 일행은 모두 초이가 두 동강이 나서 피를 뿌리고 눈밭에 쓰러지는 것을 상상하고 몸서리를 쳤다. 차마 볼 수가 없어서 눈을 질끈 감아버린 것이다.

그런데 초이는 멀쩡하게 서 있었다.

초이 자신도 스스로의 눈을 의심하지 않을 수 없었다.

들고 있는 쇠토막인 광자검에서 한줄기 녹색 빛이 쭈욱 뻗어 나와 있었기 때문이다.

작동 스위치를 건드렸나 보다라는 생각이 초이의 뇌리로 스쳤다.

왈큐레를 타고 있던 병사, 로마노프 하사는 이 뜻밖의 사태에 잠시 어리둥절하였지만 곧이어 화가 치밀었다.

놈은 번번이 자신의 공격을 피해낸 것이다.

로마노프 하사는 약이 오를 대로 올라 휘어진 티타늄 장검을 버리고는 허리에 차고 있던 권총을 뽑아 들었다.

레이저로 조준되는 적군의 철모를 뚫어버리는 관통력을 가진 강력한 권총이었다.

사관학교를 졸업하고 얼마 전에 갓 부임한 애송이 상관인 킬리로비치 소위는 좀 더 높은 허공에서 왈큐레를 홀드 상태로 멈춘 채 아래쪽에서 벌어지고 있는 광경을 흥미로운 듯 지켜보고 있었다.

로마노프 하사는 수치심으로 얼굴이 달아올랐다.

애송이 소위가 보는 앞에서 이게 무슨 개망신이란 말인가!

부대 내에서 항상 고참의 관록과 짬밥의 무서움을 강조하던 로마노프 하사였다.

'버러지 같은 자식, 머리통에 구멍을 내주마!'

로마노프 하사는 발끝으로 엑셀을 밟으면서 한 손으로 멋지게 핸들을 틀었다.

푸화아아악!

무서운 가속이 붙으며 왈큐레는 허공에서 거꾸로 한 바퀴 원을 돌면서 초이를 향해 쏘아갔다.

'머리통을 부숴놓겠어!'

로마노프의 권총에서 붉은 레이저 빛이 쭉 뻗어나갔다.

그리고는 도망치려는 초이 몸뚱이에 걸려 빨갛게 빛났다.

초이는 붉은 레이저 빛이 자기 눈 사이로 파고드는 듯 반짝이는 것을 느꼈다.

'위험하다!'

쾅쾅쾅!

총성이 들리는 것과 동시에 초이는 본능적으로 광자검을 휘두르며 몸을 날렸다.

순간 마구잡이로 휘두른 광자검의 불빛은 초록색으로 커튼이 쳐지듯 초이의 앞에 둘러 쳐졌다.

퍽퍽!

물 자루 두들기는 소리가 나면서 초록색 빛의 커튼은 로마노프가 쏜 총알을 스폰지처럼 흡수해 버리면서 튕겨 버렸다.

국경 수비대 소속 로마노프 하사의 눈이 자신도 모르게 휘둥그레졌다.

반대쪽의 왈큐레를 타고 있던 킬리로비치 소위 역시 눈이 휘둥그레졌다.

로마노프 하사는 순간적으로 당황했다.

'한 번도 아니고 두 번씩이나 공격을 막아낸 저놈이 가지고 있는 것이 무엇이란 말인가? 발길질에는 나가떨어졌던 녀석이!'

머리가 혼동되어 정리가 되지 않았다.

'저 광선의 정체는 뭐지?'

순간, 예전 바이칼 호수 근방에서 벌어졌던 전투에서 콜롬부스 기사단들이 저런 묘기를 부리는 것을 본 것이 생각났다.

'빔 쉴드(Bim Shield)?! 그렇다. 저건 빔 쉴드다!'

애송이 소위도 뜻밖의 사태에 놀랐는지, 후진을 하더니 로마노프 쪽으로 왈큐레를 몰고 다가왔다.

헬멧을 통해 소위의 무선음이 들려왔다.

─로마노프 하사! 놈이 가지고 있는 것이 뭔가!

─모르겠습니다. 광자검 같습니다.

─어떻게 놈이 저것을 가지고 있을 수 있지?

'그것을 내게 물으면 어떻게 하냐, 멍청한 소위 놈아!'

로마노프 하사는 속으로 욕을 퍼부어댔다.

―놈들이 기사단의 무기를 주운 것 같습니다. 이번 전투에서 세 명의 기사들이 행방불명됐다고 하지 않습니까!

―아니야, 그럴 리가 없다! 기사단의 광자검은 기사들밖에 사용할 수 없어! 그리고 저 녀석이 가지고 있는 검은 녹색빛이 아닌가? 기사단들의 광자검은 붉은빛을 냈었다!

그렇다. 기사들의 검은 생체 에너지인 기인가, 마나인가 하는 것을 사용할 줄 알아야 써먹을 수 있다는 것쯤은 들어서 알고 있다.

―그럼 저것은 광자검을 흉내 낸 비슷한 무기인 모양이다. 중국 인민군이 만들어낸 무기가 틀림없어!

―그런 것 같습니다!

―큰 수확이다. 저놈을 죽이지 말고 체포하도록 해라, 로마노프!

로마노프는 멈칫했다.

'뭐? 놈을 체포해?'

빌어먹을. 엿 같은 소리는 집어치우라고! 자신을 개망신시킨 저놈을 살려둘 순 없다. 죽여 버릴 것이다.

한편 위기를 넘긴 초이는 숨을 몰아쉬면서 들고 있는 광자검을 내려다보았다.

그런데 그 빛이 점차 사그러지기 시작하는 것이 아닌가!

다급하게 작동 스위치를 찾아봤지만 쇠토막은 매끈했고 아무것도 없었다.

빔이 뻗어 나왔으니까 분명히 어딘가 작동 스위치가 있을 것이다. 그러나 역시 아무런 작동 버튼도 스위치도 보이지도 않았고, 만져지지도 않았다. 빌어먹을!

로마노프 하사는 왈큐레의 핸들 사이에 설치된 액정 컴퓨터를 손끝으로 찍었다.

적외선 체온 감지 자동 추적 모드로 선택한 후, 40㎜ AC—130 건쉽 기관포를 설정했다.

그가 새로운 공격을 가할 것이라는 것을 눈치챘는지 동양인 놈이 도망치기 시작하는 것이 눈에 들어왔다.

로마노프 하사는 코웃음을 쳤다.

'멍청한 놈. 이 벌판에서 뛰어봤자 벼룩이다.'

일당 놈들은 아예 도망치는 것을 포기했는지 넋 놓고 구경하고 있었다. 그것이 현명한 짓이다.

제아무리 빠른 스노우 모터를 타고 도망친다 해도 허공을 150km 속도로 날아가는 이 왈큐레의 손아귀를 벗어날 수 없다.

하물며 두 다리로야 말할 것도 없지 않은가? 그런 점에서 저 동양인 놈의 일당들은 제대로 사태를 파악하고 있는 것이다, 그런데 저놈은 필사적으로 도망치려고 발버둥 치고 있다.

'괘씸한 놈!'

액정 모니터에 순식간에 녀석의 몸이 적외선 사진 형상으로 잡히는가 싶더니 곧바로 발사를 알리는 붉은색의 빛이 점멸했다.

로마노프 하사는 왼쪽 핸들에 부착한 손잡이 방아쇠를 당겼다.

콰콰콰콰콰콰!

폭죽 터지듯 왈큐레 밑바닥 양쪽에 부착이 된 캐틀링 기관포가 불을 뿜어댔다.

'빔 쉴드고 나발이고 콩가루를 만들어주지!'

장갑차도 뚫어버리는 40mm 대구경 철갑탄을 퍼부어대는 반동으로 왈큐레가 미친 듯이 흔들렸다.

지그재그로 달리면서 총알을 피해보려는 녀석을 그림자처럼 따라가며 총알이 박혔다. 아니, 터진다고 해야 더 정확한 표현일 것이다.

얼어붙은 눈과 얼음덩어리가 폭죽 터지듯이 터져 오르고 있었으니까.

숫사슴처럼 제법 잘도 피하는군. 이제 놈의 모가지를 따버린다.

로마노프 하사는 자동으로 기관포를 갈겨대며 초이의 뒤를 여유있게 쫓아 날아가면서 수류탄을 뽑아 들었다.

뒤쪽에 있는 애송이 소위는 내가 수류탄을 뽑아 든 것을 보지 못할 것이다. 놈을 스치고 지나는 척하면서 놈 앞에 수류탄을 슬쩍 던지고 날아 오르면 놈은 갈가리 찢겨 형체도 없이 날아갈 것이다.

자동 추적 기관포를 생쥐처럼 피하고 있는 저런 놈을 생포하라고?

홍, 얌전한 저놈의 일당들도 많은데 굳이 저런 위험한 놈을 어렵게 생포할 필요는 없다.

무기의 구입 과정은 저놈 일당들을 고문해서 알아내면 된다. 바보 같은 애송이 소위 놈은 일 처리의 순서를 제대로 알지도 못한다.

로마노프는 신형 수류탄을 뽑아 들고는 세라믹 안전핀을 이로 뽑아 물었다.

초이는 숨이 턱턱 막혀왔다. 벌써 한 이백 미터는 전력 질주를 하고 있었다. 그것도 지그재그로.

한 걸음 차이로 놈이 허공에서 갈겨대고 있는 왈큐레에 장착된 캐틀링포의 총알이 뒷꽁무니에 박히고 있다.

놈은 마치 짐승몰이를 하듯이 여유있게 몰아대고 있었다.

조금이라도 속도를 늦추면 초이의 몸은 북어포처럼 갈가리 산산조각 나 찢길 것이 뻔했다.

'빌어먹을, 서울에서 시베리아까지 죽을 고생하고 도망쳐서 이 황량한 벌판에서 이렇게 개죽음당할 순 없잖은가 말이다!'

초이는 부르짖었다.

초이는 놈의 왈큐레가 갑자기 속도를 내면서 머리 위로 덮쳐 내려오는 것을 느껴졌다.

로마노프는 수류탄을 치켜들었다.

도망치고 있는 저 원숭이 같은 동양 놈의 머리통 위에 수류탄을 슬쩍 놓을 것이다.

그리고 날아오르면 원숭이 놈의 몸뚱어리는 갈가리 찢겨져 허공으로 비산(飛散)할 것이다.

바싹 접근한 로마노프의 시선에 뒤를 돌아보는 동양인치고는 제법 잘 생긴 녀석의 일그러져 땀에 젖은 얼굴이 보였다.

로마노프는 쾌재를 부르면서 소리쳤다.

"어차피 뒈질 놈이 뭘 그리 발버둥을 치느냐, 이 원숭이 자식아!"

그런데 돌연 동양인 녀석이 갑자기 몸을 돌리면서 뛰쳐오르는 것이 아니는가.

로마노프의 확 커지는 동공에 붉은 빛으로 뿜어내는 광자검의 빔이 번쩍이는 게 보였다.

'억!'

로마노프 하사는 본능적으로 피하려 했지만 가속도가 붙어 있어서 불가능했다.

서걱!

로마노프 하사는 광선검의 빛이 자신의 휘익 몸을 훑고 지나가는 것을 느꼈고, 놈을 스치고 지나갔다.

'그럼 그렇지. 기사단의 검도 아닌데 별것 아니군 그… 래…….'

채 생각을 마치기도 전에 뭔가 잘못되어 가고 있음을 느꼈다.

로마노프 하사가 생각할 수 있고 인지(認知)할 수 있었던 것은 거기까지였다.

너무나 예리한 칼에 베이면 아프지 않는 법이다.

로마노프의 상체와 하체가 비스듬히 통째로 분리되어 나갔다.

피와 빨래줄같이 늘어진 내장이 범벅되어 허공에 뿌려졌다.

하체는 안장에 앉아서 엑셀을 밟고 있었고, 상체는 한 손으로 핸들을 잡고 있었고, 다른 한 손으로는 수류탄을 움켜쥐고 있었다. 그래서 몸통이 분리됐음에도 불구하고 로마노프의 몸은 분리된 채 에어 바이크와 한 덩어리가 되어 위로 솟구치고 있었다.

파파팍!

초이는 로마노프 하사가 분수처럼 뿌리고 간 피를 뒤집어썼다.

콰앙!

곧이어 그때까지도 로마노프의 손이 움켜잡고 있던 수류탄이 터졌고, 에어 바이크와 함께 공중에서 폭발을 해버렸다.

"헉!"

믿을 수 없는 이 돌연한 사태에 갓 부임한 신임 소위는 입을 딱 벌렸다.

붉은 섬광이 번쩍이자 두 토막이 나버리는 부하의 모습을 자신의 두 눈으로 똑똑히 목격했던 것이다.

"맙소사!"

소위는 자신도 모르게 성호를 그었다. 그와 그의 부모는 러시아 정교였던 것이다.

그리고 곧 정신이 번쩍 들었고, 노여움보다는 두려움으로 등골이 오싹해짐을 느꼈다.

무기나 줍는 거랭뱅이 같은 동양인 놈에게 국경 수비대의 그 잘난 척하던 고참 하사가 두 동강이 나버린 것이다.

비록 로마노프 하사가 시건방지긴 했어도 중대 내에서 가장 우수한 베테랑 고참이라는 것은 인정하고 있던 터였다.

운전하기 까다롭다는 왈큐레만 해도 로마노프 하사가 자신보다 훨씬 더 능숙하게 다루었다.

전쟁터에서의 경험도 자신보다 훨씬 많다.

그런 로마노프를 일격에 베었다는 것은 무엇을 뜻하는가!

자신이 저놈들을 잘못 판단했다는 생각이 들었다.

무기 줍는 것을 가장한 중국 측의 특수 부대원일지도 모른다는 생각이 미치자 몸이 부르르 떨려왔다.

놈이 방금 전에 뿜어낸 붉은 빛은 틀림없는 기사단의 붉은 빔이었고, 놈은 생체 에너지인 기를 사용할 줄 아는 기공 무술의 수련자일 것이다.

중국이 기공 무술이 발달해 있다는 것은 누구나 알고 있는 사실이었다.

여기까지 생각이 미치자, 킬리로비치 소위는 다급하게 왈큐레에 장착된 이중 총열 복합 화기 모드 시스템을 작동시켰다.

양쪽에 붙은 캐틀링포는 총열이 각각 두 개여서 하나는 기관포, 하나는 공대지 소형 미사일 폭격 장치이다.

가까이 접근하지 말고 멀리서 레이저 유도 폭탄으로 놈을 잡아야 한다.

삐익! 삐익!

목표를 잡았다는 계기판의 램프가 소리를 내면서 명멸했다.

철갑탄 캐틀링포가 불을 뿜으면서 소형 미사일이 놈을 향해 불을 뿜었고, 초이는 마사오가 달려오면서 외치는 소리를 들었다.

"캐—앱틴!!"

마사오가 온 힘으로 두 팔을 휘둘러서 포환 던지듯 방패를 던졌다.

초이는 본능적으로 몸을 날려 접시 원반처럼 빙글빙글 돌면서 날아오는 방패를 잡아채는 동시에 방패 뒤에 있던 스위치를 가장 위로 올렸다.

처음 발견했을 때 방패는 가장 아래 ‘LOW’에 놓여 있었던 것이다.

콰앙!

방패에 미사일이 꽂혔다.

아니, 꽂히는 듯싶었지만 옆으로 튕겨 나가 방향이 틀어져 십여 미터 후방의 옆쪽으로 박히며 폭발을 일으켰다.

에어 쉴드가 미사일을 튕겨냈던 것이다.

옆에서 밀려든 폭발의 갑작스런 공기 팽창 폭풍으로 몸이 꺾이면서 초이의 두 발을 들어 올려서는 날려 보냈다.

눈 속으로 곤두박질한 초이에게 다시 두 발의 미사일이 일직선으로 쏘아져 왔다.

“피해요, 형!!”

폭음으로 멍멍해진 귓속으로 마사오의 목소리가 모깃소리처럼 울렸다.

초이는 본능적으로 방패를 끌어다가는 얼굴을 가렸다.

짜악!

폭탄에 명중당할 때의 소리였다.

온몸이 산산조각나서 부서질 것 같은 강한 충격이 온몸을 강타했다.

파파파팍!

초이의 몸은 이십여 미터나 곤두박질하면서 공처럼 굴러갔다.

미사일은 양쪽으로 튕겨져 나가 바닥에 꽂혀서 폭발을 해버렸고, 양쪽에서 밀려드는 폭풍 때문에 정신이 없었다. 고막이 터져 나가는 것 같았고, 얼음 파편이 몸을 뒤덮었다.

킬리로비치 소위는 믿을 수가 없었다.

저 동양 놈은 세 발의 미사일을 방패로 튕겨내고 갈가리 찢어지기는커녕 살아 움직이고 있는 것이 아닌가.

거기에다 40미리 철갑탄까지 물에 젖은 솜에 박힌 듯 튕겨내 버린 것이다.

'콜롬부스 기사단의 무기다!'

그제야 방패에 찍힌 문양을 발견한 킬리로비치 소위는 속으로 부르짖었다.

콜롬부스 기사단들의 활약상과 무기들에 대해서는 귀가 따갑도록 들었지만, 눈앞에서 저토록 괴물 같은 위력을 발휘하는 것을 보니 믿을 수 없었다.

젠장할!

기사단을 상대했던 중국군들의 심정이 어떠했을까라는 것이 짐작가고도 남을 일이다.

놈이 콜롬부스 기사단의 무기를 가지고 있는 이상 위험했다. 로마노프 하사 꼴이 날지도 모를 일이었다.

일단 자리를 피해 상부에 보고한 후에 대책을 세워도 늦지 않을 것이다.

기사들이 타고 있는 말 같은 것은 보이지 않았으니까 이 들판을 벗어나려면 어느 곳으로도 12시간 이상 걸어야 한다. 이 왈큐레라면 순식간이다.

부대에 보고를 하고 지원 요청을 받는 것이 안전할 것이다.

초이는 입 안에 가득한 시커먼 눈덩이와 얼음 조각을 뱉어내고 고개를 흔들었다.

그런 초이의 눈에 백여 미터 앞의 허공에 떠 있는 나머지 한 대의 왈큐레가 방향을 트는 것이 보였다.

도망치려 하고 있는 것이다.

옆으로 고개를 돌린 초이의 시선에 로마노프 하사의 피걸레가 된 하반신 살덩어리가 보였다.

그리고 그 허리에 차고 있던 적외선 레이저 조준 장치가 부착된 권총도.

킬리로비치 소위는 헬멧에 부착이 된 교신 장치에 대고 외쳤다.

"위급 상황! 여기는 VSA—9, 통제실 나와라, 오바!"

―치익, 치익.

그러나 대답이 없었다. 중국 놈들이 100㎞ 휴전선 밖으로 후퇴한 직후라서인지 모두들 긴장이 풀어져 있는 것이다. 아마 보드카를 마시고 뻗어 있을지도 모른다.

킬리로비치 소위는 일단 여기를 떠나야겠다고 생각하고 액셀을 당겨 위로 향했다.

콰앙!

그때 뒤에서 총성이 울렸고 반사적으로 고개를 돌리는 순간.

초이가 겨냥해서 쏜 총알은 킬리로비치의 광대뼈를 부수고 들어가 반대편 머리 쪽으로 빠져나오면서 두개골 안의 뇌를 두부처럼 짓이겨 놓고 헬멧과 함께 날아갔다.

Saturne encor tard sera de retour,
Translat empier devers nation Brodde,

L'aut arriué a Narbon par autour,
Par autre vents fera dishonore

De peu de terre les temples de couleurs

Quand le poisson, terrestre & aquatique

Sauuez ici l'arc tournant du poisson Mars,
Venins chachez soubs testes de Saulmons,
Leurs chefs pendus a fil de polemars.

Act **2**

Puis de nouveau les guerres suscitees.

De la partie de Mammer grand Pontife
Subjuguera les confins du Danube
Chasser les croix par ratie ne riffe
Captifs, or, bagues, Plus ne cent mille rubles

야쿠츠 남쪽, 블라고비센스크 시는 밤이 따로 없었다.

블라고비센스크는 몇 년 전 자유 경제 특구로 지정된 이후 극동 지역의 러시아 대도시 중 하나로 부상하였다.

고층 빌딩서부터 나무를 쪼개 지붕을 덮은 시베리아 식 옛 집들이 뒤죽박죽으로 뒤엉켜 있었고, 고급 승용차와 마차가 대로를 꽉 메웠다.

맥도날드와 켄터키치킨 페스트 푸드점이 있는가 하면, 길거리에서 야생 짐승들의 다리를 잘라 훈제로 파는 상인도 있었다.

4층 전체를 샤넬부터 아르마니까지 도배를 한 고급 명품 샵이 있는가 하면 그 맞은편은 재래식 시장으로 과일, 야채, 육류, 치즈 잡화상부터 양말 몇 켤레를 바닥에 늘어놓고 파는 좌판 상인들로 24시간 북적거리고 있었다.

그도 그럴 것이, 일본 열도가 침몰한 후 1억 2천만의 일본 인구 중에서 근 4천만 이상이 극동 시베리아 쪽으로 몰려들었으며 거기에 중국, 북한, 연해주 쪽의 한국인들까지 전쟁 중임에도 불구하고 일본인들이 가지고 있는 엔화와 달러를 벌어들이기 위해 중국인 상인들까지 위험을 무룹쓰고 국경을 넘어 몰려들었던 것이다.

호텔과 나이트 클럽이 있었고, 한국형 가라오케 노래방이 골목마다 하나씩 있었고 룸살롱도 있었다. 한국 기업이 차려놓은 인터넷 게임방 체인점들이 널렸으며, 밤이 되면 러시아 매춘부들이 뉴욕의 거리처럼 손님들을 유혹했다.

일자리를 찾아 몰려든 중국과 몽고인들, 거기에 세계 각국의 각종 광물 회사들과 원유, 천연 가스 개발 기업들까지 합세를 한 블라고비센스크는 인종 박물관이나 다름없다시피 되었고, 시베리아 역사 이래 가장 번화하고 복잡한 도시가 되어 있었다.

그 복잡한 곳에서도 가장 복잡한 곳.

미로 같은 낡은 빌딩들로 숲을 이룬 한 골목에 수상쩍은 멍키영감의 잡화점이 있었다.

허리는 굽었고 어깨는 치켜 올라간 모습에, 수염으로 뒤덮인 얼굴이 영락없는 원숭이여서 그를 아는 사람들은 모두 그를 멍키영감이라 불렀다.

"오호!"

장물아비 멍키영감은 초이 일행이 펼쳐 놓은 무기를 보자 탄성을 터뜨렸다.

열대여섯 자루의 소총들과 바추카포, 기사에게 벗겨낸 갑옷과 헬멧, 심지어 기사가 입고 있던 방한복까지 꺼내놨으니 놀라는 건 당연했다.

이번에 노획한 물건들은 확실히 요 근래 들어 최고의 수확을 올린 것이다.

멍키영감은 방패와 블라스터 장창을 보더니 굽었던 등이 더욱 휘어지며 눈이 휘둥그레졌다.

믿을 수 없다는 듯 초이를 바라봤다.

"바티칸 교황청 기사단의 물건들 아닌가?!"

좀처럼 표정이 변하지 않은 멍키영감의 돋보기 안경알 뒤로 눈이 번들 거리는 것이 느껴질 정도다.

"아, 보면 모르슈! 창을 쏘아서 무인 정찰기까지 격추시켰으니까 기사 단 놈들의 무기가 아니고서야 그런 위력이 있겠수?"

챠우가 값싼 싸구려 보드카인 루스카야를 아예 병째 들이키면서 말했 다.

블라고비센스크 시내에 들어서자마자 키오스크(길거리 가두 판매점)에 서 보드카를 집어 들고는 한 병을 병나발 불고, 다시 한 병을 더 집어 들 고는 이곳으로 온 것이다.

사경(死境)을 넘기고 같이 고생하던 형제나 다름없던 보루엔을 잃었으 니 그럴 만도 하다.

초이로서도 평상시라면 물건을 처분하기 전에 술을 마신다는 것은 있 을 수 없는 일이겠지만 챠우와 가장 친했던 보루엔을 잃은 심정을 이해 할 수 있었기에 내버려 두기로 했다.

기적과도 같이 두 명의 경비병을 처치하고 나서 정신을 차렸을 때만해 도 집에 돌아갈 생각을 하고는 절망했었다.

썰매를 끄는 순록이 무인 순찰기의 빔에 맞아 산산조각났던 것이다.

설사 순록이 있었다 해도 그 넓은 시베리아 벌판을 빠져나오는 동안 국경 수비대들은 왈큐레를 타고 순찰 나간 두 명의 실종 사실을 알아챌 것이고 비상을 걸어 수색 작업을 벌일 것이 뻔했다.

결국 모두는 체포당할 것이고, 무인 정찰기와 두 명의 순찰 대원을 살 해한 것을 밝혀낼 것이었다.

두려움으로 몸을 떨고 절망에 빠졌을 때 마사오가 눈 속에 처박힌 왈큐레를 끄집어내었다.

소위가 총에 맞으면서 낮은 속도로 바닥에 끌리면서 곤두박질했던 터였다.

겉모양은 여기저기 찌그러지고 망가졌지만, 뜻밖에도 엔진이 정상적으로 작동했다.

챠우가 운전을 해보겠다고 올라갔다가 떠오르자마자 곤두박질하였고, 얀센도 도전하였으나 미친 듯 얼음 밭을 긁고 다니다가 내동댕이쳐졌다.

오토바이나 트럭 운전과는 전혀 느낌이 달랐던 것이다. 하긴 허공에 떠오른 비행기나 다름없는 것이니 당연할지도 모르겠다.

뜻밖에도 마사오가 운전을 해보겠다고 나섰고, 올라탄 마사오는 처음엔 로데오 경기를 하는 것처럼 요동을 치더니 곧 제어하기 시작했다.

일본에서 시뮬레이션 오락기들을 워낙 능숙하게 다뤄봤던 솜씨가 있어선지 곧 낮게 날아서 안정적으로 앞으로 가는 데는 이상이 없을 정도로 운전을 했다.

모두들 환호하면서 박수를 쳤다.

얀센과 챠우 일행 등은 곡괭이로 급하게 눈구덩이를 파고 보루엔의 시체를 묻고는 대강 무덤을 만들었다.

그리고 모두 모자를 벗고 묵념하며 명복을 빌어주고는 술을 그 위에 뿌려주고 그곳을 떠날 준비를 했다.

수색대가 오기 전에 한시라도 빨리 이곳을 벗어나야 했기 때문이었다.

썰매에 묶인 로프를 에어 바이크에 단단히 묶고는 출발을 했다.

출발 직전에는 과부하가 걸렸는지 요란하게 엔진이 비명을 질렀지만 곧 속도가 나기 시작하자 엔진음이 가라앉으면서 시속 70㎞의 속도로 시베리아 벌판을 쏜살같이 가로지르기 시작했다.

마치 멀리서 보았다면 수상 스키라도 타는 듯 보였을 것이다.

위에서 윙윙 소리가 들릴 정도였다. 날카로운 바람이 살갗에 닿자 칼로 베이는 듯했지만 마사오 일행은 환호를 하면서 노래를 불렀다.

순록이 끄는 썰매로 하루 밤낮을 꼬박 가야 벗어날 수 있는 벌판을 단 두 시간에 벗어날 수 있었다.

모두들 시베리아 벌판을 손바닥처럼 꿰고 있었으므로 검문소를 피해, 교포들로부터는 흑룡강이라고 더 잘 알려진 단단히 얼어붙은 아무르 강을 건너서 무사히 얀센의 집에 도착할 수 있었다.

시내에서 약간 벗어난 외곽에 위치한 얀센의 집은 공장 건물과 살림집이 떨어져 있었다.

얀센의 집은 예전엔 야생 짐승들을 가죽과 모피를 가공하던 공장이었지만 야쿠츠 일대에서 짐승들이 점차 사라지자 3대에 걸쳐 하던 공장이 문을 닫았고, 그 공장 건물을 초이를 비롯한 동료들의 숙소로 사용하고 있었다.

얀센은 늙으신 조부모와 어머니를 모시고 살고 있다. 부친은 전쟁에 징용당해 시베리아 중부 전선 크라스노야르스크에서 전사를 했다는 통지서를 받았다.

아름다운 금발과 에메랄드빛 눈동자를 가진 여동생 나타샤도 같이 살고 있었는데 식당식 나이트 클럽에서 서빙을 하는 아르바이트를 하고 있었다.

돌아오자마자 모두 바쁘게 전리품을 녹이고 기름칠 하고 손질했으며 초이는 모포로 둘둘 말아 품고 있던 망아지를 풀어서 따뜻한 물에 목욕을 시키고는 따뜻하게 덥힌 염소젖을 먹였다.

녀석은 배가 고팠는지 호스에 연결시켜 입으로 흘려 넣어준 우유를 걸신들린 듯 빨아먹었다.

찢겨지고 터진 상처들을 대강 붕대로 둘둘 감고는 마사오에게 망아지

를 부탁하곤 노획을 한 무기들을 팔기 위해 트럭을 타고 시내로 몰려나
왔던 것이다.

"보루엔의 목숨과도 맞바꾼 것이니까 대충 때려잡아 넘길 생각은 애
당초 하지두 마슈!"
멍키영감이 흠칫했다.
"보루엔이 죽었나?"
"그렇소. 국경 수비대의 순찰조에게 걸렸었수다."
"저런, 끌끌."
안됐다는 듯 혀를 찼다.
하지만 전쟁터에서 무기를 줍는다는 것은 워낙 위험한 일이기 때문에
목숨을 잃는다는 것은 이 바닥에서 새삼스러운 일은 아니었다.
"그런데… 어떻게 빠져나왔지?"
초이가 지친 모습으로 대답하기도 귀찮다는 듯 내뱉었다.
"해치웠소. 그 기사단의 무기로."
"뭐라고?!"
멍키영감이 비명을 질렀다.
"군인을 살해했어?!"
"안 그러면 우리가 죽을 수밖에 없는 상황이었으니까. 얼마 줄 건지나
말해 보슈."
"젠장, 국경 수비대를 살해했다면 온 도시가 발칵 뒤집히겠군. 거기다
무인 정찰기까지 떨어뜨렸다니!"
리석철이 차우의 옆구리를 팔꿈치로 쥐어박았다.
주춤했던 챠우가 그제야 자신의 실수를 깨달았는지, 당황한 얼굴로 초
이의 눈치를 살폈다.

이 너구리 같은 영감은 물건값을 깎을 구실을 잡아챈 것이다.

영감의 가게는 겉으로는 잡화상이었다. 전자 제품이나 마약, 시계 귀금속, 돈이 되는 것은 무엇이든 취급했다.

하지만 그것은 위장이었고, 실제로는 마약이나 무기들, 귀금속이나 값비싼 전자 제품들을 취급하는 장물아비였다.

돈이 되는 것은 무엇이든 취급했다. 일본의 피난민들은 그들이 가지고 있던 전자 제품이나 시계, 귀금속들을 영감의 가게에서 달러로 바꿔 식료품을 구입했다.

길거리의 호객꾼들은 물건을 감정하겠다고 으슥한 곳으로 데리고 가서 물건을 빼앗거나 반항하면 칼로 찌르고 도망치곤 했다.

비록 값을 조금 덜 받더라도 길거리의 암거래 장삿꾼들보다야 안전했으므로 멍키영감과 거래를 트고 있던 처지였다.

"예비 탄창, 조명탄 두 개, 이것들은 모두 합쳐서 250달러 쳐줌세."

주판알을 튕기면서 카라쉬니코프나 소총, 권총, 박격포를 한쪽으로 몰아놨다.

그 정도면 괜찮다. 200달러 정도 예상했으니까.

초이는 고개를 끄덕였다.

멍키영감은 헬멧을 집어 들고 꼼꼼히 체크를 시작했다.

"기사의 물건들이 문젠데… 보자, 교신 장치와 적외선 야간 투시경은 정상인데 위성 접속 모니터 고글이 깨졌군. 360달러 쳐주지."

리석철이 초이의 의향을 묻는 듯 돌아봤다.

초이는 무표정하게 고개를 다시 끄덕였다.

"좋소, 기사의 창은 얼마 쳐줄 것임메?"

"에너지가 방전되었군. 액체 수소 이온 충전기도 같이 있었다면 5천 달러 값어치는 있겠지만, 2천 달러 쳐줌세."

"말도 안 돼! 중국군이 기사들 무기는 십만 달러 이상으로 사들이고 있다는 소문을 들었어. 우릴 바보로 아는 거요!"

얀센이 흥분해서 소리를 버럭 질렀다.

"팔기 싫으면 가져가도 좋아."

멍키영감은 콧방귀를 뀌었다.

"처음에는 그렇게 했지만, 지금이야 중국군도 이 무기들을 이미 구입해서 복제하기 시작했을 테니까 요즘은 그들이 구하고 있다는 소릴 못 들었단 말야."

"길거리에 널린 주유소에서 충전하듯 에너지를 충전할 수만 있다면야 비싼 값으로 어딘들 못 팔아먹겠나. 안 그런가?"

교묘하게 둘러치며 물건 값을 깎아내려 하고 있다. 역시 능구렁이 멍키영감다웠다.

"이것들을 우리가 어떻게 해서 구했는지 알기나 해? 모두 죽을 뻔했단 말요!"

각자 흥분해서 떠들어댔다.

"조용들 해. 우선 모두 계산부터 해봅시다."

초이의 말에 녀석들이 입을 다물었다.

노획한 물건을 한시라도 빨리 팔아치우기 위해 피곤한 몸을 이끌고 시내로 나왔지만 온몸이 쑤셔왔고 녹초가 될 지경으로 피곤했기 때문에 빨리 흥정을 끝내고 싶었다.

"내 말이 그 말일세. 우선 감정부터 해놓고 흥정을 해도 늦지 않겠지. 쿡쿡."

멍키영감은 다 빠진 이를 드러내고 키들거리면서 기사의 제복을 집어들었다.

"호오, 이건 새로운 물건이로군. 방탄, 방수, 방습에 주변의 색깔에 맞취 위장되는 카멜레온 섬유로 만든 옷이야. 거기다. 자동 히팅 시스템과 방열 시스템까지 갖췄군 그래."

자신도 블라스터 창 값을 후려쳤다고 생각했는지 옷에 대해서는 칭찬을 아끼지 않았다. 역시 보통 능구렁이는 아니었다.

"800달러 쳐줌세."

군데군데 찢겨진 옷이 8백 달러라는 말에 얀센의 안색이 약간 누그러졌다. 이곳 러시아에서 8백 달러면 큰돈인 셈이다.

웬만한 노동자 한 달 봉급이 1백만 루블, 달러로 쳐서 150달러가 채 안 된다.

방패는 2천 5백 달러를 쳐줬고, 광자검, 군화, 내복, 양말까지 포함해서 3백 달러를 제시했다.

그때 리석철이 발끈하고 나섰다.

"무신 귀신 씻나락 까먹는 소릴 하는 것임메! 이건 기사단의 그 유명한 광자검이라요."

"허어, 모르는 소리. 말이 광자검이지, 생체 어너지를 주입시켜 사용하지 않으면 쇠토막이야. 특수 훈련을 받은 기사들만 사용한다는 것쯤은 알고 있을 텐데?"

"우리 캡틴이 그걸로 경비대를 두 조각 냈소. 특수 훈련은 개뿔……."

챠우가 혀 꼬부라진 말로 퉁명스럽게 내뱉었다.

"뭐라고? 이걸 사용했단 말야?"

멍키영감이 광자검 쇠토막을 들고는 믿을 수 없다는 듯 초이 일행 쪽으로 시선을 돌렸다.

"그렇소. 처음에는 녹색 빛, 나중에는 오렌지 빛이 튀어나오는 걸 우리들 눈으로 똑똑히 봤단 말요!"

얀이 핏대를 올리며 강조했다.

"사실이냐, 초이?"

초이는 잠자코 고개를 끄덕였다

잠시 멍키영감은 믿을 수 없다는 듯한 얼굴로 초이를 빤히 바라보더니 제의를 했다.

"믿을 수 없군. 한번 해보게. 빔을 튀어나오게 하면 5천 달러를 쳐주지."

모두들 눈이 휘둥그레졌다.

"정말임메?!"

"돈 벌었다!"

"우리 똑똑히 들은 거유, 영감! 한입으로 두말하기 없기요!"

모두들 흥분해서 한마디씩 떠들어댔다.

"해보라우, 캡틴!"

리석철이 광자검을 집어 들어 초이에게 내밀었다.

초이는 얼떨결에 광자검을 받아 들고는 자세를 잡았다.

모두들 긴장한 얼굴로 굳어져서는 마른침을 삼켰다.

빛이 튀어나오고 안 튀어나오고에 따라서 몇천 불이 왔다 갔다 할 판이니 그럴 만도 했다.

초이는 다시 그때의 기분을 되살려서 빔을 나오게 하기 위해 허공에 휘저어보기도 하고, 기합을 넣으면서 앞으로 찌르는 시늉도 했다.

하지만 애석하게도 쇠토막은 아무런 반응이 없었다.

"몇 번이나 광선을 뿜어냈잖아! 좀 더 힘써보라구!"

녀석들이 흥분해서 떠들어대면서 응원을 했다.

초이는 콧기름도 발라보고, 비틀어도 보고, 똥이 항문 끝으로 쏟아질 지경까지 배에 힘을 주면서 부르르 떨면서 기를 들여보내는 시늉을 해봤지만 도무지 반응이 없었고, 결국은 포기를 하고는 광자검 쇠토막을 팽개칠 수밖에 없었다.

삼십여 분간이나 씨름을 했지만 결국 실패를 한 것이다.

모두들 안타까운 실망의 빛을 감추지 못하고 투덜댔다.

결국 이 광자검은 고장이 난 것이고, 제멋대로 빛을 뿜었다 줄었다 한 것으로 결론을 내렸고, 모두 400달러를 더 올려서 흥정을 끝냈다.

경비대의 레이저 조준경이 달린 권총과 부츠까지 포함해서 7천 달러를 받았다.

별도로 경비대 놈들이 지니고 있었던 지갑에 들었던 50달러와 80만 루블은 부수입으로 치고 오늘 회식비로 쓰기로 결정한 것이다.

영감도 거래에 만족한 듯, 예전에 없던 친절을 베풀면서 미국산 담배 한 보루를 선물로 줬다.

언제 죽을 고비를 넘겼냐는 듯 신들이 난 초이 일행들은 멍키영감의 낡은 건물을 빠져나와 묵직한 돈다발을 품에 넣고 시장통의 거리로 나섰다.

밤 1시가 넘었는데도 거리는 러시아인, 동양인들이 뒤섞여 북적였고 휘황찬란했다.

모두들 자신들의 세상이 된 듯 술부터 한잔씩 걸치자고 떠들어댔기 때문에 우선 일당들은 중국 식당으로 몰려갔다. 그리고는 북경 오리 구이 요리와 독한 고량주를 마시면서 돈을 분배했다.

챠우는 오리를 세 마리째 먹어치우고도 두 마리를 더 시켰다.

평소 같았으면 아귀 같은 챠우의 먹성에 대해 구박을 했을 테지만 그날은 아무도 말리지 않았다.

오리 고기야 수천 마리쯤 먹어치워도 될 돈들을 각자의 호주머니에 두둑하게 챙겼기 때문에 모두들 너그러워졌고 밉살 스러운 챠우의 식탐(食貪)까지도 사랑스러워 보였던 것이다.

처음 예상보다는 한참 못 미쳤지만 막상 현찰이 손에 쥐어지자 모두들 믿을 수 없다는 듯 입이 귀밑에 걸리도록 찢어졌던 것이다.

그도 그럴 것이 숱하게 전쟁터를 돌아다니면서 무기들을 주워왔지만 대부분 5, 6백 달러가 고작이었고, 그것도 여럿이 나누면 각자 백 달러 남짓한 돈밖에 수중에 넣을 수 없었다.

7천 달러면 엄청난 돈이다. 보루엔이 있었을 때는 6등분으로 나눴으나 이젠 다섯 명이었다.

각자 1천 2백 달러씩 돌아갔다.

지옥의 문턱까지 한쪽 발을 들여놨다가 빠져나온 기분들이었지만 몇 년 동안은 일하지 않고도 먹고 살 수 있는 목돈이 한 번에 들어왔으니 입이 찢어질 만하였다.

죽을 고비를 넘기고 고생한 보람이 있었다.

모두들 기분이 최고였다.

경비대를 살해했으니 당분간 무기 줍는 일을 접고 두문불출하기로 합의를 본 후 중국집을 나섰다.

2차로 계집을 끼고 마실 수 있는 룸바로 가자고 떠들어댔으나, 리석철은 자기를 기다리고 있는 병을 앓고 있는 여동생 때문에 그냥 집으로 돌아갔다.

"같이 갈 거지, 초이?"

얀센이 고량주로 벌겋게 달아오른 얼굴로 초이에게 물었다.

"아니, 가볼 데도 있고 피곤해서 오늘은 이만 쫑 쳐야겠어."

집에 있는 망아지도 궁금하고, 들를 곳이 생각이 났기 때문이다. 내일부터 당분간은 두문불출할 생각이었다.

다소 실망스런 눈초리였지만 결국 챠우와 얀센 둘이서 어깨동무를 하고 술을 마시러 갔다. 녀석들은 오늘밤 여자를 사서 외박을 할 것이다.

중국 여자나 러시아 여자는 10달러면 하룻밤을 살 수 있었다.

일본 여자는 매춘가에는 아직 귀한 터라 5달러가 더 비쌌다. 점차 시간이 지날수록 일본 여자들도 늘어날 것이다. 일본에서 피난 올 때 가지고 나온 물건들을 다 팔아먹고 나면 결국 여자들이 가장 쉽게 돈을 벌 수 있는 방법은 몸을 파는 것뿐이다.

값이 제일 싼 것이 북한 출신의 난민 여자들이었다. 대부분 몸이 마르고 볼품없는 데다가 말투나 행동이 메마른 나무같이 건조했으므로.

第4章
장군의 아들
Les fléaux passées diminue
6651

Act *1*

블라고비센스크의 식료품 야시장은 밤에 더 거래가 활발하다.

과거 공산주의적 습성이 아직도 남아서인지 퇴근 시간 이후에는 시의 위생국에서 단속을 하지 않기 때문이다.

일단 퇴근하면 나 몰라라 하는 식이다.

그래서 좌판 시장은 보통 공무원들이 퇴근하는 저녁 7시부터 개장을 해서 새벽 5시까지 벌어진다.

단속을 하는 시감찰국 가족들도 야시장에 나와서 식료품을 사 가곤 했다. 낮보다 밤이 더 쌌기 때문이다.

시장 한 귀퉁이에서 좌판을 벌여놓고 식료품을 팔고 있는 삼룡이 형님의 모습이 보였다.

"아줌마도 와! 아저씨도 와! 계란 10개들이 한 줄에 5천 루블! 감자 양배추가 kg당 단돈 1천 루블!"

양배추와 계란을 들고 어설픈 러시아 말로 떠들어대고 있었다.

1천 루블은 한국 돈으로 치면 150원 정도 한다. 한국에 비해서는 물가가 아주 싼 편이지만, 보통 공무원들 봉급이 1만 루블(약 16만원) 정도 하는 것을 감안하면 싼 것만은 아니다.

물건을 싸주고 건네는 폼이 제법 장사꾼 같은 냄새가 풍겼다.

이젠 익숙해져서 기존에 있던 장사꾼들 찜 쪄먹을 정도로 장사에 능숙해진 모습이다.

일본어, 중국어, 러시아어, 영어까지 장사에 필요한 어휘는 죄다 구사해 낸다. 그만큼 이 시베리아 땅에서 먹고사는 것은 또 다른 치열한 생존 전쟁이었던 것이다.

삼룡이 형님은 33세로 나와 같이 서울에서 평양과 블라디보스톡을 경유해서 이곳에 정착했다.

탈출하는 과정에서 동상이 걸려 오른쪽 발목을 잘라내고 의족을 했다.

무허가 돌팔이 병원에서 발을 잘라내고 처음 몇 달 동안은 매일같이 술에 절어 살았다.

초이가 무기를 주워다 목돈을 만들어 방을 얻고 시장 좌판 자리를 마련해 주자 그제야 술 마시는 것을 자제하고 요즘은 흠뻑 장사 하는 재미에 빠져든 것이다.

그러더니 얼마 뒤에 맞은편 소시지와 고기를 파는 정육점집의 뚱뚱한 러시아 과부와 눈이 맞더니 요즘 한창 연애에 빠진 것 같았다.

초이는 둘 사이를 방해할까 싶어, 한 달 전에는 같이 쓰던 집을 나와 얀센의 창고로 거처를 옮겼다.

비록 지금은 떨어져 살지만 예전부터 삼룡 형님과는 끈끈한 형제애 같은 감정이 둘 사이에 흐르고 있었다.

"계란 한 판 주슈."

뒤에서 들리는 한국말에 무심코 반응하던 삼룡 형님의 말이 주춤 끊어졌다.

"어삽… 서?"

히죽 웃으면서 서 있는 초이를 발견하고는 입이 찢어졌다.

"초이!"

"신났군요, 장사는 잘돼요?"

"이런 써글 놈! 이게 며칠 만여! 죽었나 살았나 휴대폰이라도 하루에 한차례씩 때리라고 내가 몇 번을 타일렀냐!"

초이가 대답 대신 멍키영감에게 선물 받은 말보로 담배 한 보루와 한국산 진로 소주 두 병을 불쑥 내밀자 삼룡 형님의 눈이 휘둥그레졌다.

미국 담배는 좀처럼 구하기 쉽지 않았던 것이다.

구할 수 있다 해도 중국 담배나 러시아 담배에 비해 열 배나 비싼 값으로 거래가 되었기에 주로 관공서나 경찰들의 뇌물용 선물로 주고받기만 할 뿐이었다. 소주 역시 일반 러시아 보드카의 열 배 값으로 거래된다.

맛과 질이야 어떻든 소주는 한국 사람들에게 특별한 향수를 일으키게 하는 뭔가가 있다.

거기에다 기사가 사용했던 고급 가죽 부츠와 소위가 착용했던 가죽 장갑을 내밀자 더욱 입이 찢어졌다.

부츠 안이 특수 방탄 섬유로 짜여져 있고, 자동 통풍과 히팅 장치가 되어 있다는 것을 알게 되면 더욱 놀랄 것이다.

삼룡 형님을 위해 녀석들에게 양해를 구한 후 초이가 따로 챙겼던 것이다.

"얼라라?! 이게 다 뭣이여?!"

"이번에 수입 좀 올렸어요. 장사는 어때요?"

"일본인 피난민들이 계속 몰려들면서는 제법 재미가 쏠쏠해 불제! 밥은 먹었냐?"

"먹었어요."

"말뚝같이 서 있덜 말고 이리 앉어, 써글 놈아!"

철판 밑에 가스불을 넣어 구들장같이 만들어놓은 작은 마루로 초이를 끌어다가는 강제로 앉혔다.

모포를 깐 밑으로 뜨끈뜨끈한 열기가 올라와 아주 기분이 좋았다.

"쪼까 기다려라잉~"

삼룡은 후다닥 건너편으로 가더니 잠시 후에 김이 펄펄 나는 러시아 대게를 한 마리 쟁반에 담아왔다. 다리 하나가 애들 팔뚝만한 것이 다리만 몇 개 뜯어 먹어도 배가 부를 정도의 크기이다.

그러고는 종이컵 두 개를 꺼냈다.

"한잔 짜끄리야것제?"

"장사 안 해요?"

"하, 이놈아, 이 귀한 쐬주를 봤는데 장사가 문제여? 팔면 파는 거고 안 팔리면 우리 처갓집 줘버리면 그만이지!"

"처갓집이라뇨?"

"호호호."

삼룡은 대답 대신 의미심장한 웃음을 흘리면서 턱으로 건너편을 가리켰다.

맞은편 고깃점에서 윙크를 하면서 비만한 몸집의 올가가 손인사를 하고 있었다.

초이도 뚱뚱한 마흔 살의 과부에게 손을 흔들며 아는 척을 했다.

"벌써 처갓집 수준까지 갔나 봅니다?"

초이가 빙긋 웃으면서 소주병을 기울여 술을 종이컵에 따라줬다.

"남자는 박력, 여자는 애꼰겨! 씨부럴!"

삼룡은 소주를 단숨에 마셔 버리고는 걸쭉하게 내뱉었다.

"쟈가 내 거시기에 확 맛이 가부렀지 뭐냐. 너도 알다시피 내가 다른 건 몰라도 뺏다 하나만큼은 한몫하잖냐?"

삼룡이 주먹을 움켜쥐고는 팔뚝을 세워 보이면서 눈을 찡긋했다.

초이는 쿡쿡 웃었다.

쫄다구 일병 때 고참이 칫솔을 갈아서 거기에 인테리어를 해줬다며 고등학생이던 초이에게 물건을 꺼내 보이면서 자랑하던 옛날의 삼룡 형님 모습이 떠올랐기 때문이다.

"저 작것이 비록 몸은 쪼까 퍼져 불고 누린내는 좀 나지만 맘씨 하나만큼은 왕서방 비단이란 말씨. 크으, 허벌나게 좋구먼!"

삼룡은 소주를 단숨에 들이키고는 장갑 낀 손으로 입을 슥 문질렀다.

"결혼하고 여기서 눌러 앉을 작정이우?"

"다른 데 가불믄 뾰죽한 수 있것냐?"

"하긴."

초이가 고개를 끄덕이면서 소주를 한 모금 들이켰다.

행복해 보이는 삼룡의 모습을 보니 참 좋았다.

보드카에 비해 순한 소주가 아련하게 입에 달라붙었다. 소주 맛에는 추억이 언제나 달라붙어 있었다.

"앞으로 자빠져도 자지 끝에 자갈 벡힌다는 천하의 재수없던 정삼룡이 말년에 이게 웬 호산가 싶다잉. 요즘만 같으면야 내가 니늠한티 욕을 하것냐, 느그 아부지를 원망하것냐. 안 그냐?"

"나 때문에 인생 좆되어 버렸다고 입만 벙긋하면 욕을 퍼부어대더니 웬일이우."

"푸헤헤헤!"

초이의 대꾸에 정삼룡이 씹던 게다리의 찌꺼기를 팅겨내며 웃어댔다.

"야, 이 오살할 놈아! 그건 예전 일이고, 요즘이야 어디 그러냐잉! 한 잔 더 받아, 임마."

초이는 삼룡이 따라준 술을 한 번에 들이켰다.

"안주도 같이 먹어봐라. 이런 거 한국에서 먹으려면 10만 원 가지고도 어림없을 거다. 안 그러냐?"

게다리를 커다란 펜치로 두들겨 깨서는 붉은 껍질을 떼어내고 희면서도 핑크 빛 게 속살을 내밀었다.

쫄깃거리면서 입 안에서 녹아나는 맛이 그만이다.

"한 가지 궁금한 게 있어서 왔어요."

"잉? 뭔디?"

"예전에 내게 단전 호흡인가 가르쳐 줬던 거 생각나요?"

"에? 단전 호흡?"

삼룡은 잠시 어리둥절한 기색이더니 이내 생각이 났던 모양이었다.

그때 삼룡은 초이 아버지의 운전병으로 가끔 집에 심부름을 오곤 했다.

그때마다 중학교 3학년이던 초이의 방에 들어와 군대 생활이며 17대 1로 맞짱 뜨던 이야기며, 면회 온 고참의 여자를 꼬셔서 따먹은 후안무치한 무용담하며 순 구라 뻥 이야기에 초이는 넋이 나간 얼굴로 입을 벌린 채 듣곤 했었다.

사춘기의 어린 초이는 워낙 실감나게 썰을 풀어대는 삼룡의 구라를 철썩같이 믿었으며 삼룡을 군대의 절정고수(絶頂高手) 중 한 명으로 머리 속에 그리곤 했던 것이다.

"단전 호흡을 하면 내공이 쌓여서 공중 부양도 할 수 있고 장풍을 쏠 수 있다고 거품을 물면서 말했잖습니까."

"야, 자슥아, 그 말을 믿냐. 그땐 하릴없으니까 생간 거지."

"그럼 단전 호흡 이야기, 말짱 구라요?"

"글씨? 그건 뭐라고 야그하기가 좀 껄적지끈허다잉. 쩝."

삼룡은 머리를 긁적거렸다.

"쫄다구 중에 단전 호흡하던 녀석이 있어가꼬 그늠한테 주워들은 야그를 니한테 해준 것이니께."

초이는 어이가 없었다.

'젠장, 그 이야기를 믿고 밤마다 양반다리 하고 앉아 똥배에 힘주고 코로 들이마시고 입으로 내뿜기를 몇 년 했으니…….'

"근디 갑자기 그건 왜 묻는 것이냐?"

"별거 아뇨. 갑자기 옛날 생각이 나서 그냥 물어본 겁니다."

'그럼 그렇지. 그놈의 광자검은 고장이 났던 것이고, 요행히도 때맞춰 빛이 뿜어져 나왔을 뿐인 거야. 젠장.'

"히히히, 그때가 엊그제 같쟈? 벌써 까마득한 옛날 야그인디……?!"

입에 침을 튀기며 떠들어대던 삼룡이 주춤했다.

초이의 얼굴이 딱딱하게 굳어져 가는 것을 발견했기 때문이다.

눈치 빠른 삼룡은 찔끔하고는 술을 자신의 잔에 콸콸 따랐다.

"하, 씨벌, 세월 한번 겁나게 빠르구먼."

생각하기도 싫은 듯 소주를 한 번에 털어 넣었다.

Act 2

　삼룡은 대한민국 육군 특전사 준장이었던 초이 아버지의 운전병(運轉兵)이었다.

　가끔씩 초이의 집에 들러 초이에게 군대 이야기를 구라를 섞어 해주면서 무용담을 자랑하곤 했었다.

　그럴 때면 초이 어머니, 송애랑 여사는 정삼룡 병장에게 먹을 것과 마실 것을 갖다 주시곤 같이 들어주다가 슬며시 자리를 피해주곤 했다.

　초이가 대학 초년생이 되었던 어느 봄날.

　정삼룡 병장이 숨넘어갈 듯 대문을 박차고는 집으로 뛰어들어 초이를 데리고 도망치려 하다가 체포되었고, 반항하던 초이는 군인들에게 복날 개 두들겨 맞듯 워커발과 소총의 개머리판에 찍혀서 남산의 어딘가로 끌려갔다.

　그날 저녁때 여동생 민휘도 남산으로 끌려갔다.

　민휘는 초이보다 세 살 아래인 여고 1학년이었다.

　초이와는 다르게 학교에서 전교 톱을 달리던 우등생이었고, 학원과 과외를 받느라고 집에서 얼굴 마주치기가 일주일에 한 번이나 있을까 한

바쁘고도 암팡지도록 똑똑한 동생이었다.

새벽에 학원으로 갔다가 등교하고 도서관에서 자정 가까이 돼서야 집으로 돌아오는 녀석이었다.

혹시나 불량배를 만날까 걱정하는 엄마의 말에 따라 초이는 투덜거리면서 민휘를 마중 나가야 했다.

"임마, 공부가 지긋지긋하지도 않니?"

초이는 바지 츄리닝에 양손을 집어넣고 긁적대며 짜증으로 입이 댓발 나온 채 물은 적이 있었다.

"공부보다 재미있는 것도 있어?"

민휘는 도리어 어처구니없다는 표정으로 되물었고, 초이는 할 말을 잃을 수밖에 없었다.

토요일과 일요일엔 독서와 피아노를 치면서 아버지와 시국 토론을 곧잘 벌이던 장차 희망이 대법원장인 녀석이었다.

놈들은 초이와 민휘를 족치다가 만족스러운 답을 듣지 못하자 정삼룡의 전라도 시골에 있던 가족들까지 잡아들여 초이의 부친, 최무의 준장의 행방을 추궁했고 고문했던 것이다.

"운짱이 무슨 잘못이 있다고 내 사돈에 팔촌까지 싸그리 잡아들이냔 말여, 씨부럴 작것들이!"

삼룡은 술만 마시면 과거 생각이 나는지 허공에 대고 주먹질을 하면서 욕을 퍼부어대곤 했다.

초이는 현재 대한민국에서 살인으로 인해 수배일급인 KW—A—0032번이었다.

집안이 갑자기 풍비박산나기 전까지 초이는 철없는 고등학생이었다.

학교가 끝나기 무섭게 스포츠카를 몰고 압구정으로 나가 소위 잘나간다는 집안의 녀석들과 어울렸다. 그중에는 대통령의 막내 아들도 있었고, 장관의 자식도 있었고, 육군 참모총장의 자식과 재벌 그룹의 자식들도 있었다.

초이가 몰던 스포츠카도 놈들 중 한 명이 준 것이었다.

하이소사이어티 클럽.

HSC 상류 사회 클럽의 약자였고, 초이가 속한 서클의 이름이었다. 하지만 정작, 실상은 꼴통 중에서도 상꼴통들의 모임일 뿐이었다.

언젠가 술이 떡이 되도록 마시고 포르쉐와 뚜껑이 없는 BMW 컨버터블을 몰고 미친 듯 달렸다.

운전하면서도 술을 병나발 불면서 랩을 했다.

한참을 달리는데 앞에서 빨간 라이트 봉으로 차를 세우는 것이었다.

놈들은 바리케이드를 쳐놓고 검문을 하는 군인에게 여기가 판문점이냐고 물었고, 신분증을 요구하는 군인들에게 주먹질을 하고 초소를 다 부숴놓고 그대로 통과했다.

도착한 곳은 강화도의 어떤 마을이었는데, 한 녀석이 커다란 바위 밑에서 오줌을 싸다가 위를 올려보고 이상한 모양의 바위를 보고 물었다.

"이게 뭐지?"

"불판 같은데? 삼겹살 돌구이 해먹는."

한 놈이 대답했다.

"돌구이 해먹기는 너무 크잖아, 쒸뱅아!"

서로 핏대를 올려가면서 떠들어댔고, 결국은 그것이 옛날 고구려 시대에 군대가 고기를 구워먹던 것이라고 결론을 내렸다. 군대 솥은 원래 엄청 크지 않느냐는 것이었다.

놈들의 한계는 거기까지였다.

그것은 강화도에 있는 남한에서 가장 크다는 고인돌이었던 것이다.

초이는 놈들과 어울려 다니면서 세상 무서운 것을 몰랐다.

겨우 별 하나짜리 군바리인 초이의 아버지의 끗발로는 낄 자리가 아니었음에도 불구하고 그 자식들이 초이를 끼워준 것은 초이의 마스크와 주먹 솜씨 때문이었다.

나이트 클럽에서 초이는 언제나 최고의 부킹률을 자랑했고, 술집이나 어디에서나 싸움이 붙으면 초이가 나서서 주먹으로 마무리를 하곤 했었다.

모든 것이 놈들의 세상이었다.

무서운 게 없었고, 거칠 것이 없었다.

서클 멤버 중 한 놈은 음주 난동으로 경찰서에 끌려갔다가 서장의 뺨을 후려치고 걸어나온 녀석도 있었다.

압구정엔 매일같이 계집애들이 얼마든지 넘쳐 났다.

포르쉐와 BMW에 앉아서 손만 까닥거려도 대학생 계집애들은 차에 올라탔고, 길거릴 가다가도 마음에 드는 계집이 있으면 차에 싣고는 양수리와 남, 북한강에 있는 녀석들의 별장으로 데려가 차례로 해치우곤 했던 것이다.

한 년이라도 좋았고 세 년이라도 좋았다. 콩 한쪽도 나눠 먹는다는 규칙 아래 한 놈이 끝나면 차례로 다음 놈이 순서를 기다리고 있었다.

하룻밤 새에 다섯 번의 계집애를 먹은 것이 최고 기록이었다.

그 무렵 초이는 그 생활에 싫증이 나기 시작했다.

미친 짓이라는 생각이 들었고 회의감에 젖어 돌아오곤 했었다.

SEX조차도 끗발 순이었기 때문이다.

자연히 초이는 맨 마지막 순번이었고, 방으로 들어서다 정액과 약과 알코올로 늘어진 계집애를 볼 때면 구역질이 치밀어 올랐던 적이 한두 번이 아니었다.

그럴 때마다 초이는 대부분 계집에게 휴지와 옷을 던져 주고 담배 한 대를 피워 물고, 시간이 됐다 싶으면 배설을 한 것 같은 표정을 짓고는 방에서 나가곤 하였다.

놈들은 거실에 모여서 이번 계집애의 맛은 어떻고 느낌은 어떻고 하는 품평회를 하면서 술과 약에 절어 떠들어대고 킬킬대고 있었다.

그러던 어느 날.

그날도 초이가 맨 마지막에 밤꽃 비린내가 물씬 풍기는 방으로 들어갔다.

계집애는 맘대로 얼마든지 해보라는 독기를 품고는 자포자기한 상태로 늘어져 있었다.

초이는 진저리가 났다. 인간이란 동물들에 환멸을 느끼며 옷을 던져 주었고 담배를 피워 물고 십 분 정도가 지난 다음에 밖으로 나왔다.

그때 계집애가 따라나오면서 악을 썼다.

"넌 왜 안 해 쌍놈 새끼야! 해! 하란 말야!"

떠들고 놀던 놈들의 움직임이 딱 멎고 녀석들의 안색이 굳어졌다.

초이가 섹스를 하지 않은 것을 모두 알아챈 것이다.

초이의 그런 행위는 녀석들에게는 배신이었고, 서클의 존립을 위태하게 만드는 역적이나 마찬가지였다.

놈들은 초이에게 다시 방으로 들어가서 해치우고 나오라고 명령했다.

초이는 놈들의 명령이 역겨웠기 때문에 차갑게 거절했다.

그러자 별장의 주인이자 검찰총장의 아들 녀석이 일어나서 주방 쪽에 있던 냉장고 문을 열고, 비닐에 싸인 뭉치를 하나 꺼내 들었다.

비닐 안에는 콜트 45구경 권총이 들어 있었고, 놈은 권총을 꺼내 들고 초이의 머리에 겨눴다.

계집애가 비명을 지르면서 방 안으로 뛰어들어 방문을 걸어 잠갔다.

놈은 초이에게 계집애와 섹스를 하지 않으면 쏘겠다고 천천히, 떨리면서 아주 진지하고도 위협적인 음성으로 말했다.

놈의 눈은 술로 인해 초점이 흐려져 있었지만 배신감으로 인한 분노로 이글거리고 있었다.

한술 더 떠서 계집애를 끌어내서 모두들 보는 앞에서 붙으라고 요구하였다.

만일 초이가 거절한다면 녀석의 손가락은 가차없이 방아쇠를 당길 것 같은 긴장감이 팽팽하게 흘렀다.

놈의 손가락은 초이의 입에서 거절한다는 말이 나오기를 기다리는 듯 안달하면서 방아쇠를 까닥거리고 있었다.

모두들 흥미진진한 얼굴들로 사태를 지켜보고 있었다.

마치 야수들이 어린 짐승을 놓고 찢어 죽이고 있는 것을 구경하는 듯한 눈빛들이었다.

하지만 초이는 거절했다.

놈의 눈동자가 녹색 빛을 띠는 광적인 살기가 떠오르는 것을 느끼는 순간 초이는 본능적으로 고개를 젖혔고, 초이의 머리통이 있던 자리를 총알이 꿰뚫고 지나갔다.

초이는 뺨 끝이 불에 덴 듯 화끈거리는 것을 느꼈다.

초이의 등 뒤로 베란다의 대형 유리가 박살이 나 쏟아져 내리는 소리를 들었지만 뒤돌아보지는 않았다.

이미 초이의 주먹은 반사적으로 놈의 권총을 쳐내면서 놈의 얼굴에 틀어박히고 있었기 때문이다.

"으아아아악!"

초이는 놈이 권총을 쥐고 있던 손을 비틀어 분질러 버렸다.

쾅쾅쾅!

그리곤 녀석의 머리채를 끌고 가서는 싱크대에 미친 듯이 박아댔다.

초이는 놈의 이가 부러지고 콧뼈가 뭉개지는 소리를 들으면서 짜릿한 쾌감에 전율하였다.

그리고는 냉장고에 놈의 머리를 처박아놓고 온 힘으로 문을 닫아버렸다.

"이 씨발 새끼!!"

고함 소리가 뒤에서 들렸다.

국정원장을 아버지로 둔 한 놈이 홈 시어터의 강철 다리로 된 기다란 스피커를 들고 후려쳐 왔다.

고개를 숙인 초이의 머리 위로 강철 스피커가 소리를 내면서 지나갔고, 초이는 더킹 모션으로 놈을 향해 파고들었다.

으쩍!

주먹 끝으로 녀석의 면상이 제대로 걸린 감촉이 전해졌다.

쾅쾅!

번개 같은 초이의 주먹이 녀석의 면상 한복판에 작렬했고, 녀석은 피떡이 되어 풀썩 주저앉았다.

초이는 연이어 발로 녀석의 면상을 발로 뭉개듯 밟아버린 후 숨을 몰아쉬고 다른 녀석들을 돌아봤다.

나머지 녀석들은 겁에 질려 새파랗게 겁에 질려 떨고 있었다.

초이는 권총을 집어 들어서는 놈들을 향해 겨누었다.

놈들은 자지러지게 비명을 지르면서 몸들을 피했고, 초이는 권총을 무표정하게 갈겨댔다.

놈들의 머리 위에 있던 샹들리에의 유리 파편이 사방으로 튀었고, 놈

들은 죽어라 비명을 질러대며 바닥을 기었다. 오줌을 싸댔는지 마룻바닥
이 온통 흥건히 젖었다.

초이는 거실에 있는 오디오며 텔레비전, 양주 장식장 등에 총알이 떨
어질 때까지 쏘아대곤 권총을 버리고 그곳을 나왔다.

놈들과의 그런 생활은 그렇게 끝이 났다.

초이는 집으로 돌아와서 그동안 팽개쳤던 먼지가 쌓였던 참고서들과
책들을 꺼내 펴 들고는 끄덕이다가 머리를 책에 박고는 잠이 들었다.

아침에 눈을 떠보니 밤새 오바이트를 했는지 책은 온통 토해놓은 오물
들로 눅진눅진하게 말라붙어 있었다.

입시를 6, 7개월쯤 남겨놓은 고등학교 3학년의 여름 문턱에 들어섰을
때의 일이었다.

Act **3**

나라가 온통 선거 때문에 떠들썩했다.

얼마 후, 기업가 출신의 52세인 정우중 씨가 새로운 대통령으로 당선이 됐다.

그는 한 재벌 그룹의 최고 경영자였는데, 한국의 여섯 개 재벌사들이 연합해서 모두가 그를 밀었다는 소문이 떠돌았다.

또한 캐톨릭인 그를 로마 교황청에서 강력하게 밀었다는 소문도 있었고, 미국의 프리메이슨의 검은 자금들이 막대하게 투입되었다는 소문도 무성했다.

그 소문을 입증이라도 하듯, 그는 취임식을 마치자마자 한국 정부는 미국에서 들여오는 모든 농축산물에 대해 관세를 폐지했으며, 외국인에 대한 부동산 정책을 전면 개방했다.

미국의 기업들은 한국의 기업들을 마구잡이로 사들이기 시작했으며 도산하는 농가들과 자살하는 가장들이 줄을 이었다.

그런데도 불구하고 정부는 자국민에 대한 보호를 외면하고 시위하는 농민들과 노동조합, 재야단체들에 대해 강력한 탄압 정책을 펼쳤다.

나라 경제 상황이 이런데도 정치권은 오히려 이런 사태를 호기로 삼고
는 온 국민을 선동하기 시작했다.

이승만 정권 시절부터 밥그릇 싸움으로 서로 물어 뜯는 데에는 이골난
선배들의 수법을 답습한 정치가들이 이런 기회를 놓칠 리 없었다.

그동안 경제 우선 정책으로 국민들에게 외면당했던 정치가들은 민심
을 되돌리기에 위해 필사적이었으며, 학생과 농민, 노동자, 시민을 가리
지 않고 선동하였고, 시민 단체들을 동원하여 반정부 운동을 유도하였
다.

데모와 시위가 끊이지 않아 서울의 공기는 최루탄으로 뒤덮였다.

나라는 혼란했고, 하루도 빠짐없이 과격한 데모가 벌어졌으며, 하루가
멀다 하고 학생들이며 노조원들과 농민들이 신나를 뿌리고 분신을 했다.

그야말로 한 치 앞이 보이지 않는 혼란한 상태였다.

초이는 무감각한 시선으로 그들을 보면서 지나치면서 학교와 집만 시
계추처럼 왕복하고 있었다.

이 나라가 하루 이틀 저런 것도 아니었기 때문이다.

얼마 안 가 언제 그랬냐는 듯 노동자들은 일터로 돌아갈 것이며 농민
들은 밭으로 갈 것이고 정치가들은 국회에서 아귀다툼을 다시 시작할 게
뻔했기 때문이다.

초이는 평소대로 학교 수업이 끝나는 대로 집으로 돌아와 저녁을 먹고
한숨 잔 후에 새벽에 일어나 책을 펴 들었다.

그리고 그날도 날이 새는 것도 모르고 공부에 몰두했다.

머리가 단순할수록 한곳에 몰두하기는 쉬운 법인 모양이었다.

밤을 꼬박 새고는 어머니가 들어와 아침 식사를 하라고 했을 때에야
책에서 눈을 떼기가 일쑤였다.

초이의 이 돌연한 변화에도 어머니 송애랑 여사는 언제나 그랬듯이 모른 척하고 있었다.

과거 초이가 몇 번이나 대형 사고를 쳤을 때도 언제나 조용히 아들을 지켜봤던 것과 같이…….

나이트 클럽에서 기도 보던 조폭 놈들을 때려눕히고 경찰서에 끌려갔을 때도 그랬고, 누가 보더라도 감정을 앞세운 야비한 체벌을 가하곤 했던 학생주임 선생을 피떡이 되도록 코를 부러뜨려 놓고 이를 다섯 개나 부서뜨려 온 학교가 발칵 뒤집어지고 빠른 소문으로 서울의 학원가가 벌집 쑤신 듯 시끄러워졌을 때도 어머니 송애랑은 조용히 아들을 지켜볼 뿐이었다.

퇴학을 당해 겨우 강북에 있는 사립 공고로 전학 가게 됐을 때도 그렇고, 그 소문이 퍼져 하이소사이어티 클럽 놈들이 집까지 초이를 찾아와서는 자신들의 서클에 가입하라고 했을 때도 그랬으며, 초이가 못된 녀석들과 몰려다니면서 패싸움을 하고 다닐 때도 어머니는 아무 말씀이 없으셨다.

왜 그랬냐고 묻지도 않았다.

초이는 언제나 그것이 궁금했지만 묻지는 않았다.

한때는 자신의 어머니가 계모가 아닐까 의심했던 적도 있었을 정도였다.

물론 나중에 그 이유도 알게 되었지만.

그런 중에도 초이가 항상 느꼈던 것은 어머니가 자신을 믿고 있다는 것이었다.

그렇게 시간이 지났고, 해마다 그렇듯이 문교부에서 날이라도 잡은 듯, 그해 들어 가장 영하의 수은주가 떨어지던 오지게 추운 날 입시를 치렀으며 초이는 보란 듯이 4년제 대학에 입학했다.

명문대는 아니지만 한 끗발 낮은 명문대 비스름한 곳에.

초이를 알던 모든 녀석들은 미국이 일개 주립군에게 항복했다는 뉴스 속보보다, 영국과 이스라엘의 연합군이 네오 클로네이드 사에 패했다는 소식보다 더 쇼킹한 일이라고 떠들어댔다.

어떤 녀석은 이 지구가 생긴 이래 가장 주목할 만한 사건이 벌어졌다고 인터넷상에 올려놓은 녀석도 있었다.

하지만 정작 초이의 어머니는 합격 사실을 알았을 때에도 단지 미소만 지어 보였을 뿐이다.

아버지 최무의 역시 초이의 머리를 거칠게 헝클 듯 쓰다듬어 주면서 말했다.

"자식, 고생했구나."

그리고 그날 저녁 초이에게 처음으로 소주를 따라주셨다.

그 옆에서 말없이 송애랑 여사는 삼겹살을 구워서 접시에 내놓았다.

초이는 도대체 이 세상에서 어머니를 기쁘게 하는 것은 무엇일까 하는 생각이 들었다.

하지만 초이는 그런 어머니가 편하고 좋았고, 아버지가 더없이 마음에 들었다.

초이는 두 분의 느낌이 항상 새벽의 고요와 잔잔히 흐르는 물 같다는 생각을 종종 하곤 했다.

하지만 아버지 최무의에게는 그 외에도 감춰진 그 무언가를 느끼곤 했다.

얼음 밑에서 소용돌이치고 있는 거대한 파도의 물살 같은 것을.

대학 입학식을 끝내고 집으로 돌아오던 날 아버지는 초이에게 조용히 말을 건넸다.

“앞으로 혼자 살아가는 방법을 길러야 할 것이다.”

‘혼자 살아가는 법?’

성인이 되었으니까 자신의 행동에 책임을 져야 한다는 뜻으로 받아들였고, 초이는 별 생각 없이 고개를 끄덕이며 ‘예’라고 대답했다.

하지만 아버지의 그 말뜻이 무엇을 의미하는지 정확히 알게 된 것은 3개월 후의 일이었다.

저주스런 그날.

초이가 집에 돌아왔더니 두 분 다 안 계셨고, 동생 민휘도 학원에 갔는지 보이지 않았다.

저녁 늦은 시간이 되어도 돌아오시지 않았고, 초이는 혼자서 대강 우유와 빵으로 끼니를 때우고 무료하게 컴퓨터 게임을 하고 있었다.

밖에서 사이렌 소리가 울리기 시작하더니 여기저기 각 동사무소에 설치된 사이렌이 울려대기 시작했고, 서울 전역이 온통 매미가 합창하듯 사이렌 소리가 울려댔다.

초이가 무슨 일인가 싶어 텔레비전을 틀자 앵커와 취재 기자들이 쿠데타 소식을 숨넘어가게 전하고 있었다.

소장파 군인 이십여 명이 정부를 전복시키려 했다는 것이었다.

완전 무장을 한 대규모 기갑사단과 특수 부대들이 합동사령관과 국방장관을 감금하고, 육본을 장악하였고, 수도경비사령관을 사살하고 청와대로 쳐들어갔었다 한다.

다행히 정우중 대통령은 사전에 눈치를 채고 헬기를 타고 일본으로 피신하여 다급하게 구원을 요청하였던 모양이다.

일본과 동해에 주둔하던 미 플로리다 주방위군 소속의 해병대와 특수 부대들이 온통 서울 근방 경기도 일대의 하늘 위로 낙하산을 타고 떨어지는 것이 텔레비전 화면에 비춰졌다. 인천과 동해로 수백 척의 함대가 몰려오고 있었고, 미 함대들이 핵탄두를 청와대에 겨눴으며, 서울을 통째로 날려 버릴 상황이었고, 사람들은 비명을 지르면서 서울을 빠져나가고 있었다.

대란(大亂)이었다.

어떻게 된 사건인지 기자들도 확실하게 제시를 못하고 계속 같은 필름들만 되풀이 하고 있었으며, 미 플로리다 주방위군들의 진격 소식만 시시각각 떠들어대고 있었다.

그때 대문을 미친 듯 두들기는 소리에 뛰어나가 대문을 열었다.

아버지의 운전병인 정삼룡 상병이 숨넘어갈 듯 뛰어들어 왔다.

숨넘어가는 소리로 다짜고짜 짐을 싸라는 것이었고 동시에 현관문이 박살나면서 완전 무장을 한 군인들이 들이닥쳤다.

다짜고짜 정삼룡 상병을 곤봉으로 때려잡고, 말리는 초이에게 개머리판이 날아왔다.

눈앞에 별이 번쩍이는 것을 느꼈는가 싶었는데, 초이의 명치로 워커발이 꽂혔고, 숨이 턱 막혀서는 배를 끌어안고 주저앉은 초이의 몸 위로 사정없이 발길질과 곤봉이 떨어졌다. 그리고는 의식을 잃어버렸다.

정신을 차려보니 창문 하나 없는 밀실이었다.

텔레비전으로 종종 보아왔던 전형적인 취조실 겸 고문실.

옆에는 더러운 화장실과 욕조가 보였고, 천장으로는 촉수 낮은 전구알이 침침하게 빛을 발하고 있었다.

초이의 손이 의자 뒤로 해서 수갑에 채워져 있었다.

그리고 세 명의 고문관들로부터 무자비한 고문이 차례로, 그리고 끝없이 가해졌다.

아버지 최무의의 역적 모의 사실을 알고 있었는가에 대해 물었고, 아버지의 행방에 대해 물었다.

하지만 초이는 아무것도 몰랐기 때문에 그들이 만족할 만한 대답을 해 줄 수가 없었다.

그러자 그들은 초이의 입에 윷을 물려주었다.

지독한 고문에 윷의 나무토막이 초이의 이 사이에서 씹혀 부러져 나갔고, 그때마다 그들은 새로운 윷을 물려주었다.

지구상에 존재하는 모든 고문을 통달한 듯 그들은 끊임없이 초이에게 새로운 고문을 가했다.

자동차 점프 배터리 선으로 양쪽 턱밑의 임파선이 있는 부분을 지져댔고, 껍데기를 벗긴 구리 전선줄 두 개를 요도에 꽂아 넣기도 했다.

옆방에서 정삼룡 병장의 비명 소리도 들려왔고, 여동생 민휘의 비명 소리도 아련하게 들려왔다.

초이는 수십 번이나 까무러쳤다가 깨어나고 다시 정신을 잃었다.

죽여달라고 울부짖었지만 그들은 비웃었고, 여동생의 맛이 어떻다는 둥 하는 야비한 말을 뱉어대면서 태연자약하게 계속 초이를 고문했다.

초이는 얼마나 시간이 지났는지도 알 수 없었다.

그러던 어느 날 갑자기 놈들은 초이를 풀어줬다.

눈을 시커먼 헝겊으로 가리고는 짚차에 짐짝처럼 초이를 처박고는 어디론가 한참을 달려갔다.

그리고는 차가 서는 것이 느껴졌다.

그리고는 수갑을 풀어주고는 초이의 옆구리를 발로 걷어찼다.

초이는 언덕 밑으로 곤두박질하면서 처박혔다.

대자로 뻗은 초이는 자신의 눈을 가리고 있는 검은 천을 천천히 벗겨냈다.

동공을 찌르는 듯한 눈부신 햇빛 때문에 눈을 뜰 수가 없었다.

한참 만에야 눈을 뜨고는 주위를 둘러봤다.

논바닥 한가운데였다. 막 피기 시작한 벼꽃들이 초이의 시선에 들어왔다.

꿈을 꾸는 것 같았기 때문에 한동안 움직이지 않고 그대로 있었다.

개구리 한 마리가 초이의 배 위로 올라와 턱을 불룩불룩 움직이면서 초이의 눈을 데룩데룩 바라보고 있었다.

초이가 손을 들어 개구리를 잡으려 하자 개구리는 힘차게 튀어서 벼 사이로 사라졌다.

꿈은 아니었다.

자신이 굴러떨어진 곳을 올려다봤다. 차들이 굉음을 울리면서 맹렬하게 달리고 있는 것이 보였다.

고속도로 옆의 논바닥이었던 것이다.

단 며칠 사이였지만 지하 밀실은 초이의 모든 세상이었다.

다신 밖을 볼 수 없으리라는 생각을 수십 번도 더 했던 것이다.

한데 지금 지하 밀실의 좁은 세계에서 광대하고 낯선 세상으로 내팽개쳐진 것이다.

초이는 휘청거리면서 도로로 기어올라 갔다.

그리곤 손을 들고 지나가는 차를 세웠지만 멈춰 서는 차량은 없었다.

몇 시간을 힘겹게, 그리고 쓰러질 듯이 걸은 후에 마침내 증평휴게소라는 팻말을 볼 수 있었다.

초이가 휴게소로 걸어들어 가자 사람들이 그의 몰골을 보고는 눈살을 찌푸리면서 피했다.

초이는 화장실로 걸어들어 가 세면대의 물을 틀어놓고는 수도꼭지에 입을 대고 정신없이 들이켰다.

배가 숨 쉬기가 거북할 정도로 불러 올랐을 때 초이는 물먹기를 멈추고 자신을 지켜보고 있는 사람들을 둘러보았다.

그 사람들을 둘러보면서도 그것이 꿈인지 생시인지 믿을 수조차 없었다.

죽을 때까지 날 고문하겠다던 그 인간들이 왜 갑자기 이 낯선 곳에다 풀어놓은 걸까?

이미 초이의 몸은 고문에 인이 박히고, 고통이 당연한 일상사처럼 받아들이고 있었던 것이다.

오히려 전에 살던 이 세상이 초이에겐 낯설고 당황스러웠다.

놈들이 초이를 풀어준 이유는 휴게소 가판대의 신문을 보고 알 수 있었다.

신문 일면에 대문짝만하게 아버지 최무의 준장의 사진이 나와 있었다.

그 위로 큼직한 활자로 '쿠데타를 일으켜 나라를 전복시키려 한 주모자 최무의 준장의 최후의 선택'이라고 쓰여진 것을 읽을 수 있었다.

'쿠데타라니? 아버지가?!'

초이는 신문을 한 장 뽑아서는 떨리는 손으로 펼쳐 들었다.

최무의 준장이 선동한 쿠데타는 성공하는 듯 보였다는 내용의 큰 활자가 초이의 눈에 확 들어왔다.

그러나 플로리다 주방위군 측에서 서울 상공에 핵을 투하할 것을 한국의 대통령의 동의로 결정했다는 것이었고, 카운터에 들어갔다는 숨막히는 상황이 기사화되어 있었다.

쿠데타를 일으킨 소장파 장교들은 두 갈래로 나뉘어져 항복이냐 싸움이냐를 놓고 맹렬하게 다투었고, 그들 중 몇 명이 배신하여 동료들을 공격해 서로 죽이고 죽는 비극이 벌어졌던 것이다. 결국 항복을 반대하는 강경파들을 모두 살해한 자들이 투항을 하였다는 것이다.

쿠데타는 결국 실패로 돌아갔고, 그 과정에서 최무의 준장은 행방불명이 되었다.

두 분의 시체가 발견된 곳은 태백산 속의 작은 암자였다.

암자에서도 한참을 올라간 산등성이.

태백산의 줄기들이 한눈에 내려다보이는 거대한 바위 위에서 두 분의 주검이 산삼을 캐는 심마니에 의해서 발견되었던 것이다.

아버지 최무의는 검으로 자신의 배를 갈라 자살하였고, 어머니는 평소 지니고 계시던 은장도로 자신의 목을 찔러 대동맥을 끊었다.

두 분은 태백산의 차가운 바위 위에서 손을 잡고 이 땅을 떠나신 것이다.

초이에게 짧은 유언장을 남기시고 그렇게 두 분은 이 땅을 떠나셨다.

그곳은 평소에 아버님과 어머님이 자주 가시던 산사(山寺)가 있던 곳이었고, 초이 역시 몇 번 따라간 적이 있었다.

두 분은 불교 신자는 아니지만 가끔 그 암자의 요사채에 묵으시면서 새해의 마지막 해를 보내곤 하셨다.

명절에 고향에 가지 않으셨던 것은 두 분께서 가야 할 고향이 없기 때문이다.

두 분 다 고아셨다. 그것도 같은 고아원의……

유언장.

나의 사랑하는 아들아,

장차 한국은 거대한 검은 세력의 장난으로 온 나라가 전란에 휩싸여 백성이 신음하게 될 것이다.

난 그것을 막아보고자 하였으나 하늘은 그것을 허락하지 않는구나.

나의 이번 생은 여기까지다.

네 애미와 난 내 주변 사람들에게 피해가 가지 않도록 하기 위해서 죽음을 택할 수밖에 없다.

아들아,

너는 나의 아들이라는 인연으로 태어났으나 어차피 사람은 혼자이니라.

다음 생에서는 내가 너의 아들로 태어날 수도 있고, 너의 주변 사람으로 태어날 수도 있는 것이 자연의 이치인즉 슬퍼할 필요가 없다.

사람의 생이란 것은 실에 꿰인 염주알 같은 것이고, 난 이번 생에 하나의 염주알을 세는 것을 마쳤을 뿐이다. 앞으로도 내 앞으로는 무수한 염주알들이 기다리고 있단다.

죽음은 끝이 아니고 영혼의 한 과정일 뿐이다.

가장 조심해야 할 것은 그 염주알을 꿴 실이 끊어지는 것을 경계해야 할 따름이다.

실이 끊어진다는 것은 염주알이 산산이 흩어져서 결국 영혼 자체가 이 자연계에서 완전히 소멸함을 의미한단다.

다시 태어날 기회를 영영 잃어버린다는 것을 뜻한다.

스스로 타락하는 것을 경계하고, 영혼이 더럽혀지는 것을 주의해야 하느니라. 스스로 고귀하다는 자존심을 지키고 항상 바른 몸가짐과 바른 정신으로 살아가야 할 것이다.

불의와 악이 승리하는 것처럼 보이는 것은 흐르는 냇물이 돌을 만나면 물흐름이 잠시 역행해 소용돌이치는 것과 같은 것이니라.

결국 정의와 선은 묵묵히 제 방향으로 흘러간다는 것을 명심하도록 하여라.

아버지 최무의(崔武義).

사랑한다, 내 아들아.

네 아빠의 말을 지금까지 받아 적었다.

부부는 일심동체이고, 나 역시 네 아빠과 같은 마음 같은 마음이란다.

네 아빠는 내가 너희 곁에 남아 있기를 바랐지만 난 네 아빠와 같은 길을 가기로 결정했구나.

부디 넌 이번 생에 주어진 네 사명을 깨닫고 네 몫으로 주어진 생을 모두 마무리하거라.

다시 한 번… 진심으로 사랑한다, 아들아.

어머니 송애랑.

그랬구나. 그랬구나.

그랬기에 두 분이 그랬구나.

죽음을 예감하고 전부터 준비하셨구나.

그래서 단념하는 법을 가르치려고 애써 그렇게 담담하셨구나.

초이는 울었다. 하염없이 눈물이 흘러나왔으나 울음소리는 나오지 않았다.

밤이 새도록 울었는데도 계속 눈물이 흘러나왔다.

사람 몸 어디에 이토록 많은 눈물이 저장되어 있었을까 싶을 정도로.

Act *4*

반역자로 낙인 찍혀버려서인지 영안실엔 조문객도 없었다.

동생 민휘는 풀려난 직후 정신 이상을 일으켜 병원에 입원해 있었다. 남자들만 봐도 사시나무 떨듯 경기를 일으켰고, 손이라도 잡을라 치면 거품을 물고 발작하였다.

놈들에게 어떤 고문을 당했는지 짐작할 수 있었다.

초이는 정삼룡과 함께 두 분의 장례를 쓸쓸하게 마쳤다.

그리고 집으로 돌아온 초이는 집 안에 있는 식칼과 정원에 있던 고기를 꿰어 굽는 기다란 바비큐용 포크를 수건과 신문으로 둘둘 말아서 대문을 나섰다.

그리고는 기억을 더듬어서 자신을 고문했던 곳을 향해 발걸음을 옮겼다.

택시를 타고 남산을 몇 바퀴나 돌고, 걸어서 샅샅이 뒤진 끝에 정보부 남산 지부를 결국 찾아낼 수 있었다.

초이는 허술한 담장을 넘어 들어갔다.

늦은 밤이었고, 의외로 남산 지부의 경비는 허술했다.

하기는 말만 들어도 벌벌 떠는 곳에 누가 감히 침입을 하겠는가.

청와대로부터 수고했다는 축전과 함께 하사받은 금일봉을 걸고 세 명이 술을 마시면서 포커를 치고 있었다.

집 뒤로 돌아가자 주방으로 연결된 가스통이 보였다.

초이는 다짜고짜 문을 밀고 들어갔다.

가스통을 들고 들이닥친 불청객의 모습에 놀란 눈을 하고 엉거주춤 일어나는 놈의 얼굴을 향해 초이는 가스통을 휘둘렀다.

콰앙!

가스통에 얼굴을 정통으로 얻어맞은 사내는 뒤로 벌렁 나자빠졌고, 다른 두 사내가 동시에 가슴에 차고 있던 권총을 뽑아 드는 게 보였다.

초이는 안전장치를 풀고 있는 사내의 머리통을 가스통으로 내리찍었고, 몸을 날려 권총을 겨누는 사내에게 태클을 걸었다.

둘은 뒤엉켜 나뒹굴었다. 술에 얼큰히 취한 놈은 결국 초이 밑에 깔렸다.

초이는 뒷춤에 찔러 넣고 있던 바비큐용 포크를 뽑아 들고는 놈의 목을 찍었다.

입을 딱 벌리는 사내의 낯짝을 초이는 똑똑히 기억할 수 있었기 때문에 조금의 사정도 두지 않고 재차 포크를 마구 찍어댔다.

자신을 고문했던, 꿈에도 잊을 수 없던 얼굴이었다.

결국 허우적거리던 놈이 눈을 까뒤집고 축 늘어지자 초이는 숨을 거칠게 몰아쉬며 피칠갑한 몸을 일으켰다.

가스통에 맞아 얼굴이 피 범벅이 되어 신음하고 있는 자를 향해 고개를 돌렸다.

두 번째로 가스통을 맞은 놈은 완전히 쭉 뻗어 기절해 있었다.

초이는 권총을 집어 들고는 신음하는 놈의 멱살을 잡아 일으켰다.

그리고는 자신을 고문했던 자들의 집 주소와 전화 번호를 알아내고는 녀석들을 지하 고문실로 몰아넣곤 밖에서 자물쇠를 걸었다.

밖으로 나온 초이는 놈들의 승용차에서 휘발유를 뽑아 지하실의 조그만 쇠창틀 사이로 쏟아 부었다.

놈들이 창살을 뜯어내려 미친 듯 발버둥 치면서 짐승 같은 비명을 질러대며 욕설을 퍼부어댔지만 초이는 아랑곳 않고는 놈들이 피우던 담배를 한 개비 뽑아 불을 붙였고 창살 안에다 담뱃불을 집어 던지곤 그곳을 떠났다.

초이의 뒤로 남산 지부가 불길에 휩싸여 기세 좋게 타오르고 있는 것이 보였고, 한참 뒤에야 요란한 사이렌을 울리며 소방차들과 119 구급대 차량들이 개 떼같이 남산으로 기어올라 가고 있을 때, 초이는 이미 그곳을 떠나고 없었다.

초이는 집으로 돌아와 떨리는 손으로 진열장에 있던 아버지가 마시던 국산 양주를 꺼내 들어 병째로 들이키고는 침대에 쓰러져서 잠이 들었다.

며칠이 지났다.

초이는 놈들의 집을 찾아낼 수 있었고, 그중 한 명의 집 근처의 주유소에서 아르바이트를 시작했다.

일주일 만에야 녀석은 자신의 승용차를 몰고 초이가 급유원으로 아르바이트를 하고 있는 주유소에 들렀다.

모자를 깊숙하게 눌러쓴 초이가 재빨리 튀어나가 급유 권총을 잡았고, 놈의 차에 주유를 마치고는 차 창문을 톡톡 두들겼다.

지잉.

운전석의 창문이 내려가며 녀석의 얼굴이 나타났다.

초이를 고문했던 뱀같이 차갑고도 징그럽게 생긴 사내였다.

초이에게 신용 카드를 내밀었을 때 초이는 카드를 받아 드는 대신 주유기의 기름 권총을 녀석의 면상에다 쏘았다.

초이는 비명을 지르는 녀석의 낯짝에 불이 붙여진 지포라이타를 던지고는 그 자리를 떠났다.

초이의 집 주위에 경찰들과 형사들이 깔렸다.

초이의 신분이 드러났기 때문이다.

초이는 미리 준비해 둔 배낭을 들고 서울을 떠났다.

초이의 수배 전단지가 전국에 뿌려졌고, 검문 검색이 전국적으로 행해졌지만 뉴스에 발표되지는 않았다.

정보부는 일선 경찰들과 군경들까지 동원해서 모든 서울을 빠져나가는 길을 차단하고 생난리를 피웠지만 초이의 행방은 끝내 찾을 수가 없었다.

그 시간, 초이는 서해안의 만리포 해수욕장의 야영지 한구석에 텐트를 치고 안에 들어가 있었다.

시외버스를 타고 이곳으로 온 것이었다.

승용차들에 대한 검문 검색은 철저했지만 일반 고속버스나 시외버스는 상대적으로 검문 검색이 허술한 편이었고, 형식적이었다.

운전 면허가 있는 초이가 일반 대중 교통을 이용하리라고는 정보부 요원들로서도 전혀 생각지 못했던 것이다.

한참 피서철이었기 때문에 서해안의 해수욕장을 따라서 근 한 달을 텐트 생활을 했다.

이틀 이상을 같은 해수욕장에서 머물지 않고 자리를 옮겼고, 변산 반도까지 내려간 후에야 거기서 버스를 타고 다시 서울로 돌아왔다.

두 번째 목표물을 미행 끝에 마주친 곳은 놈은 집 근처의 불가마 찜질
방이었다.

놈은 하마같이 부른 배를 내밀고 한증막에 들어가 전날 마신 주독을
빼면서 땀을 흘리고 있었다.

그놈은 여동생 민휘의 맛이 어떻느니 하면서 낄낄대던 놈이었다.

둘둘 만 수건을 들고 성큼 찜질방으로 들어서는 초이의 모습을 발견하
고는 눈이 부릅떠졌고 벌떡 일어났지만 다시 주저앉았다.

놈의 심장 부위에 청계천에서 미리 구입했던 군용 대검이 자루만 남기
고 깊숙이 박혔기 때문이다.

미친 듯이 초이를 잡으려고 허우적거렸다.

초이는 군용 대검을 뽑아 들어서는 다시 목을 찔렀지만 박히지 않았고
빗나갔다.

하지만 대동맥이 잘렸는지 피가 분수처럼 터져 나왔다.

그제야 놈은 돼지처럼 비명을 질러댔지만 초이는 개의치 않고 소리를
내지 않을 때까지 찍어댔던 것이다.

욕탕 밖에서의 포수같이 떨어지는 물소리의 소음과 스팀 안개로 이 안
쪽이 잘 보이지 않았던 것이다.

방음까지 됐으므로 밖에 있던 다른 사람들은 비명을 듣지 못했을 것이
다.

온몸에 피를 뒤집어쓴 채 초이는 숨을 몰아쉬었다.

수건으로 피를 닦아내자, 온통 땀으로 뒤범벅된 핏덩이들은 곧 별 표
시 나지 않게 씻겨져 내려갔다.

문을 닫고는 재빨리 욕조 안으로 뛰어들어 머리끝까지 잠수를 해서는
피 흔적을 씻어냈다.

그리고는 재빨리 옷을 갈아입고 그곳을 빠져나왔다.

초이가 정신 병원에 갇힌 여동생 민휘를 위해서 해줄 수 있는 것은 그것밖에 없었다.

아버지와 어머니를 죽인 원수가 있었다면 원수를 갚고 초이 역시 장렬하게 최후를 마쳤겠지만, 부모님은 두 분 다 스스로 목숨을 끊고 돌아가셨기 때문에 개죽음당할 필요는 없다는 판단을 내렸던 것이다.

곧바로 신촌의 한 고시원에서 숨죽이며 지내고 있던 정삼룡을 찾아갔고, 둘은 신촌역에서 출발하는 북한으로 향하는 경의선 화물열차 칸에 몸을 숨기고 서울을 빠져나와 블라디보스톡을 거쳐 시베리아 안쪽으로 도망친 것이다.

삼룡은 고문받은 상처가 도져서 결국은 이곳에 도착해서 다리 한쪽을 절단할 수밖에 없었다.

"마서, 자석아. 고사상 차릴 일 있냐?"

삼룡의 말에 초이는 퍼뜩 정신이 들었다.

"너, 우는 것이냐, 시방?"

"아, 아뇨, 울긴… 고추가 좀 매운 것 같군요."

어느새 자신도 모르게 눈 주위가 축축하게 젖어들었던 듯했다.

"그려? 연변 출신 조선족한테 산 꼬춘디 우리나라 청양꼬추만큼은 못하지만 제법 솔찮허긴 허더라고잉."

중간에 올가가 초이가 고추장 좋아하는 것을 어떻게 알았는지 딴에는 신경을 써준다고 고추장과 고추를 한 움큼 가져왔던 것이다.

초이는 남은 술을 마저 털어 넣고는 일어섰다.

"이제 가봐야겠어요."

"안주도 남었넌디? 한잔 더 하지 않고?"

"그건 집에 돌아가서서 올가하고 오붓하게 마시라구요. 갑니다, 형님."

초이는 올가에게도 가볍게 인사를 하고 시장을 나왔다.

"야, 임마."

삼룡 형이 뒤에서 불러 세웠다.

뒤를 돌아보자 주먹을 흔들며 소리친다.

"발모가지 하나 잘라내고 씩씩하게 살고 있는 나도 있어, 자석아! 힘내, 임마!"

"빠샤!!"

초이는 대답 대신 주먹을 흔들어 보이고 시장을 빠져나왔다.

하늘을 올려다보았다. 회색 눈발이 더 굵어진 것 같다.

Act 5

Puis de nouveau les guerres suscitees.

같은 시각, 야쿠츠로 향하는 야간 고속도로는 꽁꽁 얼어붙은 빙판길로 교통 지옥을 연출하고 있었다.

양쪽 12차선의 넓은 도로에는 눈바닥에 미끄러져 뒤집히거나 부딪쳐 박살난 차량들, 트럭들과 승용차들이 주저앉아 체인을 갈거나 대형 크레인차들이 와서 승용차들을 끌어가는 장면들이 여기저기 연출되고 있었다. 그만큼 지독한 폭설인 것이다.

그 사이를 뚫고 유유히 낮은 굉음의 엔진음을 내면서 전진하고 있는 한 대의 짚차가 보였다.

미국 미시건 주 디트로이트에서 제조한 허머짚이었다.

걸프전에서 놀라운 성능을 입증한 바 있고, 지금은 켈리포니아 자치주 대통령인 아놀드 슈왈츠제네거가 1호로 구입했던 것으로도 유명해진 짚차였다.

민간용으로 네오 클로네이드 사에서 만든 차폭이 2m 40이나 되는 거대한 2007년형 네 번째 버전인 허머(HUMMER) H—4 짚이다.

그 꽁무니에 반 토막짜리 바퀴가 달린 컨테이너를 매달고 있었다.

지독하게 몰아치는 회색 빛 눈발 속에서도 끄떡없이 전진하고 있는 이 짚차는 1979년 미국의 AM제너럴 사에서 군용으로 된 4륜 구동 짚을 만든 이래, 발전을 거듭하여 H3까지 나왔으나 현재는 제너럴 사가 네오 클로네이드 사에 흡수되어 강력한 V—8, 9천 5백cc 수소 이온 엔진으로 다시 태어난 것이다.

650마력의 이 괴물 같은 짚차는 웬만한 승용차 정도는 타고 넘어갈 정도의 괴력을 가지고 있었다. 그래서 붙은 별명이 몬스터.

10만 달러 이상 가는 몬스터를 러시아에서 끌고 다닐 정도면 대단한 신분을 가진 사람이거나 재산가일 것이다.

"젠장할, 이놈의 눈은 언제 그치려는 거야. 잘못하다가는 눈 속에 갇혀 버릴 것 같아."

운전대를 잡고 있는 것은 2m 가까이 되는 우람한 덩치의 독일계 러시아인 표도르 폰 헉스였다.

버스처럼 넓은 허머짚이 비좁게 느껴질 정도의 덩치였다.

"10킬로 전방에 블라고비센스크 시가 있다."

옆에 앉아서 지도를 펼쳐 보던 차갑게 생긴 스포츠 머리의 일본인 무토가 억양 없는 말투로 내뱉었다.

"체인이 3톤 가까이 되는 무게를 견뎌낼지 모르겠어. 벌써 400킬로를 달려왔는데 말야."

"명색이 네오 클로네이드 사에서 최근에 만들어낸 작품이야. 주변을 보면 모르겠어?"

"제대로 달리고 있는 차량이라고는 견인 트럭들과 우리 차뿐이라구."

뒷자리에 비스듬히 옆으로 누워 도색 잡지를 뒤적이고 있는 사람은 야비하게 생긴 얼굴의 알렉세예비치 크루거이다.

이 차의 주인이며 블라디보스톡 시 경찰국장의 유명한 난봉꾼 아들이

기도 하다.

"도착하는 대로 뜨거운 물에 샤워를 하고 계집 끼고 술을 마실 수 있게 될 거다, 헉스."

크루거의 말에 기분이 좋아졌는지 헉스가 실실 웃었다.

"흐흐, 블라고비센스크엔 물 좋은 계집들이 많다는 소문이 사실일까?"

"시베리아 극동 쪽에서는 요즘 제일 번화한 도시니까 아무래도 좀 낫겠지."

"기대가 되는군 그래. 어떤 계집이 오늘은 내 밑에 깔려서 비명을 지르게 될까?"

"하바로프스키에서 품었던 연변 출신 계집애는 그곳이 망가져 일주일 동안 영업을 못할 거라면서 변상을 하라는 거야, 망할 년이."

"영업 방해를 했군, 헉스. 그래서 어떻게 했지?"

"애널에 한 번 더 먹여주고 나왔어. 20불을 던져 주고 말야. 아마 지금쯤 내게 받은 돈으로 외과 병원에 가서 양쪽 다 꿰매고 있을지도 모르지."

크루거가 마시려던 술을 뿜어내면서 결국 웃음을 터뜨렸다.

헉스도 자신의 농담이 재미있는지 눈물을 찔끔거리며 킬킬거렸지만 일본인 무토는 무표정하게 앞만 바라볼 뿐이었다.

무표정하고 강인한 인상의 일본인 무토 도모키치. 뺨에는 기다란 칼자국이 있었다.

그는 일본이 패망하기 전에 일본 자위대 특수 부대의 장교였지만 나라가 공중 분해되자 블라디보스톡으로 건너왔고, 거리에서 시비가 붙어 부랑자들을 다섯 명을 순식간에 때려눕히는 것을 본 경찰국장 알렉세예비치 트리트비의 눈에 띄어 크루거의 집에 묵게 된 것이다.

극진 가라데와 검도의 고단자인 무토는 2년 동안 크루거에게 유도와 극진 가라데를 가르쳐 왔다.

이들은 모스크바에서 두 달 뒤에 있을 러시아 기사단 모집 대회에 참가하기 위해 육로를 통해 모스크바로 가고 있는 중이었다.

바티칸 교황청 소속의 콜롬부스 기사단들의 눈부신 활약에 자극받은 러시아 황실은 자국에도 기사단을 만들기로 하고 러시아 전역에 기사단 선출 모집 대회의 칙명을 공고했던 것이다.

기사단의 공식 명칭은 텔레마의 황금 여명회 기사단(Golden Dawn Thelemic Orden Knights)으로 러시아 정교의 다니엘 총대주교와 황제의 직속 부대로서 각각 72명씩, 144명을 선출하여 기사의 작위를 내림과 동시에 기사들은 모든 군, 경, 공권력에 우선한다는 조항이 있으며, 기사는 자신의 재량으로 군사들을 뽑아 각자 1백 명의 직속 부하를 거느릴 수 있다는 것이었다.

또한 기사들은 네오 클로네이드 사에서 개발한 최신 첨단 무기를 우선 배당받을 수 있으며, 각각 50만 평의 영지를 하사받는다는 것이었으니 자다가 들어도 벌떡 일어날 만한 소식이 아닐 수 없었다.

텔레마(Thelema)는 그리스어로 '의지(Will)'라는 뜻이며, 자신이 원하는 것은 무엇이든 하라는 뜻임과 동시에 자신의 자유 의지로 스스로 훈련해 나가라는 의미였다.

곧 그것은 기사들에게 무소불위(無所不爲)의 막강한 권력을 주겠다는 러시아 황제의 강한 의지가 들어 있는 말이기도 했다.

이것은 부친의 권력을 등에 업고 제멋대로 살아왔던 천하의 망나니 크루거에겐 대단히 유혹적인 말이었다.

크루거는 그것을 본인 마음대로 계집들을 골라잡아 가져도 좋다는 의미로 해석했기 때문에 공고문을 보고 눈이 뒤집히지 않을 수 없었던 것이다.

하긴 그 정도의 조건이라면 굳이 강제로 할 필요도 없을 것이다. 손가락만 까닥거려도 계집애들이 환장하고 달려들 것이다.

K-1 이종 맨손 격투와 사격, 승마, 검술과 창 쓰기 시합으로 시험 과목이 정해졌으며, 토너먼트 식으로 예선전을 걸쳐 최종 144명의 기사를 뽑는다는 것이었다. 온 러시아 젊은이들의 피를 들끓게 만들기에 충분한 것이었다.

민족이나 종족을 불문, 자격 불문, 나이 불문, 범죄 경력까지 일체 상관치 않는다는 황실의 발표로 인해 힘깨나 쓰고 주먹깨나 쓴다는 사내들은 모조리 모스크바로 몰려들고 있었다.

부친의 빽(?)으로 크루거는 1차 예선에서 선발되어 기사 선발 대회의 출전 자격증을 이미 얻어놓은 상태였다.

그만큼 혁명에 가담했던 쿠데타의 세력들의 권력은 막강했다.

시베리아 횡단 열차로 가면 열흘, 비행기를 타면 하루면 도착하겠지만 미리 출발하면서 경험을 쌓는다는 명분으로 부친인 경찰국장 알렉세예비치 트리트비로부터 허락을 받아 거액의 노잣돈을 두둑이 챙겨 넣고 출발한 것이다.

말이 경험이지 실상은 모스크바까지 가면서 각 도시를 들러 술을 마시며 전 러시아에 있는 반반한 계집들을 맛보자는 데 헉스와 크루거는 의기투합했고, 크루거의 집에서 신세를 지면서 무술을 가르쳤던 사범 격인 무토를 백그라운드로 끌어들인 것이다.

계집들을 헌팅을 하기엔 아무래도 하나보다는 둘, 둘보다는 셋이 있어야 기분도 나고 술 마실 기분도 날 테니까 말이다.

헉스는 같이 자란 동창이고 친구이며, 무토는 명목상 사범이라고 하지만 실상 크루거의 수행원이었고, 주종 관계나 마찬가지였다.

Act *6*

멍키영감은 꼼꼼히 초이가 가져온 물건들을 살피고 있었다.

가게 안쪽의 자신만의 은밀한 실험실이었다.

수백 개의 전선 가닥이 뭉쳐서 바닥으로 구불구불 뒤엉켜 있었고, 각종 실험 기계들과 전자 장비들이 꽉 들어찬, 마치 고물상과도 같은 분위기였다.

라이트 렌즈가 달린 밴드를 머리에 차고, 광자검의 쇠토막을 집게로 물려놓은 다음 몇 가닥의 전선을 연결시켰다.

그리고는 액정 판넬이 붙어 있는 기계의 터치 스크린 숫자를 눌렀다.

지잉.

소리만 날 뿐 아무런 반응은 없었다.

계속 터치 스크린을 눌러 나가며 꼼꼼히 실험 결과를 메모해 나갔다.

다시 레벨을 낮춰 터치 스크린을 두드린 순간, 지잉 하는 소리와 함께 광선검에서 오렌지 빛이 불쑥 솟아올랐다.

"그럼 그렇지. 제까짓 게 별수있어!"

환호를 하고 다시 다른 숫자를 계속 입력하자, 광자검의 색깔이 변하면서 그 빛의 크기가 줄었다 늘었다 하는 것이었다.

이것으로 놈들의 무기 체계는 모두 알아냈다.

에너지가 방전이 된 블라스터 창은 열화 우라늄탄을 전자 레일로 고속 사출하는 구조였다.

그 연료로 사용하는 액체 수소 이온 연료를 자신이 직접 만든 바 있었기 때문에 별 어려움 없이 연료를 합성해서 재충전을 할 수 있었다.

기사가 쓰고 있었던 헬멧과 제복 역시 마찬가지였다.

네트워크와 컴퓨터를 이용한 전투 체계를 통합시키는 랜드 워리어 시스템으로서 자신이 초창기 네오 클로네이드 사에 있을 때 분석을 끝내고 만들어냈던 물건들이었다.

즉, 부착된 고글형 디스플레이 장치를 통해 컴퓨터 네트워크에 연결돼, 자동 위성 추적 시스템으로 자신과 아군은 물론 적의 위치를 보여주는 지형 정보를 제공받는다. 헬멧에 부착된 헤드 세트를 통해 본부와 교신할 수도 있는 것이다.

멍키영감은 눈에 붙였던 라이트 렌즈를 끄고 벗어 던지고는 옆에 있던 캔맥주를 집어 들었다.

광자검은 예상했던 대로 뇌파의 4cps의 파장에 반응을 시작했고, '세타' 상태에서 녹색 빔이 솟아나고, 더 낮추자 좀 더 강력한 오렌지 불빛부터 백광으로 차례로 올라갔던 것이다.

이 상태에서 인간은 초능력을 발휘하게 되는데 놈들은 바로 그 기공을 이용한 무기를 만들어낸 것이다.

세타 파는 보통 사람들은 죽어가는 임종 직전에나 느껴볼 수 있는 4차원적인 상태의 뇌파이다. 결국 이 광자검은 저주파의 전자 무기로서 마인드 컨트롤을 이용하여 기공을 주입시켜야 작동이 되는 현재의 무기 체계보다 한 차원 높은 고도로 발달된 문명의 무기인 셈인데, 그렇다면 역시 이것은 그 징그러운 비늘에 덮인 파충 인간들이 제공한 무기임에 틀림없다.

플로리다의 지하 벙커 300m 아래의 연구소에서 처음으로 그 끔찍한 괴물 인간들을 보았을 때가 떠올랐다.

통방울같이 생긴 주먹만큼 커다란 녹색의 두 눈이 초록색으로 번들번들 빛나고 있었고, 두 발로 서 있는 모습은 유령 같았다.

피부는 뱀 껍질같이 매끄러웠고 둔탁한 빛을 발했다.

몸통과 팔다리는 인간의 모습과 흡사했으며, 은색으로 반짝이는 얇은 알루미늄 재질의 느낌이 나는 옷 같은 것을 입고 있었다.

3미터 가까이 되어 보이는 몸집에 톱날 같은 이빨이 달린 주둥아리에서는 점액질이 간간이 흘러 바닥으로 떨어지고 있었다.

피부에는 회색과 청동색을 섞어놓은 듯한 잔잔한 비늘로 뒤덮여 있어 보기에도 소름이 끼쳤다.

과거 외계인이라고 공표된 사진들과 어떻게 보면 흡사했지만, 그것은 귀엽게 보이도록 작은 몸집으로 조작한 것이었다.

그동안 네오 클로네이드 사가 불쑥불쑥 내놨던 물건들, 정체 모를 기계들과 무기들을 분석하는 게 멍키영감의 일이었다.

처음에 그것들을 보고 입이 딱 벌어졌다.

응용물리학 분야에선 전 세계를 통틀어 멍키영감의 적수가 될 만한 실력자는 두셋밖에 없다고 자부했었다.

그런 멍키영감이 보도 듣도 못한 경악할 정도의 기계들과 물건들을 끊임없이 계속 내놓고 분석을 하고 만들어내라는 거였다.

어떤 때는 섬유, 어떤 때는 도무지 성분을 알 수 없는 광석덩어리, 어떤 때는 소프트웨어, 전자 부품, 괴이하게 생긴 엔진들, 처음 보는 액체 연료들.

멍키영감은 부지런히 쌍구를 굴렸다.

어디서 이런 물건들을 가져왔을까? 미 항공우주국? 핵 전략 병기 연구소? 노드롭 사나 기타 기업, 민간 연구소를 통틀어도 지구상에 있는 물건들을 자신이 모를 리는 없었다.

그것은 현대 문명의 과학 수준보다 몇 단계 넘어선 물건들이었다.

그렇다! 그것들은 이 지구의 문명이 아닌 외계 문명의 물건들이었던 것이다!

그 외계 괴물들로부터 계속 이런 물건들이 제공받는다면 네오 클로네이드 사가 전 세계를 잡아먹는 것은 시간문제일 터였다.

더욱이 이런 기(氣) 에너지를 사용한 물건들을 만들어냈다는 것은 그 괴물들은 이미 인간이 상상도 못할 가공할 만한 과학 문명을 이루고 있다는 증거였다. 현대 물리학의 숙제로 남아 있는 정신 과학 문명!

정신 과학을 제대로 이해 못하는 사람들은 막연히 초능력이라고 알고 있을 뿐이지만 그것도 엄연한 고도로 진보된 과학의 한 분야였다.

'빌어먹을!'

멍키영감은 괴물들과 그 땅구덩이 속 지하 비밀 기지를 떠올리고는 진저리를 쳤다.

네오 클로네이드 사 놈들이 하는 짓거리와 바티칸 교황청까지 나서서 러시아를 거들며 전쟁판에 뛰어든 판이다.

세상 돌아가는 꼬라지를 보아하니 3차 세계대전이 일어날 것은 뻔한 것이고, 성경에서 말하는 종말 전쟁이라는 하르마겟돈은 헛소리가 아니었던 것이다.

이젠 프리메이슨 놈들과 아귀다툼을 벌일 게 뻔하다. 지난 300년 가까이 전 세계를 움켜쥐고 흔들던 놈들이 가만있진 않을 테니까.

언젠가 읽었던 성경의 요한계시록의 절망적인 끔찍한 종말들에 대해 이야기하고 있던 내용들이 기억났다.

실제로 세상은 요한계시록과 노스트라다무스 영감이 말한 대로 미쳐서 돌아가고 있지 않은가.

자신도 모르게 부르르 몸이 떨렸고 소름이 돋았다.

집요하게 추적하고 있는 가공할 능력을 가진 네오 클로네이드 사와 그 괴물들의 마수(魔手)에서 멍키영감이 벗어나는 길은 한 가지밖에 없었다.

'놈들이 쫓아오지 못할 곳으로 도망치는 것!'

"빌어먹을, 될 대로 되라지. 난 보기 좋게 성공할 테니까 두고 보라고, 망할 자식들아!"

멍키영감은 남은 맥주를 들이키곤 콰작 소리가 나도록 깡통을 움켜쥐었다.

일어나서 선반 위에 놓인 지금은 골동품 수집가나 가지고 있을 법한 옛날 구식 카세트 라디오의 플레이 버튼을 눌렀다.

그대 내 곁에 선 순간
그 눈빛이 너무 좋아.
어제는 울었지만 오늘은 당신 땜에
내일은 행복할 거야.

천안 삼거리 바람에 날리는 능수버들 같은 느낌의 심수봉 노랫가락이 울려 퍼졌다.

언제 들어도 참기름을 발라놓은 듯한 목소리였다.

노랫소리에 세 개째 마시고 있는 캔맥주가 식도를 타고 흘러내리면서 심수봉의 노랫가락과 함께 멍키영감의 애간장을 녹아 내리고 있었다.

'그게 언제더라? 1970년대였으니까… 벌써 50여 년 가까이 됐군.'

박통과 청와대에서 술자리를 같이했을 때 묘한 분위기의 젊은 가수가 나와서 노래를 불렀다.

멍키영감 말고도 미국에서 활동하던 쟁쟁한 과학자들이 몇 명 더 있었다.

미 국방부에서 스카웃하려 했던 젊은 천재 과학도 이휘소 군도 그 자리에 있었다.

나라를 위해 뭔가 해보자고 의기투합들을 했었고, 기분이 좋아서 평소보다 많이 술을 마셨다.

대통령이 직접 따라준 시바스리갈을 사양할 수 없어서 제법 마셨고, 얼큰히 취해서인지 꿈결에나 들을 수 있는 실크 같은 목소리였다.

그때부터 멍키영감은 그녀의 팬이 되어버렸다.

심수봉. 앳되 보였던 그녀도 지금쯤 환갑이 됐겠군. 쿡쿡.

'잠이나 자자. 옛날 일 생각해서 무엇 하리. 다 지난 일이고 의인은 덧없이 가버렸거늘.'

멍키영감은 맥주로 인해 노곤해진 몸을 일으켰다.

그 순간, 멍키영감의 눈에 반짝거리는 무엇인가 비쳤다.

고개를 돌려보니 고쳐 놓은 헬멧에서 붉은 점이 반짝이고 있는 게 보였다.

돌연 지축을 흔들 듯한 헬기 소리가 들렸다.

'아차!'

GPS 위성 추적 장치가 헬멧에 달려 있었던 것을 깜박 잊고 전원을 꺼놓지 않았던 것이다.

와장창!

유리 창문이 깨지는 소리가 들렸다.

가게의 2층 낡은 벽돌 건물에 단단히 박힌 쇠창살이 수류탄에 통째로 날아갔다.

뻥 뚫려 허물어진 창문 안으로 러시아 경비대 소속 특전대원들이 헬리콥터에서 밧줄을 타고 메뚜기처럼 날아들었고, 프로펠러 소리에 섞여 기관총 소리가 콩 볶아대듯 시내를 뒤흔들어 놓았다.

Act 7

Puis de nouveau les guerres suscitees.

나이트 클럽 광장 앞에 허머짚을 세우고 차에서 내리던 크루거와 헉스는 멀리서 헬리콥터와 총소리가 요란하게 울리는 소리에 멈칫 고개를 돌렸다.

조명탄까지 터져 주위가 대낮같이 훤해지며 어마어마한 폭음과 함께 건물 전체가 폭삭 주저앉는 것이 아닌가.

의아한 얼굴로 헉스가 중얼거렸다

"뭐야? 중국 놈들이 쳐들어온 건가?"

공급 경보 사이렌 소리는 없는 걸 보니 적군이 쳐들어온 건 아닌 것 같았다.

"헬기 한 대로 전쟁할 린 없겠지? 우리가 온 걸 환영하는 모양이군. 킬킬."

헉스가 바보스럽게 웃어댔다.

"제기, 신경 쓰지 말고 지금부터 저 안에 들어가서 이 도시의 계집들이 얼마나 반반한가부터 점검해 보자구, 헉스."

저편에서는 무슨 난리가 나도 자기 일이 아니면 크루거는 아무 관심

없다는 듯 성큼 나이트 클럽 안으로 들어갔다.

제법 규모가 큰 휘황찬란한 네온으로 모스크바라고 쓰인 나이트 클럽이었다.

나오던 아베크 남녀를 거칠게 밀치고 들어가는 크루거의 뒤를 따라 헉스와 무토도 들어갔다.

나이트 클럽 문을 밀고 들어서기가 무섭게 후끈거리는 열기가 얼굴에 확 끼쳐 왔다.

크루거 일행은 안을 둘러보았다. 천여 평은 됨 직한 크기에 무대에서는 4인조 하드락 밴드가 미친 듯 연주를 하고 있었고, 무대 중앙에는 거의 나체나 다름없는 무희들이 요란하게 엉덩이를 흔들며 춤을 추고 있었다. 드넓은 홀에는 남녀들이 뒤엉켜 몸을 부벼대며 관능적인 춤을 추고 있었고, 홀로그램으로 만들어진 늘씬한 미녀의 환상들이 테이블 사이를 누비며 분위기를 돋우고 있었다.

제법 시설에 돈을 들인 곳이다.

늦은 시간인데도 남녀들로 꽉 들어찬 넓은 홀 중간중간에 군복을 입은 병사들도 가끔 눈에 띄었다.

남자들은 주로 러시아인이었고, 여자들은 중국계, 조선계가 뒤섞여 있었다.

시베리아의 추운 날씨에도 미니스커트와 배꼽 티를 입은 여자들이 대부분이었다. 남자들을 유혹하기 위해선 가급적이면 노출되는 옷이 유리했기 때문일 것이다.

전쟁에서 많은 젊은 남자들이 죽거나 희생당했기 때문에 시베리아의 어느 도시든지 여자가 넘쳐흘렀다.

이곳 역시 여자의 머릿수가 압도적으로 많은 것으로 보아 굳이 돈을 주고 여자들을 사지 않아도 될 듯했다.

좀 못생겼어도 자연산이 항상 싱싱하고 감칠맛이 있는 것 아닌가 말이다.

군데군데 바텐이 마련되어 있다. 둘러보던 크루거의 눈이 갑자기 커졌다.

보기 드문 사냥감을 발견한 눈빛이었는데 바로 입구 오른쪽의 바텐 코너 안에서 일을 하고 있는 금발의 계집애가 눈에 띄었던 것이다.

"이봐, 헉스. 난 오늘 저 계집을 찍었어."

"와우, 정말 잘 빠졌는걸."

헉스 역시 혀를 내둘렀다. 단연 군계일학으로 눈에 확 띄었던 것이다.

다른 건 몰라도 크루거의 여자 고르는 눈 하나만큼은 알아줘야 했다.

바텐 안에서 일하고 있는 금발의 푸른 눈을 가진 계집애는 앞치마로 몸을 가리고 있지만 터질 듯한 육감적인 몸매의 굴곡이 그대로 살아 있는 것이 느껴졌다.

"마치 품종이 우수한 종마 같아. 옷 속에 굉장한 것이 감춰져 있을 게 틀림없다구."

"잘 봤어. 바로 그거야."

크루거는 어깨를 으쓱하고는 사람들을 헤치고는 곧장 여자가 있는 쪽으로 걸어갔다.

얀센의 동생 나타샤는 팔뚝을 걷어붙이고 접시와 컵들을 닦아놓고 겨우 한숨 돌리면서 이마에 흐르는 땀을 닦아내면서 손목시계를 들여다보았다.

새벽 3시. 이제 아르바이트를 마칠 시간이다.

앞치마를 벗으며 돌아서는 나타샤의 눈에 자리에 앉는 크루거와 그 뒤에 서 있는 거대한 덩치의 헉스가 들어왔다.

"우리 도련님께서 이 자리를 앉고 싶어하시는데 좀 비켜라. 괜히 불미 스런 일 발생하는 일 없도록 말야."

바텐에 앉아 있던 남자 손님은 헉스의 거대한 덩치와 살벌무비한 인상에 질렸는지 찍소리 못하고 여자를 데리고 일어났다.

그 빈자리를 겉보기에도 느끼하고 뺀질하게 생긴 크루거가 귀공자나 되는 양 앉는 꼴이 영 아니다 싶은 생각이 들었던 모양이다.

"죄송합니다. 영업을 마칠 시간이 되어서……."

바텐 코너 주인이 난감한 표정을 짓고 굽실거렸다.

"우리도 먼 길을 와서 오래 마실 생각은 없어. 간단하게 마시고 가지."

50이 넘은 코너 주인이자 바텐더인 스뱌토슬라프 아저씨에게 대하는 말투가 하인 부리듯 하는 것이 나타샤의 비위를 뒤틀리게 했다.

"아저씨, 근무 시간이 넘었군요. 전 퇴근할게요!"

일부러 들으라는 듯 나타샤는 크게 외쳤다.

탁.

순간 크루거가 품속에서 한 다발의 지폐를 꺼내 던졌다.

달러 뭉치였다.

"J&B 한 병만 마시고 일어나지. 거스름돈은 저 아름다운 아가씨와 자 네가 나눠 가져도 좋네."

돈을 본 스뱌토슬라프 아저씨의 눈이 휘둥그레졌다. 얼핏 봐도 500달 러는 넘을 것 같았다.

오늘은 재수없게도 첫 손님이 싸구려 칵테일 한 잔으로 개시를 하더니 지금까지 내내 잔술과 싸구려 보드카만 팔려서 죽을 썼나 싶었는데 이게 웬 횡재란 말인가!

이 업소에서 50달러를 받는 J&B 한 병을 통째로 판다는 것은 큰 매상 축에 속한다. 그런데 450달러를 팁으로 낸다니……. 스뱌토슬라프는 눈이 튀어나올 지경이었다.

"나타샤, 너를 보고 앉은 손님이야. 근무 외 수당을 계산해 줄 테니까 조금만 더 있어주면 안 되겠니?"

스뱌토슬라프 아저씨가 애원조로 간절하게 말했다.

'젠장, 오늘도 제시간에 돌아가긴 틀렸군.'

나타샤는 이마에 흘러내린 금발의 머리카락을 입으로 훅 불어 올렸다.

"제발 부탁한다, 나타샤."

"할 수 없군요. 얀센 오빠가 데리러 온다고 했으니까 그때까지만 있을게요."

"고마워. 안주는 내가 준비할 테니까, 나타샤는 손님 말 친구 좀 해줘요."

스뱌토슬라프 아저씨는 입이 찢어져서 후다닥 주방으로 들어갔다.

"이 도시 분이 아니신가 보죠?"

나타샤는 크루거의 뒤에서 주위를 둘러보고 서 있는 초이와 비슷한 모습을 한 동양인 무토를 보면서 술병을 꺼내 들었다.

"블라딕보스크에서 왔어. 우리는 여행을 하면서 기사 시험을 보기 위해 모스크바로 가는 중이거든."

나타샤는 크루거의 말에 멈칫 돌아봤다.

"호오, 그래요? 세 분 모두요?"

나타샤는 두 명의 러시아인과 한 명의 동양인을 호기심 어린 눈으로 바라보았다.

"글쎄, 뭐 보게 되면 보는 거고. 뭐 그까짓 기사단보다는 우린 세상 경험을 쌓으면서 여행을 하는 게 목적이야."

크루거가 어깨를 으쓱하면서 대수롭지 않다는 듯 말했다.

나타샤는 180이 조금 넘을 듯한 얍삽하게 생긴 크루거의 몸집을 살폈다. 기사보다는 웨이터나 여자들을 후리는 춤꾼이 어울릴 듯한 기생오라비같이 생겨먹은 체형이었다.

'그까짓 기사라니. 이놈아, 너 같은 작자가 기사단 시험에 합격을 하면 내 손에 장을 지진다.'

나타샤도 기사 시험에 대해서는 소문으로 들어서 익히 알고 있는 터였다.

주먹질과 힘에는 자신있다는 굉장한 덩치들이 몰려들지만 붙는 것은 몇 명에 불과하다는 것이었다.

"크루거, 피곤해서 아무래도 난 쉬어야겠네."

무토가 아무래도 안 되겠다는 듯 거북한 얼굴로 자리에서 일어났다.

"오, 그래? 하긴 대닛뽄의 사무라이에겐 이런 장소는 어울리지 않는 것 같긴 해."

"건너편 호텔에 방을 잡을 테니까 마신 후 그쪽으로 오게."

"오케이. 너무 고독은 씹지 말라구, 사무라이."

사람 사이를 빠져나가는 동양인 사내의 뒷모습이 쓸쓸해 보인다.

'초이와 같은 나라 사람인지도 모르겠군. 꽤 멋지게 생겼는걸. 초이만큼은 안 돼도.'

일행인 듯 보이는 이자들과는 질이 다른 사람 같았다.

초이는 고국의 소식을 들려주면 아주 좋아했다. 나쁜 소식을 전해주면 금세 우울해지고, 좋은 소식엔 금방 얼굴이 환해지곤 하는 모습이 보기 좋아서 언제부터인지 나타샤는 동양인들만 보면 카레이스키(한국인)이냐고 묻곤 했던 것이다.

좋은 소식보단 나쁜 소식이 더 많았지만 그래도 초이는 고국의 소식이라면 자다가도 벌떡 일어나 나타샤의 이야기를 듣곤 했던 것이다.

Act 8

초이는 슈퍼마켓에 들러 바케트빵과 소시지, 보드카 한 병, 그리고 마사오에게 줄 게임 프로그램을 하나 샀다. 망아지에게 먹일 사료와 당근, 사과와 양배추도 한아름 샀다.

커다랗게 썰어진 고깃덩이를 집어 들었다가 도로 놓았다.

내일부터는 어차피 집구석에 처박혀 있어야 할 신세인지라 당분간 사냥이나 하면서 고기를 조달하면 될 것 같았기 때문이다.

쇼핑한 물건들을 배낭에 담아서 걸러 메고는 얀센의 농장 창고까지 두 시간을 스키를 타고서야 겨우 도착을 했다.

트럭을 몰고 올까 하다가 남은 일행들이 더 많았으므로 트럭에서 스키를 꺼내 타고 숙소로 돌아온 것이었다.

어제부터 한숨도 못 잔 상태인데다가 사투를 벌였던 몸은 긴장이 풀어져서인지 욱씬거리고 아팠다.

술을 별로 즐기는 편은 아니지만 술은 이곳에서는 필요했다.

직접 이 시베리아에서 살아보니 그 독한 보드카를 음료수처럼 들이키는 러시아인들이 이해가 되었다.

춥기 때문에 아무래도 몸을 활발하게 움직이지 않게 되는 것이다. 그러다 보니 몸에 체지방이 쌓이고 밤이 길어서 잠을 많이 자게 된다. 자연히 몸이 비만해질 수밖에 없었다.

그나마 독한 보드카를 마시면 몸에 열이 발생해 칼로리가 소비되므로 보드카는 일종의 다이어트용이기도 하고 수면제 역할을 하기도 했다.

눈을 털고 창고 문을 열고 들어가던 초이의 눈이 휘둥그레졌다.

넓은 실내가 온통 난장판이었던 것이다.

침대 시트가 온통 바닥에 널려 있고, 냉장고에 들었던 음식들이 끄집어내져 온통 바닥에 어지럽혀져 있고, 텔레비전, 오디오, 책장이며 온통 뒤죽박죽으로 어질러져 있었던 것이다.

"마사오! 마사오, 어딨니!"

"어, 형."

저쪽 끝에서 소리가 들렸다.

"이쪽으로 좀 와봐요. 제가 지금 갈 수가 없거든요!"

종이 박스 더미 뒤에서 마사오의 소리가 들렸다.

푸륵! 푸륵!

마사오는 망아지의 목을 끌어안고 두 발로 엮은 채 누워 있었다.

망아지는 빠져나오려고 발버둥 치고 있었고.

초이의 눈이 휘둥그레졌다.

집을 나설 때까지만 해도 제대로 서지도 못하던 망아지가 부쩍 큰 듯한 느낌이고, 마사오를 쩔쩔매게 할 정도로 힘차게 버둥거리고 있었던 것이다.

"어떻게 된 거냐?"

"일단 이 녀석 좀 가둬야겠어요. 도와주세요, 제 힘으로는 당할 수가 없다구요."

기가 찼다.

초이는 망아지의 몸통을 두 손으로 껴안고는 번쩍 들어 올렸다.

그런데 웬걸, 무게 때문에 휘청하고 하마터면 쓰러질 뻔했다.

결국 균형을 잡지 못하고 망아지와 함께 엉덩방아를 찧었다.

"것봐요. 이 녀석 보통 장난꾸러기가 아닌데가가 몸무게가 장난이 아니라니까요."

히히힝!

발버둥 치는 힘이 굉장했다.

"이, 이게 어떻게 된 거냐? 이거 주워온 그 망아지 맞아?"

"맞다니까요. 형들이 나가고 나서 배고픈 것 같길래 이것저것 먹을 것을 줬더니 닥치는 대로 먹어대더라구요. 신기해서 자꾸 줬어요. 그랬더니 비칠거리면서 일어나더라구요. 그러고 나선 이 꼴이지 뭐예요. 닥치는 대로 먹어대려 하잖아요. 책도 찢어 먹구, 침대 시트 하며 티셔츠까지 먹어치웠어요!"

믿을 수 없었다. 얼굴에 바싹 붙어 있는 녀석의 눈이 초이를 말똥말똥 바라보고 있었다.

그러더니 힝힝거리면서 코를 초이의 얼굴에 부비고 아양을 떨기 시작했다.

이 뜻밖의 사태에 마사오의 눈이 휘둥그레졌다.

망아지는 초이의 품을 파고들었고 코끝으로 초이의 옷을 들추면서 마치 젖꼭지라도 찾는 듯한 행동을 취했기 때문이다.

"캡틴을 엄마인 줄 아는 것 같아요."

마사오의 말에 초이가 어이가 없다는 표정을 지었다.

"갑자기 이렇게 컸단 말이냐? 무게가 곱절은 더 무거워진 것 같다."

"그래요? 하두 정신없이 뛰어다니고 난리를 쳐서 그것까진 생각 못했어요."

초이가 어미라도 되는 줄 아는지 코를 부벼대며 킁킁댔고 냄새를 맡고 얼굴을 아이스크림 핥듯이 핥아댔다.

"갑자기 얌전해진 것이, 형을 엄마로 알고 있는 게 틀림없어요."

마사오는 박수를 치면서 좋아라 했다.

"뭐야?"

"짐승들은 그거 있잖아요. 태어나자마자 첫 눈이 마주친 상대를 엄마로 안다는… 프린터 효과인가 스크린 효과인가 하는 거."

그러고 보니 자궁보에 싸였던 것을 찢어냈을 때 코와 입에 있던 양수 찌꺼기를 뽑아내고 눈을 닦아줬을 때 눈을 뜨고 초이를 바라보던 것이 생각났다.

"젠장, 말 족보로 날 끌어들이지 마라, 마사오."

초이는 녀석을 밀어냈다.

"얌전해진 것만 해도 다행이죠, 뭐. 얼마나 난동을 부리고 뛰어다니는지 정신이 하나도 없었다니까요."

잠시 후 초이가 마사오와 함께 난장판이 된 실내를 청소하는 동안에도 망아지는 초이의 꽁무니만 졸졸 따라다녔다.

초이가 샤워를 하려고 욕실로 들어가 문을 닫자 망아지는 앞발로 문을 긁고 들이박고 난리였다.

할 수 없이 문을 열어놓고 샤워할 수밖에 없었다.

"그런데 저놈 암놈이야, 수놈이야?"

"수놈이에요."

"응, 그럼 됐다. 그냥 두렴."

마사오가 초이의 말이 우스웠는지 쿡쿡거리고 웃었다.

망아지는 커다란 벽난로에 초이가 장작을 집어넣을 때도 옆에 바싹 붙어서 신기한 듯 타오르는 불길을 지켜보고 있었다.

그러더니 호기심을 못 참겠는지 불에 주둥이를 들이대며 핥는 게 아닌가.

그냥 뒀다. 이런 녀석은 직접 당해봐야 알 것이다.

아닌 게 아니라 털 타는 노란내가 확 풍기더니 코끝을 데었는지 펄쩍 뛰고 울고 난리가 아니었다.

"아하하하하!"

"정말 해괴한 녀석이네. 하하하하!"

마사오와 초이는 배꼽을 잡고 웃어댔다.

마사오가 커다란 배낭에서 쇼핑해 온 물건들을 끄집어내자 녀석은 일일이 입으로 물어 뜯고 내용물을 확인했다.

양배추 한 통을 그 자리에서 작살내더니 당근은 물론 사과까지 다 먹어치웠다. 그것도 모자랐는지 사료 포대를 입으로 물어 뜯고는 아예 주둥이를 박고 먹고 있다.

좌우지간 엄청난 먹성이었다.

"한참 젖을 찾아야 할 때 맞죠?"

마사오가 어이없다는 듯 물었지만 초이로서도 뭐라고 답을 해줄 수가 없었다.

말에 대해서는 전혀 모르니까.

보드카를 보면 그것도 먹어치울까 싶어 빵과 보드카를 얼른 감췄다.

"형, 저것도 팔 거예요?"

"글쎄? 멍키영감이 말을 산다는 이야기는 못 들었다."

"그냥 키워요. 돼지같이 먹고 말썽꾸러기이긴 해도 하는 짓이 귀여운걸요."

"인석아, 저 녀석 먹는 꼴이 내일쯤 되면 너보다 더 커 있을지도 몰라. 귀엽다는 건 조그만 강아지한테나 하는 말이다."

"그런가요?"

마사오는 으쓱하더니,

"이름을 지어야죠?"

"뭘로 할까?"

"돼지 어때요?"

"돼지?"

"돼지처럼 많이 먹잖아요."

"그러게. 하는 짓이 꿀통이니까 꿀통은 어떻겠니?"

"푸하하하!"

마사오가 웃음을 터뜨렸다.

"안성맞춤이에요! 꿀통이라고 짓기로 해요, 형!"

자기 말을 하고 있는 걸 알아들었는지 녀석이 온통 사료 가루를 허옇게 뒤집어쓰고 눈을 끔뻑이면서 이쪽을 돌아본다.

"네 이름은 꿀통이야, 임마. 잘 외워둬."

마사오의 말을 알아듣기라도 한 듯 망아지는 콧김을 불어댔다.

그 통에 사료 가루가 뿜어져 마사오를 덮었다.

"으, 정말 꿀통이에요, 이 녀석!"

다시 한 번 웃을 수밖에.

Act 9

Puis de nouveau les guerres suscitees.

Puis de nouveau les guerres suscitees.

눈이 그치자 구름 속에서 달빛이 보이기 시작했다.

광대한 침엽수림.

부우웅.

침엽수림을 뚫고 한줄기 헤드라이트가 보였다.

케터필러가 달린 커다란 스노우 모빌 트럭이었다. 아니, 트럭이라기보단 어떻게 보면 타이어대신 바퀴에 캐터필러가 달렸고 2, 3층으로 어지럽게 창문으로 달린 것으로 보아, 거대한 캠핑카라고 하는 게 더 정확할 듯싶었다.

사방팔방을 누덕누덕 각종 철판으로 용접해 붙여놓았으며 지붕에는 위성 수신 파라볼 안테나까지 떠억 부착되어 있었다.

좌우지간 이런 모양의 특이한 모델의 차를 만들어 파는 회사는 없었으니 망치로 두들겨 만든 수공품으로 보아도 별 무리는 없을 듯싶다.

카세트 라디오에서 흘러나오는 노랫소리에 장단을 맞추어 노래를 흥얼거리는 것은 다름 아닌 멍키영감인 백일몽이었다.

멍키영감 백일몽의 레파토리는 언제나 실크 목소리의 주인공 심수봉이다.

러시아 특수 부대들이 들이닥쳐 멍키영감을 찾고 있을 때 이미 그는 값 나가는 것들과 무기들을 챙겨 그곳을 빠져나온 상태였다.

그리고 언제나 비상시를 대비해서 근처의 창고에 숨겨둔 이 스노우 모빌 캠핑카를 타고 시내를 빠져나올 때 시한 폭탄을 맞춰놓았던 것이다.

'프로는 흔적을 남기지 않는 법이다. 흐흐.'

멍키영감은 캔맥주를 다시 한 모금 들이켰다.

"크으……."

손등으로 입술에 묻은 맥주 거품을 훔쳐 내며 키득거렸다.

'웃긴 놈들. 네오 클로네이드 사와 그 외계 괴물들도 못 잡는 나를 네 놈들이 잡아? 어림 반 푼 어치도 없는 소리지, 암.'

콧노래를 부르면서 들고 나온 맥주캔을 틱 땄다.

너구리는 도망갈 구멍을 몇 개씩 파놓고 준비해 놓는 법이다.

'어디로 간담?'

하지만 막상 나왔으나 정해진 곳은 없고, 갈 곳은 더욱더 없었다.

세상천지에 가족도, 일가친척도 없다.

6.25전쟁 때 혼자 살아남아 미군들을 따라다니면서 구두를 닦았다.

슈샤인 보이(Shoes Shine Boy)였다.

구두통을 둘러메고 막사 사이를 뛰어다니며 미군들의 워커를 반짝반짝하게 닦았다.

동전으로 센트를 주기도 하고, 1달러짜리 지폐를 주기도 했다. 덤으로 달콤한 초콜릿과 츄잉껌도.

남들은 구경하기 힘든 소고기 햄 통조림도 마음껏 먹을 수 있었다.

지금 생각해 보면 그때가 가장 행복한 시절이었던 것도 같다.

전쟁통에 구두 닦는 것이 무슨 행복이냐고 말할지 모르겠지만, 행복은 상대적인 것이다.

다들 너무나 못살고 힘들었다.

남들은 먹을 것이 귀해 소나무 껍질을 벗겨 먹고 칡뿌리를 캐먹고 있었다.

아카시아 꽃을 따 귀한 밀가루에 버무려서 떡을 해먹는 것만 해도 호사 축에 끼일 정도였으니까.

어린 마음에 전쟁이 끝나지 말았으면 하는 기도까지 했던 기억이 났다.

그러나 소년의 엉뚱한 기도는 응답을 받지 못하고 전쟁은 끝났다.

그래도 운이 좋았던 것은 슈샤인 보이를 귀여워해 준 병사가 귀국하면서 어린 백일몽을 입양해 미국으로 데려갔다.

그런데 그 병사네 집안은 지독하게 가난해서 그를 공부시켜 줄 만한 형편이 안 됐기 때문에 혼자 뒷 빠지게 공부해서 장학금으로 결국 박사 학위까지 땄다.

학교 식당에서 접시를 닦으면서도 결국 MIT를 수석으로 졸업하자 NASA에서 스카웃한 것이다.

공부하느라 혼기를 놓쳤고, 나이 먹다 보니 혼자 있는 게 익숙해져서 아예 결혼이란 건 포기해 버리고 그냥 팔자다 싶어 연구에만 몰두했고, 물리학계의 거목이 되어갔다.

멍키영감 백일몽은 언제나 있던 곳을 뛰쳐나오면 갈 곳이 없었다.

놈들의 비밀 지하 벙커 연구소를 막상 빠져나왔을 때도 그랬다.

박통의 간곡한 설득과 부탁으로 결국 고국에서 핵탄두를 만들어낼 때만 해도 가슴은 애국심으로 활활 불타오르고 있었다.

그러더니 갑자기 그 양반이 심수봉을 데리고 술 마시다가 총 맞아 돌아가시는 게 아닌가.

참 황당할 수밖에 없었다. 그 양반 하나 보고 NASA 핵연료 공학 주임 연구소장 직을 때려치우고 가방 하나 달랑 들고 한국으로 갔었는데 말이다.

대머리 전 뭐시기가 정권을 미국으로부터 인정받기 위해 멍키영감이 연구하고 있던 핵폭탄의 모든 연구 자료들을 압수해서 미국에 넘겨주고 연구소가 해체되자 막상 갈 곳이 없었다.

별수없이 다시 미국으로 돌아가야 했다.

그러나 미국에 건너왔음에도 달리 할 일이 없었다.

싫다고 뿌리치고 나온 미 우주항공연구소로 다시 찾아가서 받아줍쇼 할 순 없잖은가.

별수없이 뉴욕의 노숙자 센터에서 몇 달간을 지내며 거렁뱅이 생활을 하고 있을 때였다. 존스 홉킨스 대학에서 영감이 있는 곳을 어떻게 알았는지 총장이 직접 찾아와서는 석좌 교수 자리를 제안했다.

멍키영감은 한국에서는 알아주지 않아도 미국과 세계의 물리학계에서는 천재로 통했고 알아줬다.

멍키영감은 얼씨구나 그 제의를 수락했고, 별 탈 없이 몇 년 동안 애들한테 노가리 풀어주면서 분필 가루 밥을 잘 먹고 지냈다.

그런데 어느 날 그 빌어먹을 네오 클로네이드 사의 가브리엘르 레오파드 1세 놈이 찾아와서 환상적인 언변과 공포의 이빨로 인류를 위하고 어쩌고저쩌고 하는 바람에 홀딱 넘어가서 이번엔 조국을 위해서가 아닌 인류를 위한다는 사명감에 다시 불타올랐다.

그 편하던 교수 자리를 집어치우고는 범의 아가리인 줄도 모르고 스스로 보따리를 싸들고 놈들의 연구소로 갔던 것이다.

처음에야 좋았다. 플로리다의 따뜻한 기후, 맑은 공기, 숲에 둘러싸인 쾌적한 환경.

그러더니 지하로 연구실을 옮기지 않는가.

처음엔 100m, 그 다음엔 200m, 마지막엔 제일 깊숙한 300m까지 기어 내려가서 두더지처럼 지하 생활을 하게 된 것이다. 어쩌다 밖으로 나올라 치면 검은 선글라스를 쓴 기분 나쁘게 생긴 놈들에게 에워싸듯이 감시를 당한 채 외출을 했으니 어디 돌아다닐 마음이 나겠는가.

강력하게 항의를 했지만 회사 보안 방침상 어쩔 수 없다는 것이었고, 사표를 내자 그 다음엔 지하 400m 아래 실험실에다 처박아놓고 내보내주지 않는 것이었다.

망할 자식 같으니!

하지만 멍키영감은 그 철통 같은 감시망을 뚫고 땅 구덩이 400m 지하 실험실을 탈출한 것이다.

'그런 나를 헬리콥터 한 대 달랑 동원해서 잡으러 들어? 괘씸한 놈들 같으니.'

좌우지간 그 불타오르는 사명감 때문에 망한 케이스가 멍키영감 아닌가 말이다.

못 견디게 내가 좋다고
달콤하던 말 그대로 믿었나.
남자는 남자는 다
모두가 그렇게 다
아~ 아~
쓸쓸한 표정 짓고 돌아서서 웃어버리는
남자는 다 그래.

심수봉도 자신의 심정을 이해할 것이다.

재는 남자는 왜 그러냐고 노래 부르지만 멍키영감은 인간은 왜 그러냐고 묻고 싶은 것이다.

죽을 때 싸 짊어지고 갈 것도 아니면서 숨넘어갈 그 순간까지 돈과 명예와 권력에 집착해서 대가리 피터지게 싸운다.

'정말 인간은 왜 그래?'

멍키영감을 이렇게 만든 놈은 바로 그 자식, 초이다.

놈을 처음 봤을 때 얼마나 반가웠던지 동포애가 불타오르는 것을 과거의 경험 때문에 꾹꾹 눌러 참았다.

더위 먹은 개 달 보고 헐떡인다지 않는가.

멍키영감의 가슴은 불타오르면 안 되었던 것이다. 불타오르면 꼭 피를 보았기 때문이다.

그 망할 녀석이 헬멧만 들고 오지 않았어도 몇 년간은 그곳에서 편하게 쉴 수 있었을 것이다.

‘빌어먹을 자식! 좌우지간 조선 놈들은 보탬이 안 돼요, 보탬이. 그래서 녀석이 서울 출신인 걸 알면서도 모른 척 시치미를 뚝 떼고 있었거늘. 이젠 별수없다. 초이, 그놈한테 가서 당분간 붙어 있을 수밖에.’

Saturne encor tard sera de retour,
Translat empier devers nation Brodde,

L'oeil laurache a Narbon par autour,
Par autre vents fera dishonore

les temples de couleurs

poisson, terrestre & aquatique

l'arc tournant du poisson Mars,
Venins chachez soubs testes de Saulmons,
Leurs chefs pendus a fil de polemars.

Act 10

Puis de nouveau les guerres suscitees.

De la partie de Mammer grand Pontife,
Subjuguera les confins du Danube
Chasser les croix par fer raffe ne riffe,
Captifs, or, bagues. Plus ne cent mille rubies

"안 자니?"

"먼저 주무세요. 이것만 뜯어내고 잘게요."

마사오는 국경 수비대 소위가 타고 있던 왈큐레의 껍데기를 뜯어내고 있었다.

그대로 가지고 있다가 들키는 날에는 자신들뿐만 아니라 얀센의 가족까지 모조리 총살당할 판이다.

그냥 파묻어 버리기로 했는데 마사오가 자기가 감쪽같이 튜닝을 할 테니까 제발 달라고 사정을 해서 일단은 두고 보기로 했던 것이다.

하긴 하늘을 날 수 있는 이놈을 버리기엔 너무나 아깝고 매력적인 물건이다.

기계에 대해 남다른 손재주를 가진 마사오를 한 번 믿어보기로 했다.

네오 클로네이드 사가 러시아에 군용으로 팔아먹으면서 이미 민간용으로도 팔아먹고 있다는 소문을 들은 적이 있었으니 감쪽같이만 개조할 수 있다면 타고 다녀도 될 듯싶었다.

또한 마사오는 컴퓨터와 쇠로 만든 모든 기계에 대한 마니아였다.

낯선 물건들은 반드시 뜯어보고 분해하는 것이 취미였고, 초이 일당의 식구가 되면서 전쟁터에서 노획한 고장난 모든 첨단 무기들을 손질해서 고쳐 놓곤 해서 비싼 값에 팔아먹을 수 있었던 것이다.

꼴통(망아지) 때문에 시달려 피곤할 텐데도 처음 실제로 본 왈큐레 때문에 흥분한 모습으로 온통 얼굴에 기름 범벅이 되어서 기체를 분해하고 있었다.

꼴통은 초이의 침대를 차지하고 대자로 뻗어 자고 있었다.

초이의 상식으로는 보통 짐승들은 옆으로 자거나, 말이나 소 같은 경우에는 앉거나 서서 자는 걸로 알고 있다.

그런데 꼴통은 배를 드러내고 네 다리를 사방으로 벌리고 자고 있다.

가끔 낑낑거리며 잠꼬대까지 하면서.

볼수록 기가 막힌 녀석이었다.

한편으로는 불쌍하고 안됐다는 생각이 들기도 했다. 제 어미 얼굴도 모른 채, 죽은 어미 뱃속에서 태어나 초이를 어미로 알고 있는 불쌍한 녀석인 것이다.

말랑말랑한 침대 쿠션이 좋은 모양이었다.

쫓아낼까 하다가 당분간은 그대로 둬야겠다는 생각이 들었다.

끼이이익!

초이가 모포와 베개를 들고 벽난로 옆의 마룻바닥에 잠자리를 만들고 있는데 밖에서 급정거하는 차 소리가 나더니 문을 박차고 챠우가 뛰어들어 왔다. 피투성이가 되어 늘어진 얀센을 부축한 채.

"큰일났어, 초이!"

"무슨 일이야?"

"나타샤가 웬 놈들에게 납치당했다구!"

"뭐야?"

내용인즉슨, 둘이 사창가에서 볼일을 다 본 후 나타샤를 태우고 집으로 돌아오려고 나이트 클럽으로 갔었는데 때마침 두 녀석에게 강제로 끌려 나오는 나타샤를 목격한 것이다.

눈이 뒤집힌 얀센이 덤벼들었는데 오히려 피떡이 되도록 녀석에게 얻어맞은 것이다.

그중 한 놈은 2미터는 될 듯한 덩치에 힘이 장사였다고 입에 거품을 물면서 챠우는 자초지종을 설명했다.

한주먹 하는 얀센을 이 지경으로 만들어놓았다면 보통 놈들은 아니다.

서둘러 옷을 입고 문을 열고 나갔다.

따라온다는 챠우에게 얀센이나 치료해 주라고 해놓고 트럭을 출발시켰다.

'젠장, 잠자기는 다 틀렸군.'

Act 11

호텔방 침대에 누워서 팔베개를 하고 어렴풋 잠이 들었던 무토는 옆방에서 들려온 비명 소리에 잠이 깼다.

벽 차는 소리와 따귀를 때리는 소리도 들렸다.

'그 계집을 끌고 온 게로군.'

크루거는 찍었던 계집을 놓친 적이 없었다. 반항해 봤자 한 대라도 더 맞고 결국은 내줄 거 다 내주고 말 것이다.

경찰이 출동해 봤자 크루거의 신분을 알면 오히려 경례를 붙이고 돌아가는 판이다.

그만큼 러시아에서의 혁명 주체 세력들의 권력은 막강하다.

크루거의 부친은 혁명 주체 세력 중 한 명이었고, 그 대가로 블라디보스톡의 경찰국장이 되었다. 그 장인 되는 사람은 황실의 장관이라고 들었다.

그 정도의 배경이면 이런 지방 도시에서 설사 시장이 직접 쳐들어와도 크루거를 어쩌진 못한다.

자신이 상관할 바도 아니고, 걸린 계집만 억울할 뿐이다.

무토는 휴지를 뜯어 침을 발라 뭉쳐서는 귀마개를 하고 잠을 청했다.

삑!

나타샤는 뺨을 얻어맞고 다시 나동그라졌다.

눈앞에 별이 번쩍인다는 느낌을 처음으로 체험했다. 손바닥에 정통으로 맞으면 이런 현상이 일어난다는 것도 처음 깨달았다.

나타샤는 두 발이 허공에 떠서 몸 전체가 날아가 벽에 곤두박질했다.

골이 흔들리고 귀에서 위잉 하는 소리가 울렸다.

시베리아 흰곰처럼 덩치가 커다란 녀석은 무지막지하게 손을 휘둘러서 뺨을 또 갈겼다.

'개자식!'

입 안에서 비릿한 냄새가 퍼졌다. 입 안이 터져 피가 흘러나왔다.

나타샤는 손이 뒤로 묶여져 있어 피를 닦을 수도 없었고 몸을 일으킬 수도 없었다.

크루거란 놈은 재미있다는 듯 술을 병나발 불면서 이런 상황을 즐기는 듯했다.

"죽여, 개자식아!!"

"그럴 순 없지. 너 같은 미인을 죽인다는 게 말이나 돼. 안 그러냐, 헉스?"

"물론이지. 우린 시체를 안고 싶은 게 아니고 뜨겁게 달아오른 몸뚱이를 안고 싶은 거다, 계집년아. 흐흐흐."

"미친 새끼들. 너희들은 제정신이 아냐!"

코에서도 피가 흘러내리는지 입으로 찝찔한 비린내가 풍겨왔다.

"예쁜 얼굴로 욕을 하면 쓰나. 안 그래?"

나타샤의 턱을 손끝으로 들어 올렸다.

놈에게서 술 냄새와 뒤섞인 역겨운 입 냄새가 훅 끼쳐 왔다.

나타샤는 구역질이 치밀어 올랐다.

"아무리 봐도 이런 시골구석에서 술이나 팔면서 썩기는 아까운 얼굴이야. 나와 같이 모스크바로 가는 건 어때?"

"뭐라구?"

"모스크바 말야. 우리는 모스크바로 여행을 하고 있는 중이거든."

"자세히 설명해 줘."

나타샤는 관심있는 듯한 표정을 지으며 안색을 누그러트렸다.

분명히 언제나 그랬던 것처럼 연락을 받은 초이가 달려오고 있을 것이다. 그때까진 어떻게든 시간을 끌어야 했다.

"네가 영화배우나 탤런트를 하고 싶다면 얼마든지 키워주겠다."

"네가 원한다면 옷이나 보석 따위야 얼마든지 사줄 수 있어. 어때?"

헉스와 크루거는 손발이 척척 맞았다. 헉스는 험악한 말투와 폭력으로 협박을 했고, 크루거는 부드럽고 달콤한 말로 달랬다.

그러면 아무리 질긴 계집애들이라도 열이면 열, 삼십 분을 넘기지 않고 스스로 팬티를 벗어 던졌던 것이다.

"그만한 능력이 되는 모양이지?"

"물론이지. 넌 봉을 잡은 거야, 이년아."

헉스가 거들고 나섰다.

"어허, 숙녀 앞에서 무례한 말은 가급적으로 쓰지 말게, 헉스."

크루거가 의젓하게 나무랐다.

"미, 미안, 나도 모르게 그만."

헉스가 머리를 긁적이면서 미안한 듯 말했다.

궁합이 척척 맞았다. 어디 한두 번 장사 해본 솜씨랴.

"어이, 아가씨, 한마디만 하겠는데 말야."

헉스가 협박하는 어조로 내뱉었다.

"네 앞에 있는 내 친구 아버님이 블라디보스톡 경찰국장이시다. 거기다 외조부께서는 황궁의 내무대신인 후작이시니 말 한마디면 영화사나 방송국 같은 곳으로 너 하나쯤이야 소개시키는 건 누워서 떡 먹기란 말야."

나타샤는 속으로 흠칫했다.

만일 놈의 말이 사실이라면 초이가 와도 쉽게 넘어갈 일이 아니었다.

'젠장할!'

나타샤의 놀란 듯한 얼굴에 헉스는 신이 난 듯 떠벌렸다.

"거기다가 우리 둘은 모스크바에서 기사단 대회에 출전하는 귀하신 몸들이거든."

"헉스, 쓸데없는 말은 하지 말라구."

크루거는 짐짓 민망하다는 얼굴로 헉스의 말을 막았다.

그러나 각본대로 헉스는 버럭 화를 내었다.

"이런 돌대가리 같은 년이 자기 복을 차고 있으니 답답해서 그런 거 아냐! 기사 작위만 받으면 계집들이 난리를 치면서 달려들 텐데 말야."

"흥, 너희들 같은 인간들이 기사가 된다고?"

나타샤의 냉담한 말에 신나게 북 치고 장구 치던 둘은 멈칫해서는 나타샤를 돌아봤다.

"무슨 뜻이지?"

"기사는 숙녀를 정중하게 모시는 법이란 걸 모르니? 너희 같은 양아치 자식들은 기사 대회에 나갈 자격도 없어!"

"이년이!"

짜악!

다시 헉스의 프라이팬만한 손바닥이 뺨을 후려쳤고 나타샤는 침대 밑으로 굴러 떨어졌다.

"헉스! 숙녀에게 이 무슨 짓인가!"

크루거가 제법 노한 음성으로 소리쳤다.

"미, 미안하네. 나도 모르게 그만."

나타샤는 고개를 흔들며 몸을 가누었다. 입 안이 다시 터졌는지 피비린내가 물씬 풍기면서 비릿한 침이 목구멍을 타고 흘러들어 갔다.

'이 개자식은 말꼬투리만 잡히면 손부터 휘두르는 버릇이 있다. 미치겠군!'

나타샤는 돌아버릴 지경이었다.

크루거는 나타샤를 부축하면서 헉스에게 명령을 내렸다.

"나가 있어! 더 이상 숙녀에게 무례를 범하면 자네를 용서치 않겠네!!"

'좆까구 있네, 씹새끼들!'

나타샤는 초이에게 배운 욕이 자신도 모르게 튀어나왔다. 하지만 입 안이 부어서 입 밖으로 목소리는 나오지 않았다.

대신 자신을 부축한 크루거의 팔뚝을 이로 물어 뜯었다.

"으아악!"

크루거의 입에서 비명이 터져 나오자 나가려던 헉스는 재빨리 달려들어 나타샤의 옆구리를 걷어찼다.

우당탕!

나타샤는 다시 침대 밑으로 처박혔다.

팔뚝을 물린 자리에서 피가 방울방울 맺히고 있었고, 얼마나 세게 물어 뜯었는지 시커멓게 죽어 있었다.

짜악!

"이 쳐죽일 년!"

크루거는 피를 보자 본색을 드러내고는 나타샤의 빰을 무지막지하게 후려 갈겼다.

나타샤의 얼굴이 옆으로 팩 돌아갔다

"이년에겐 씨알머리가 안 먹히는군. 그냥 해치워 버리는 게 좋겠다, 크루거."

"빌어먹을! 더 이상 연극할 필요 없다, 헉스."

그 말이 떨어지기가 무섭게 헉스는 나타샤의 머리채를 잡고 개처럼 침대 위로 끌어 올리고는 나타샤의 스타킹을 벗겼다. 그리곤 양발을 벌려서는 익숙한 솜씨로 침대의 양쪽 기둥에 순식간에 묶어 고정을 시켰다.

"우리도 이러고 싶진 않았는데 말귀를 못 알아먹으니 할 수 없지."

크루거는 나타샤의 몸 위에 걸터앉아 찍어 누르면서 가죽 자켓을 벗어 던졌다.

더러운 입 냄새를 풍기면서 얼굴을 디밀고는 그녀의 어깨로 늘어뜨려져 있는 머리카락을 쓰다듬었다.

욕정에 이글거리는 눈알을 번들거리면서.

"퉤!"

나타샤는 녀석의 얼굴에 핏덩이를 뱉었다.

그러나 크루거는 화를 내기는커녕 징그럽게 웃으면서 얼굴에 묻은 나타샤의 피가 섞인 침을 손바닥으로 훑어서는 혀로 핥아먹는 것이 아닌가.

"비켜, 이 변태 새끼야!"

도리질을 하면서 악을 썼지만 놈은 그걸 즐기기라도 하듯 느글거리는 웃음을 흘리면서 키스를 해왔다.

필사적으로 발버둥을 치자 그녀의 목줄기를 손으로 찍어 눌러 꼼짝 못하게 만들었다.

숨이 막혀 입을 벌리자 놈의 입술이 덮쳤고, 나타샤의 턱을 움켜잡고는 썩은 술 냄새가 풍기는 혀를 들이밀어 넣었다.

혀를 깨물려고 했지만 강철 같은 손아귀로 턱을 움켜잡고 있어서 꼼짝도 할 수 없었다. 한두 번 해본 솜씨가 아니었다.

나타샤는 비명을 질렀지만 입이 막혀 낮은 괴성만 울릴 뿐이었다.

구역질이 치밀어 올랐다. 필사적으로 바둥거렸지만 꼼짝할 수가 없었다.

크루거는 나타샤의 탐스러운 금발을 움켜쥐고는 다른 한 손으로 터질 듯한 젖가슴을 마음대로 유린하고 있었다.

놈의 입이 그녀의 가슴을 덥석 물고는 혀끝으로 유두를 희롱하기 시작했다.

'아— 하느님!'

나타샤의 의지와는 반대로 몸은 자극에 반응하기 시작했다.

크루거는 회심의 미소를 지었다.

아무리 정숙한 척하던 계집들도 혀가 유두에 닿으면 별수없었다.

그러는 한편으로 크루거의 다른 손끝은 나타샤의 다리 사이를 집요하게 파고들어서는 한 치의 오차도 없이 급소를 공략했다.

크루거는 신음 반 괴성 반의 웃음을 흘리며 손끝은 더욱 깊이 나타샤의 비소(秘所)를 파고들었다.

나타샤의 몸이 경련을 일으켰다.

이것이 바로 크루거가 주장하는 여체의 신비였다.

의지와는 상관없이 몸이 반응하는 데야 별수있는가 말이다. 결국 백이면 백, 다 다리를 벌린다는 것을 크루거는 잘 알고 있었다.

나타샤는 죽고 싶었다.

자신도 모르게 눈물이 나왔다

'초이! 왜 안 오는 거야! 구해줘, 초이!'

나타샤는 속으로 울부짖었다.

그런데도 불구하고 나타샤의 몸은 점차 뜨겁게 달아올랐다.

"대단하군. 제대로 골랐어!"

크루거는 탄성을 터뜨렸다.

크루거는 다시 나타샤의 목을 눌러 꼼짝 못하게 한 후에 옷을 우악스럽게 찢어버리기 시작했다.

나타샤는 필사적으로 저항했으나, 우왁스런 크루거의 손아귀에서는 무의미한 몸부림일 따름이었다.

말 그대로 몸부림이었다.

"물이 가득 채워진 터질 듯한 풍선 같군 그래!"

크루거는 나타샤의 대리석같이 매끈하고 군살 하나 없는 조각 같은 몸매에 탄성을 터뜨렸다.

콰앙!

그때 걸어놓은 이중 잠금 장치인 체인이 힘없이 끊어져 나가면서 문이 부서지듯 열렸다.

헉스와 크루거는 흠칫 고개를 돌렸다.

"초이!!"

나타샤는 눈물을 흘리면서 부르짖었다.

"초이?"

헉스와 크루거의 시선에 한 사내가 문에 우뚝 서 있는 것이 보였다.

동양인이었다.

"뭐야, 이건?"

헉스가 초이 쪽으로 거대한 몸집을 흔들면서 성큼 다가섰다.

"동생이다. 풀어줘라."

초이의 말에 크루거가 미친 듯이 웃었다.

"어이, 노랑 원숭이. 이 계집애는 슬라브 족의 혈통을 이어받은 순종 같이 보이는데 네 동생이라고? 쿡쿡쿡."

"저 황인종을 쫓아버려, 헉스."

우두둑! 우두둑!

헉스는 어린애 머리만한 주먹의 관절을 꺾으면서 초이 앞으로 다가섰다.

"어이, 괜한 일에 끼어들어 경 치지 말고 곱게 꺼져 주시지. 그렇지 않으면 뼈가 부러져서 이 방을 나가게 될 거다, 꼬마야."

자랑이라도 하듯이 아놀드 슈왈츠제네거처럼 거대한 앞가슴의 근육을 실룩거려 보였다.

초이는 자신보다 머리통 하나는 더 큰 듯한 헉스를 올려다봤다.

머리끝이 천장이 닿을 듯한 덩치였다.

얼핏 봐도 2미터는 넘는 키에 온통 근육질이다. 급소를 치지 않으면 오히려 주먹이 튕길 듯한 몸집을 가진 놈이다.

퍼억!

초이의 발이 헉스의 사타구니에 사정없이 꽂혔다.

예고도 없는 기습을 당한 헉스는 비명도 못 지르고 입을 딱 벌렸다.

초이는 주저하지 않고 헉스의 머리를 움켜잡고 내리누르면서 무릎으로 턱을 올려쳤다.

놈의 거대한 덩치가 마치 썩은 기둥처럼 뒤로 나가떨어졌다.

고등학교 때부터 계속된 수 없이 많은 싸움을 통해서 초이는 본능적으로 상대방을 때려눕히는 방법을 터득하고 있던 터였다.

망설이면 안 된다. 일단 쳤으면 가차없이 끝장을 내버려야 하는 게 싸움의 법칙이다. 기습을 가하고 완전히 작살을 내놓지 않으면 도리어 당하게 될 것이었다.

다시 녀석의 면상을 구둣발로 차고는 찍어댔다.

퍽퍽퍽!

으지직! 으쩍!

초이의 구두 밑창으로 놈의 이빨들과 코뼈가 뭉개지고 있는 것이 전달되어졌다.

다시 놈의 명치와 옆구리를 거세게 찍어댔다.

헉스는 이내 비명도 제대로 지르지 못하고 눈을 까뒤집고 쭉 뻗었다.

'오 마이 갓!!'

크루거는 순식간에 벌어진 사태에 경악했다.

헉스의 괴력과 싸움 솜씨는 블라디보스톡에서 거의 상대가 없을 정도였다. 그런데 저 동양인 녀석이 눈 깜짝할 사이에 헉스를 개구리처럼 밟아놓은 것이다.

술이 확 깼다.

저놈은 어설픈 상대가 아닌 것이다.

크루거의 본능은 초이가 어설픈 상대가 아닌 것을 절실하게 느낄 수 있었다.

크루거는 튕기듯 일어나면서 정강이에 차고 있던 칼을 뽑아 들었다.

팔뚝 길이 정도의 강철 칼로 날카로운 톱날이 달려 있다. 단검이라기보다는 약간 작은 검이라고 보는 게 정확할 것이다.

크루거는 어렸을 적부터 칼솜씨에 재능을 보였다.

가장 최근에는 시베리아의 흰곰을 이 칼 하나로 잡았던 것이다.

강철 같은 발톱을 가진 거대한 숫곰이었다. 놈이 휘두른 앞발에 굵은 자작나무의 밑동이 케이크처럼 뜯겨져 나갔다. 그런 발에 한 대 맞는다면 그야말로 걸레 조각처럼 찢길 것이었다.

하지만 크루거는 무토로부터 전수받은 필살의 검술을 믿었다. 결국은 목숨을 건 사투 끝에 흰곰의 눈알을 파내고 목줄기를 끊어놓았다.

이놈도 그 곰처럼 눈알을 파버리고 목줄기를 끊어놓을 것이다.

초이의 본능은 직감적으로 이자의 기도(氣度)가 예사롭지 않다는 것을 감지해 냈다.

입고 있던 두툼한 털가죽 옷을 재빨리 벗어서는 한쪽 팔에 감았다.

초이의 그런 모습을 보고 크루거는 징그러운 웃음을 흘렸다.

"제법이야. 싸움을 많이 해본 솜씨 같은걸. 크크크."

동양인이었지만 크루거 자신보다도 커 보였다. 적어도 자신의 키인 180센티는 넘는 키였다.

슉.

크루거의 칼이 차가운 빛을 뿌리면 아래서 위로 초이의 턱을 노리고 번개같이 찔러 들어갔다.

초이는 턱을 젖히면서 한 걸음 물러났다.

하지만 크루거는 초이가 뒷걸음치며 피할 것을 이미 예상한 듯 똑같이 한 걸음 파고들며 위로 치켜 올라갔던 칼끝의 방향을 바꿔서는 옆으로 확 그었다.

초이의 뺨을 칼날이 살짝 스치고 지나가면서 피가 튀었다.

"아악!"

나타샤는 몸을 가릴 생각도 하지 않고 비명을 질렀다.

하마터면 초이는 눈알이 베어질 뻔한 것을 느꼈다.

숨 쉴 틈도 없이 크루거의 강철 검이 아래위로 종횡무진 초이를 찔러대고 핍박했다.

순간 크루거는 녀석의 빈틈을 발견했다. 왼쪽 어깨가 비었던 것이다.

지체하지 않고 어깨를 찔렀다.

퍼억!

옷을 뚫고 녀석의 근육에 박히는 칼날의 감촉이 손끝에 전해졌다.

'넌 끝났어, 이 원숭이 자식아!'

크루거의 입꼬리에 득의양양한 웃음이 떠올랐다.

그런데 동양인 녀석의 입꼬리가 치켜 올라가면서 씨익 웃고 있는 것이 크루거의 눈에 들어왔다.

아차 싶었다. 녀석은 일부러 제 몸을 내준 것이라는 생각이 번뜩 스치는 순간,

크루거의 얼굴로 초이가 던진 털옷이 확 날아들었다.

순간 앞이 가로막혀 아무것도 안 보였다.

크루거는 상대가 이렇게 나올 줄은 미처 예상하지 못했다.

꽝!

눈을 가린 옷을 치우려고 손을 올린 순간 눈앞이 번쩍했다.

초이의 주먹이 날아들었던 것이다.

얼굴이 털옷으로 가려졌지만 아무런 보호가 될 수 없었다. 마치 커다란 쇳덩이로 얻어맞는 것 같은 충격이 느껴졌다.

쾅쾅쾅쾅!

초이는 그 옷 위로 연달아 스트레이트 주먹을 박아 넣었다. 한 번, 두 번, 세 번, 네 번……

크루거는 소나기처럼 안면을 때려대는 주먹에 골이 흔들렸고, 정신을 차릴 수가 없었다.

초이는 정신을 못 차리는 크루거의 허리를 잡으면서 확 비틀어서 거꾸로 꽂아버렸다.

테이블 밑으로 곤두박질당한 크루거가 고개를 들자 침대 옆에 놓여 있던 바로크 식 협탁을 번쩍 치켜들고 있는 동양인의 모습이 눈에 가득 들어왔다.

쾅!

크루거는 머리에 강한 충격을 받으면서 눈앞이 하얗게 변하는 것을 느꼈다.

Act *12*

"멍키영감님?!"

클락션 소리에 창고의 문을 열고 뛰어나온 챠우가 차에서 내리는 멍키영감을 보고 눈이 휘둥그레졌다.

"웬일이십니까, 이 야심한 새벽에?"

"당분간 신세를 좀 져야겠다."

"신세… 라뇨?"

"네놈들이 가져온 기사들의 무기 때문에 거덜이 났단 말이다. 초이 있지?"

"거덜? 무슨 말인지 도통……."

"자세한 이야기는 나중에 하기로 하고… 밤새도록 헤매고 다녔더니 창자가 육포가 될 지경이야. 먹을 것 있음 좀 다오."

멍키영감은 챠우를 밀치고 안으로 들어섰다.

그 순간 멍키영감의 눈이 크게 떠졌다.

우다다다다!

곤두박질하듯 달려든 짐승과 함께 멍키영감은 뒤로 벌렁 나동그라졌다.

"뭐, 뭐야?!"

웬 망아지가 멍키영감을 올라타고 커다란 눈을 끔쩍이며 내려다보고 있는 게 아닌가. 꼴통이었다.

"비켜, 이 꼴통 녀석!"

챠우의 발길질에 꼴통이 옆으로 곤두박질했다.

"초이인 줄 알고 반가워서 뛰쳐나온 것 같아요."

멍키영감을 부축해서 일으키면서 챠우가 설명했다.

뀌이이힝!

꼴통은 화가 났는지 벌떡 일어나 괴이하게 울부짖으며 앞발로 마룻바닥을 마구 긁어댔다.

"왜? 해볼래?"

챠우가 권투 폼을 잡으며 약 올리자 꼴통은 콧바람을 불어내면서 분해서 어쩔 줄 몰라 했다.

마침 마사오가 달려들어 목을 얼싸안으며 잡지 않았다면 챠우에게 덤벼들 기세였다.

크루거와 헉스에게 떡이 되도록 맞고 돌아와 누워 있는 챠우의 얼굴에 망아지가 태연하게 오줌을 갈겼던 터라 둘은 한바탕 난리를 쳤던 것이다.

번개같이 도망치는 꼴통을 잡으려고 챠우가 그 육중한 몸으로 쫓아다니면서 부딪치고 곤두박질하는 통에 겨우 정리해 놨던 창고 안이 다시 엉망진창이 됐다.

결국 식칼을 들고 설치던 둔한 몸집의 챠우는 녀석을 잡는 것을 포기하고 휴전 상태에 들어갔던 것이다.

그러던 차에 멍키영감이 오자 초이인 줄 알고 다짜고짜 달려갔던 것인데, 챠우에게 결국 발길질을 당하고 곤두박질쳤던 것이다.

"웬 망아지냐?"

"말도 마십쇼. 초이만 아녔으면 몽둥이로 두들겨 잡아 요리를 만들어 버렸을 거라구요! 젠장!"

"저거 뱃속에 나온 지 하루밖에 안 된 놈이 저러니 크면 어떨지 도무지 답이 없단 말예요."

"뭐야? 한 달이 아니고 하루야?"

"그렇다니까요! 야쿠츠 벌판에서 무기를 줍다가 눈구덩이 속에 묻혀 있던 저 녀석의 어미를 발견했다는 거 아닙니까."

"그런데?"

"시체가 된 제 어미 뱃속에서 살아 있더라니까요. 기사가 타던 말이었어요."

챠우의 말에 멍키영감은 흠칫했다.

"거짓말하지 마, 인석아!"

"내가 무슨 거짓말을 했다고 그래요! 여기 있는 사람 모두가 봤어요. 초이가 그 어미 말의 배를 칼로 가르고 끄집어냈다니까요!"

"정말이냐?"

"네."

꼴통을 샤워실로 몰아넣고 돌아온 마사오가 웃으면서 대답했다.

"저렇게 크고 팔팔한데 하루밖에 안 됐다고?"

멍키영감은 믿을 수가 없다는 얼굴로 망아지를 바라봤다.

망아지는 화가 풀리지 않은 듯 푸륵거리면서 앞발로 마룻바닥을 긁어대고 있었다.

"그러니까 하는 말 아닙니까. 저 꼴통 녀석이 크면 어떻게 될지 생각만 해도 끔찍하다니깐요."

“망아지 좀 이리 끌고 와보렴.”

“왜, 저 녀석도 살 겁니까?”

차우가 반가운 얼굴로 물었다.

“사고 안 사고는 나중 문제고, 일단 감정 좀 해봐야겠어.”

“꼴통 놈 좀 끌고 와, 마사오!”

챠우가 마사오에게 말했다.

“초이 형이 팔려 하지 않을 거예요. 초이 형을 엄마로 아는 불쌍한 녀석인걸요.”

“일단 끌고 나와, 임마. 저런 녀석은 하루빨리 없애 버리는 게 좋아.”

챠우가 역정스럽게 버럭 소리를 질렀다.

마사오가 걱정스런 얼굴로 샤워실 쪽을 돌아보았다.

Act 13

Puis de nouveau les guerres suscitees.

"어깨··· 괜찮아, 초이?"

"······."

초이는 입을 굳게 다물고 시선을 앞으로 고정한 채 운전하고 있다.

"어디 좀 봐."

초이의 어깨를 살펴보려고 손을 올리는 순간 초이는 나타샤의 손을 툭 쳐냈다.

민망해진 나타샤는 얼굴이 화끈 달아올랐다.

초이는 자신의 벌거벗은 몸을 모두 봤던 것이다.

호텔에서 두 사내를 떡이 되도록 짓뭉개 놓고 있을 때 호텔 지배인과 보이들이 와서 뜯어 말리지 않았다면 초이는 크루거를 때려 죽였을지도 몰랐다.

초이는 피를 보고 눈이 뒤집혔던 것 같았다.

그때의 초이의 눈은 마치 광인(狂人)의 눈빛 같았다. 보기만 해도 소름 이 끼치는.

그러나 곧 눈빛을 가라앉히고 차가운 눈빛으로 나타샤를 돌아봤다.

그제야 나타샤는 자신이 벌거벗고 있다는 것을 깨닫고 비명을 질렀다.

호텔 직원들은 물론이고, 다른 방에서 무슨 일인가 들여다본 투숙객들도 자신의 몸을 봤을 터였다.

나타샤는 그 장면이 떠오르자 다시금 얼굴이 화끈화끈 달아오르면서 쥐구멍에라도 들어가고 싶은 심정이 되었다.

한편으로는 울화통이 치밀어 올랐다.

"초이, 제발 말 좀 해! 벙어리처럼 입만 다물고 있지 말구! 내가 알몸을 사람들에게 보이고 싶어서 그랬는 줄 알아! 초이가 당하는 것 때문에 정신이 하나도 없었단 말야! 도리어 위로 받을 사람은 나라구! 내가 지금 얼마나 창피하고 죽고 싶은 심정인지 알기나 해?!"

"……."

그래도 초이는 반응이 없었다.

'이런 젠장!'

나타샤는 입김으로 이마로 흘러내린 머리카락을 훅 불어 올렸다.

도대체 이 동양인은 자신을 어떻게 생각하고 있는 것일까?

'내가 자기를 좋아한다는 것을 알고 있기나 한 걸까?'

어느 날 오빠 얀센은 한 동양인을 집으로 데리고 와서 집안 식구들에게 인사를 시켰다.

당분간 창고에서 다른 친구들과 같이 지낼 거라고 하면서.

우수에 잠긴 듯한 깊고 까만 눈, 꾹 다문 입술, 깎아놓은 듯한 콧날과 턱 선, 덩치 좋은 러시안인들에 비해 손색이 없는 182센티의 키. 강철 같은 느낌을 주는 무기질 같은 차가움이 감도는 모습임에도 불구하고 머리카락이 흩날릴 때면 슬퍼 보이도록 애잔한 감정이 들게 만드는 사내. 바로 초이였다.

초이를 처음 본 느낌은 설레임, 아니, 감전된 듯한 기분, 확 빨려들 듯한 느낌. 아무튼 그랬다.

스스로 생각해도 이상한 일이었다. 그동안 남자라면 가족을 제외하곤 벌레 보듯 했던 나타샤였다.

고등학교를 졸업하던 열일곱 살 되던 해 파티에 갔다가 엑스타시란 마약을 처음 접했다. 그리고 개처럼 놈이 시키는 대로 했던 것이다.

정신을 차리고 보니 찢어질 듯한 통증으로 아래는 온통 피 범벅이 되어 있었다. 그런데도 그것도 모른 채 짐승 같은 섹스를 했던 것이다. 그게 처음이자 마지막 섹스였다. 그 다음부터는 남자들의 손길만 닿아도 구토가 치밀어 오를 정도의 거부 반응이 일어났다. 그런데 유일하게 가족을 제외하고 거부 반응을 일으키지 않는 남자를 어느 날 오빠가 데려온 것이다.

거부 반응은커녕 첫눈에 반한 것이나 다름없었다.

하지만 정작 나타샤의 가슴을 통째로 뒤흔들어 놓은 동양인 사내는 자신을 거들떠보지도 않는 게 아닌가.

몇 번의 의도적인 접근에도 불구하고 눈치를 전혀 못 채는 것이었다.

멍청한 것인지 아니면 시침을 떼고 외면하는 것인지 도무지 속을 알 수 없었다.

자신을 건들면 오빠 얀센과의 우정이 깨질지도 모른다고 생각하고 있을지도 모를 일이었다.

그렇다고 자신은 처녀가 아니니 가져도 좋다고 이야기해 줄 순 없는 노릇 아닌가.

초이는 애타는 나타샤의 심정에도 불구하고 냉정하게 나타샤의 접근을 차단시켜 버렸다. 그래서 생각 끝에 생각해 낸 게 밤늦은 술집의 아르바이트 자리였다.

나이트 클럽은 평범한 여자가 아르바이트를 하기에는 험한 곳이다.

더군다나 밤늦게 퇴근한다는 것은 더 위험한 일인 것이다.

사방에서 각종 민족들이 몰려들어 북새통을 이룬 이 도시의 밤은 거의 무법 지대나 다름이 없었다.

하지만 그것 때문에 나타샤는 나이트 클럽의 아르바이트 직업을 택했던 것이다.

누군가 반드시 자신을 마중 나올 테니까.

콧대 높은 동양인의 관심을 어떻게든 끌어보려 했고, 접촉할 기회를 만들려 했던 것이다.

결국 나타샤의 예상대로 밤늦게 일이 끝나면 오빠나 초이가 항상 마중을 나와서 자신을 태우고 집으로 돌아가곤 했다.

나타샤의 타고난 미모 덕분에 나이트 클럽의 아저씨 코너의 매상이 갑절로 뛰었다. 나타샤에게 눈독을 들이고 침을 흘리는 건달들이 항상 몰려들었기 때문인데, 나타샤가 눈 하나 깜짝하지 않고 반응이 없자, 개중 몇 놈은 강제로 나타샤를 추행하려 했던 사건도 몇 번 있었다.

하지만 그때마다 오빠 얀센이나 초이가 나타나 녀석들을 떡이 되도록 두들겨 놨기 때문에 요즘은 아예 접근하는 녀석이 없었다. 그렇다고 초이와의 관계가 발전된 것도 아니었다. 처음과 다름이 없었다.

그러던 중에 이번 사건이 벌어진 것이다.

'아유, 쪽팔려.'

쿵쿵!

자기도 모르게 머리를 감싸 쥐고 트럭의 데시 보드에 머리를 박아댔다.

따가운 시선이 느껴져 돌아봤더니 초이가 '얘가 왜 이러나' 하는 얼굴로 자신을 보고 있었다.

Act **14**

Puis de nouveau les guerres suscitees.

"믿을 수가 없군. 끙."

멍키영감은 이 기가 막힌 사건에 머리를 긁적이면 나직한 신음을 토했다.

꼴통… 망아지의 혈액을 약간 채취해서 자신의 차로 가져가 현미경으로 살피고 분석기에 넣고 돌려본 결과, 일반 말의 염색체와는 판이하게 다른 DNA 유전자를 가진 구조였다.

틀림없는 인공으로 복제된 클론 말이란 것은 의심할 필요도 없었다.

클로네이드 사의 놈들은 복제된 말의 태아에게 각종 전염병과 질병을 막기 위해 인터루킨—4(IL—4)를 다량으로 생성하는 유전자를 삽입했다.

인터루킨이란 단백질의 일종으로 강력한 면역 작용을 하는 것이었는데, 뜻밖에 말의 유전자와 결합해서 강력한 성장 호르몬을 촉진시켰으며 거대한 폐와 강인한 근육을 갖게 만들었다.

기존의 말보다 덩치는 1.5배의 크기를 가졌다.

일반 말보다 두 배 이상 빠른 속력으로 쉬지 않고 열 시간 이상을 끄떡없이 달릴 수 있는 괴물이 탄생한 것이다.

이렇게 해서 만들어진 클론 말은 세계 경마의 판도를 뒤엎기에 충분할 가공스런 놈이었으니 기존의 경마용 순종 말들이 모두 도살될 판이었다.

그런데 다행히 그런 일은 일어나지 않았다.

이 인터루킨이 난자 세포를 잡아먹기 때문에 말은 임신을 할 수 없었고, 새끼를 낳을 수 없었던 것이다.

결국 세계 경마 협회는 복제된 클론 말은 경주마로 사용할 수 없다는 규칙을 정했고, 기존의 말들은 멸종의 위기를 넘긴 셈이었다.

즉, 클론 말은 불임(不姙)이었다.

그런 사실을 익히 잘 알고 있는 멍키영감이 클론 말의 뱃속에서 새끼가 나왔다는 걸 믿지 못하는 것은 당연했다.

그런데 막상 실험 결과는 틀림없는 클론 말의 새끼였던 것이다. 아무리 천재적인 두뇌의 소유자인 멍키영감으로서도 도무지 이해할 수 없는 상황에는 당황할 수밖에 없었다.

더구나 뱃속에서 태어난 지 이틀도 지나지 않은 녀석이 크기는 이미 조랑말 크기로 변했으며 힘은 다 자란 성인 말 못지않게 거센 괴물이었다.

챠우가 녀석의 목을 겨드랑이로 껴안고 꼼짝 못하게 하자 목을 휘둘러 100킬로가 넘는 뚱보 차우를 내동댕이쳐 버리는 것을 멍키영감 자신의 눈으로 똑똑히 지켜본 터이니 그야말로 기가 찰 노릇이었다.

자신이 차에서 가져온 캔맥주를 벌써 두 개째 까먹고 있는 꼴통을 내려다봤다.

아예 배를 깔고 앉아 앞다리로 캔을 발굽 사이에 낀 채 이빨로 캔을 찢어서는 두 앞발로 들어 올려 흘러내리는 맥주를 맛있는 음료수라도 되는 양 마시고 있었다.

말이 맥주를 마시다니… 젠장할.

결국 내린 결론은… 한마디로 '돌연변이된 꼴통' 이었다.

Act *15*

"뭘 그렇게 보는 거야! 운전이나 하지 않구!"

나타샤는 심통이 나서 소리를 빽 질렀다.

그러자 어이없이 쳐다보던 초이가 드디어 입을 연다.

"다 왔어. 내려."

찔끔해서 앞을 바라보니 이미 차는 집에 도착해 있었다.

"……!!"

생각에 잠겨 있던 터라 집에 도착한 것도 모르고 있었다.

나타샤는 쥐구멍이라도 찾아 들어가고 싶은 심정으로 트럭의 문을 열고 내렸다.

나타샤의 할아버지는 예전엔 이 일대의 촌장이었고, 모피 가공업으로 꽤 부유했기 때문에 집이 꽤 컸고, 대지도 웬만한 목장만큼이나 넓었다.

왼쪽으로 가면 자신의 집이고 오른쪽으로 가면 공장 창고다.

콰앙!

심통이 날 대로 난 나타샤는 트럭 문을 부서지도록 닫았다.

부웅!

초이는 뒤도 안 돌아보고 창고 쪽을 향해 트럭을 몰고 사라진다.

'무심한 인간 같으니! 봉변을 당한 내게 한마디 위로의 말이라도 해주면 입 안에서 종기라도 난대니?

초이는 차에서 내리다가 한쪽에 세워진 거대한 트럭, 아니, 스노우 모빌 캠핑카를 보고 의아했다.

난생처음 보는 모양으로 탱크와도 같은 무한궤도 캐터필러와 타이어 바퀴가 같이 달린, 열차의 객실 크기만큼이나 거대하고 이상하게 생겨먹은 차다.

푸히히힝~

그때 문이 열리면서 꼴통이 구르듯이 뛰쳐나왔다.

펄쩍 점프를 해서 초이에게 안겼다. 아니, 안긴다기보다는 덮친다는 표현이 정확할 것이다.

초이는 엉겁결에 꼴통을 안아 들며 뒤로 벌렁 눈밭으로 자빠졌다.

"윽!"

자신도 모르게 신음이 터져 나왔다.

칼에 찔린 상처가 충격을 받은 것이다.

꼴통은 그런 초이에 아랑곳 않고 그의 얼굴을 혀로 마구 핥고 콧김을 불어대고 난리를 피워댔다.

"그렇군. 정말로 저 녀석을 어미인 줄 알고 있구나."

낯익은 목소리에 고개를 돌려보니 멍키영감과 챠우가 초이를 내려다보며 서 있었다.

"영감님?!"

초이의 눈이 휘둥그레졌다.

"여긴 웬일이십니까?"

챠우가 끼어들어서 설명했다.

"우리에게 산 기사의 물건에 위치 추적 위성 시스템이 부착되어 있었대. 특수 부대가 쳐들어와서 간신히 탈출해서 여기 왔다는걸?"

"그런 일이 있었어요?"

"그래, 이놈아! 다음부턴 그딴 물건 가져오지도 말어! 네놈 덕분에 죽을 고비 넘기고 가게가 송두리째 날아갔단 말야! 당분간 여기서 신세를 져야겠으니 그리 알어."

"왜 하필이면 여기예요, 특수 부대에게 쫓긴다면서."

"이 둔한 놈, 내가 만일 잡히면 어떻게 되겠어! 네놈들에게 물건을 샀다고 입만 뺑끗하면 네놈들은 모두 끝장인 거 몰라?"

"……."

초이는 할 말이 없었다.

"결국 한 배를 탄 운명 공동체가 됐으니 그리 알아, 임마. 들어가자, 춥다."

第5章
요승(妖僧) 라스푸틴의 귀신(鬼神)
Les fléaux passés diminue
6651

Act 1

잠이 들었다가 뒤늦게 소란에 깬 무토는 피투성이가 되어 뒹굴고 있는 크루거와 헉스를 보고 기가 막혔다.

크루거는 머리가 찢어져 피를 흘리며 기절해 있었고, 헉스는 코뼈가 부러지고 입술이 풍선처럼 부풀어 올라 피투성이가 된 얼굴로 신음을 토하고 있었다.

호텔 직원들의 도움으로 부축을 하자 헉스가 옆구리를 잡고 비명을 질러댔다. 갈비뼈가 몇 개는 부러진 것 같았다.

이렇게 되도록 까맣게 모르고 잠이 들었던 자신이 기가 막힐 따름이었다. 이것저것 생각할 때가 아니었다.

무토는 뒤늦게 정신을 차린 크루거를 데리고 호텔에서 가까운 병원으로 뛰어갔다.

"이것 보세요! 여기는 정신 병원입니다. 외과 병원이나 종합 병원으로 가보……!"

짜악!

채 말이 끝나기도 전에 야간 당직 근무를 하고 있던 30대의 뚱뚱한 간호사의 눈에 별이 번쩍였다.

"악!"

크루거가 거세게 휘두른 손에 빰을 정통으로 얻어맞고 나동그라졌다.

"이 쌍! 사람이 다쳐 피를 흘리면서 죽어가는 판에 다른 병원으로 가라고? 네 애인 같았으면 그런 말이 나오겠니, 이 돼지 같은 년아!"

초이에게 당한 것을 화풀이라도 하듯 거의 반쯤 눈이 뒤집힌 크루거는 쓰러진 간호사를 마구 짓밟고 걷어찼다.

정신병 환자를 돌보던 남자 간호 보조사들이 뛰쳐나와서 겨우 뜯어말리고 헉스를 수술실로 집어넣은 후에야 크루거는 제정신으로 돌아와서 황소처럼 숨을 씩씩 몰아쉬었다.

머리에서 흘러내린 피로 얼굴과 목덜미의 옷이 온통 피투성이가 되어 악귀 같은 모습이었다.

얼굴이 바케트빵처럼 부풀어 올라 괴물처럼 된 얼굴이었다.

뾰드락지 하나에도 생난리를 치는 크루거였으니 거의 반 미치광이가 돼 있는 것은 당연하다.

이곳은 정신 병원이었지만 자살이나 자해를 하는 환자 때문에 수술실과 응급실은 갖추고 있긴 했다.

병원이 온통 벌집을 쑤셔놓은 듯했다.

병원에서 경찰에 신고를 해서 경찰관들이 출동했지만 그들 역시 크루거에게 빰을 얻어맞고 발길질을 당했다.

하지만 크루거의 신분을 알고는 찍소리도 못하고 도리어 헐레벌떡 관할 경찰서장까지 달려와서 병원 원장과 함께 무릎을 꿇고 손이 발이 되도록 빌었던 것이다.

자신의 부하들이 무슨 실수를 했고 전후 사정이 어찌 된 것인지는 나중 문제였다.

상대는 황실 후작의 외손자였다.

크루거에게 얻어맞은 경찰관들은 이를 갈았지만 무릎을 꿇고 빌 수밖에 없었다.

혁명 주체 세력인 부모와 황실의 장관을 외할아버지로 둔 인간한테 따지고 덤벼들어 봤자 달아나는 것은 자신들의 모가지뿐일 테니까.

억울한 건 경찰관들뿐만 아니라 얻어맞은 간호원과 의사들도 모두 마찬가지였다.

아닌 밤중에 홍두깨라더니, 잠을 자다가 날벼락을 맞은 꼴이었다.

그것을 복도 한 켠의 병실 문 안쪽에서 쇠창살 사이로 흥미롭게 내다보고 있던 한 늙은이가 있었다.

철장을 잡고 고개를 빼고는 난리를 치고 있는 크루거 일행의 모습을 처음부터 끝까지 흥미롭게 지켜보고 있었다.

비썩 마른 해골바가지에 가죽을 씌워놓은 것 같은 얼굴, 뼈다귀만 남은 손등이며, 얼굴에 온통 시커먼 저승반점투성이의 추악하게 생긴 늙은이였다.

허리는 굽고 제 몸 하나 가누기도 힘들어 보이는 모습이었지만 눈만큼은 이상한 광기(狂氣)로 번들번들 빛나고 있었다.

하긴 정신 병원의 병실에 감금되어 있으니 제대로 된 정상적인 눈빛을 가지고 있기야 할까마는 유난히 이글거리고 타는 듯한 눈빛은 80이 넘은 노인의 눈빛이 아니었다.

영감은 크루거란 놈이 데리고 온 거대한 덩치의 헉스를 발견하고는 희열과 감동으로 몸을 부르르 떨었다.

바로 자기가 찾고 있던 몸을 가진 녀석이었다.

창문 밖으로 헉스의 모습을 처음 보았을 때 늙은이는 충격을 받았다. 바로 백오십 년 전의 자신의 모습과 너무나 흡사했던 것이다.

얻어맞아 퉁퉁 부어오른 입술만 아니었다면 거의 박아놓은 듯한 모습이었다.

덩치 하며 키, 골격에 머리카락 색깔까지.

영감은 속으로 부르짖었다.

'내가 찾던 놈이다!'

"이것 봐, 젊은이."

머리를 꿰매기 위해 의사를 따라 걸어가던 크루거는 자신을 부르는 소리에 주춤 걸음을 멈추고 돌아봤다.

피골이 상접한 추하게 온통 주름진 늙은이가 쇠창살이 박힌 문의 조그마한 창문으로 미이라 같은 손을 내밀고 부르고 있었다.

"뭐야?"

"자네들 기사단 시험을 보러 가기 위해 동쪽에서 왔구먼."

크루거는 노인의 말에 흠칫 놀랐다.

"어떻게 알았지?"

"신경 쓰실 것 없습니다. 제정신이 아닌 영감입니다."

의사가 짜증나는 듯 말하고는 소리를 질렀다.

"헛소리 말고 잠이나 자요, 영감님!"

"제정신으로 할 수 있는 소리인지 들어보면 알겠지. 겔겔겔."

크루거는 아픈 것도 잠시 잊고 호기심이 생겼다.

"할 말 있나, 영감?"

"자넨 기사 대회 참가 자격을 부친의 힘으로 따냈구먼. 테스트를 받지 않고 말야."

"……!!"

크루거는 미치광이 늙은이의 말에 뜨끔했다.

"웬 헛소리야! 누구한테 들었나!"

크루거는 자기도 모르게 얼굴이 붉어져 소리를 빽 질렀다. 사실이 그랬던 것이다. 하지만 헉스만 알고 무토한테까지 비밀로 했던 것이다.

무토에게는 자신의 힘으로 대회 출전 자격 시험을 통과했다고 했던 것인데, 이 망할 놈의 늙은이가 마치 지켜보기라도 한 듯 말하는 게 아닌가.

재빨리 머리를 굴려서 블라디보스톡에서 이 늙은이를 본 적이 있던가 생각했다.

전혀 기억에 없었다.

늙은이는 몇 개 안 남은 다 빠진 이를 드러내며 히죽 웃으면서 다시 이죽거리는 것이 아닌가.

"자넨 그 대회에 나가봤자 떨어져. 전사 자격도 얻지 못해."

"이 미친놈의 늙은이가 터진 입이라고 함부로 놀려!"

크루거는 와락 달려들어 문을 부술 듯이 주먹으로 창살을 치고 발로 문을 찼다.

"문 열어! 이 미친 늙은이를 죽여 버리겠다!"

"고정하십시오. 자기가 라스푸틴이라고 떠들어대는 정신 나간 노인네입니다."

의사의 말에 크루거는 다시 흠칫했다.

"라스푸틴… 이라고?"

"예, 말짱 헛소리니까 신경 쓰지 마십시오. 망령난 영감일 뿐입니다."

"켈켈켈켈! 내가 헛소리하는지 아닌지는 이 젊은이가 잘 알고 있을 거야. 그렇지 않나, 젊은이?"

늙은이의 입에서 술 냄새가 혹 하고 풍겨왔다.

"주둥이 닥쳐, 영감! 남은 이빨마저 확 뽑아버리기 전에!"

크루거는 더 이상 말을 붙였다가는 이 영감한테서 무슨 말이 튀어나올까 은근히 켕겼다.

"가자, 크루거. 상대할 가치도 없잖아."

때마침 무토가 크루거의 팔을 잡아끌었기 때문에 못 이기는 척 몸을 돌렸다.

"씨발탱이 영감쟁이가 재수없게! 퉤!"

몸을 돌리는 크루거의 뒤통수에 늙은이의 말이 떨어졌다.

"난 자네를 기사 시험에서 합격하게 해줄 수 있지."

미친 늙은이의 말에 크루거는 흠칫했고, 어이없다는 얼굴로 돌아봤다.

"미친 늙은이, 네가 시험 감독관이라도 되나? 아니면 황제나 러시아 대주교의 아버지라도 되나?"

"난 라스푸틴이다. 러시아 마지막 황제 니꼴라이 2세의 아들을 살려냈던 라스푸틴이란 말이다. 쿡쿡."

"이 늙은이가 미쳐도 단단히 미쳤군. 그자는 죽은 지 백 년도 넘어!"

"그렇지. 정확하게 1916년 12월 30일에 펠릭스 유스포프 후작 놈과 그 일당들이 찌른 칼과 쏜 총에 맞아 내 육신이 죽은 건 확실해. 큭큭큭. 하지만 그 영혼은 이렇게 멀쩡히 살아서 자네와 이야기를 나누고 있다네. 보다시피 난 이 늙은이의 몸을 잠시 사용하고 있거든. 킬킬킬."

"빌어먹을!"

크루거는 정신 병자에게 대꾸를 해준 자신이 한심한 듯 한숨을 내쉬고 몸을 돌렸다.

"증거를 보여주면 믿을 수도 있겠지. 하지만 난 별로 관심없으니까 헛소리 말고 잠이나 자빠져 자라구."

"내 힘으로 이 방에서 나간다면 믿겠나?"

"뭐야?"

크루거는 미친 늙은이의 교묘한 화술에 말려드는 듯한 기분을 느끼면서 다시 고개를 돌렸다.

철문은 이중 잠금 장치로 되어 커다란 전자식 자물통까지 채워져 있었다.

"그렇게 한다면 믿지. 투명체가 되어 벽이라도 통과하는 도술이라도 부릴 셈인가, 영감?"

"겔겔겔, 우선 자네는 찢어진 머리부터 꿰매야겠군. 혈압이 올라 다시 핏줄이 터졌네."

크루거는 흠칫해서 자신도 모르게 자신의 머리를 만졌다.

아닌 게 아니라 멈췄던 피가 다시 흘러내리고 있었다.

등줄기로 한기가 오싹 스침을 느끼면서 크루거는 미친 늙은이를 다시금 보았다.

"자네가 치료를 받고 나면 내가 자네를 찾아갈 걸세. 잠시 후에 보세. 쿡쿡쿡."

섬뜩한 광기를 발하면서 씨익 웃는 늙은이의 눈빛은 정신 나간 미친 사람의 눈빛이 아니라는 생각이 크루거의 뇌리로 스쳤다.

응급실에서 가장 젊고 얼굴이 반반한 여자 간호원들의 시중을 받아가면서 크루거는 터진 머리를 꿰매고 있었다.

원장이 직접 나서서는 서투른 솜씨로 꿰매고 있었지만 크루거는 전혀 알아채지 못했다.

미친 늙은이의 모습이 자꾸 눈앞에 어른거렸던 때문이다.

늙은이의 강렬하고 이글거리는 눈빛이 떠올랐다. 그렇다. 분명히 초점이 없는 미친 늙은이의 눈빛과는 거리가 멀었다!

자신이 동쪽인 블라디보스톡에서 온 것도 알고 있었다.

그건 무토가 일본인이기 때문에 대충 어림잡아 때려맞힐 수도 있다고 치자. 하지만 그 늙은이는 크루거가 기사 대회 출전 자격 테스트를 받지 않고 시험 자격증을 발부받은 것을 정확하게 꿰뚫고 있는 것은 또 뭐란 말인가?

그 사실을 알고 있는 사람들이라면 가족들과 헉스 정도뿐이다.

결코 자랑스러운 일이 아니기 때문에 굳이 떠벌릴 필요가 없었다.

헛소리만은 아닌… 그 무언가 있는 것 같은 느낌이 들었다.

'요승 라스푸틴이라고?'

굳이 러시아 사람이 아니더라도 요승 라스푸틴을 알 만한 사람은 다 안다.

그만큼 라스푸틴은 유명했고 요상스런 승려였던 것이다.

오죽했으면 요승(妖僧)이라는 말이 붙었을까.

옛 제정 러시아 마지막 황제의 아들이 앓고 있던 불치병인 혈우병을 고쳐 주고, 왕과 왕비의 신임을 얻어 정권을 마음대로 휘둘렀던 인간.

기록에 의하면 그는 왕비와 눈이 맞아 놀아나고 귀족 부인들과 카사노바가 무색할 정도의 엽색 행각을 벌였던 인간.

그와 한 번 관계를 가졌던 귀족 부인들은 다시 한 번 그의 품에 안기기 위해 모든 재산을 갖다 바쳤다는 이야기를 듣고, 13세였던 크루거는 한때 요승 라스푸틴을 우상으로 생각할 정도였던 인물이었다.

지금으로부터 100여 년 전, 펠릭스 유스포프(Felix Yusupov) 후작은 '검은 100인조'의 창설자 푸리슈케비치를 비롯한 다른 귀족들과 라스푸틴의 암살을 위해 라스푸틴을 초대했다.

유스포프 후작은 라스푸틴에게 이를 갈고 있었다.

얼마 전 황제가 주선한 성대한 무도회장에서 유스포프 후작은 라스푸틴으로부터 모욕을 당했다.

숫말 같은 정력과 거대한 남근으로 귀족 부인들을 사로잡은 짐승 같은 놈 라스푸틴이 여자들에게 둘러싸여 유스포프 자신에게 호모라고 비아냥거리며 놀려댔던 것이다.

러시아 최대의 거부인 유스포프는 어렸을 적부터 예쁘장한 생김새로 인해 여자라고 놀림을 받으면서 자랐기 때문에 거친 남성에 대해 콤플렉스가 있었던 것이다.

귀부인들은 놈과 함께 깔깔대며 웃었고, 유스포프는 치욕으로 몸을 떨면서 그 자리를 도망치듯 빠져나오며 복수를 맹세했다.

며칠 내로 요사스런 중놈인 라스푸틴의 제삿날이 잡아질 것이다. 맘대로 떠들고 놀아라. 유스포프는 다시금 이를 뿌득 갈아붙였다.

그리고 얼마 안 있어, 라스푸틴이 평소 흑심을 품고 노골적인 유혹의 손길을 뻗고 있던 자신의 아내를 이용해 계획을 실행했다.

유스포프 후작 부인인 이리나 황녀는 황제의 조카였다.

그녀 역시 남편 앞에서는 라스푸틴을 경멸하는 언사를 내뱉었지만 그녀의 눈빛은 갈증 나게 짐승 같은 놈을 원하고 있는 것을 알아챘던 것이다.

'도저히 용서할 수 없다!'

유스포프 후작은 아내 이리나의 이름으로 라스푸틴에게 초청장을 보냈다. 거사에 앞서 아내를 다른 곳으로 여행을 보낸 직후였다.

라스푸틴은 잔뜩 멋을 부리고 후작의 집으로 나타났다.

아내 이리나를 찾느라고 쉼없이 두리번거리는 라스푸틴에게 청산가리가 든 과자와 와인을 대접했다.

한 잔, 두 잔, 세 잔. 와인을 몇 잔을 비워도 라스푸틴은 멀쩡했다.

보통 사람 같으면 한 잔만 마셔도 그 자리에서 피를 토하고 죽을 정도의 치사량을 넣었는데도 놈은 멀쩡했다.

유스포프는 등줄기에 싸늘한 냉기가 올라오는 것을 느꼈다. 그 자리에 참석한 다른 귀족 친구들도 당황하기는 마찬가지였다.

안 되겠다 싶은 유스포프 후작은 칼을 뽑아 들어 라스푸틴의 등을 찔렀다. 놀라 돌아보는 라스푸틴의 배에 다시 검을 깊숙하게 박아 넣었다.

그제야 라스푸틴은 힘없이 주저앉더니 결국 쓰러졌다.

유스포프는 식은땀을 흘리면서 헐떡댔다. 그리고는 친구들의 도움을 받아 미리 준비해 둔 밧줄로 라스푸틴을 묶기 시작했다.

바로 그때였다. 그 많은 피를 쏟아내고 죽었던 라스푸틴이 벌떡 일어나서 유스포프의 어깨를 움켜잡으며 뜻 모를 주문을 외우는 것이었다.

모두 공포에 질려 얼음처럼 굳어져 꼼짝할 수가 없었다.

라스푸틴은 유스포프의 어깨에 붙어 있던 견장과 훈장을 부욱 뜯어내고는 비칠거리면서 문을 향해 걸어가는 것이었다.

정신을 차린 유스포프는 권총을 뽑아 들었고, 다른 친구는 벽에 걸린 장총을 집어 들고 놈을 쫓아갔다.

그리고 총알이 다 떨어질 때까지 라스푸틴을 향해 쏘아댔다. 유스포프는 공포에 질려 제정신이 아니었다. 라스푸틴은 다시 쓰러졌다.

이번에는 밧줄이 아닌 쇠사슬로 친친 묶어서는 마차에 싣고 꽁꽁 얼어붙은 네바 강으로 갔다.

그리고 다리 중간에 마차를 세워서는 쇠사슬로 친친 감겨 감당할 수 없을 정도로 무거운 라스푸틴을 친구들과 함께 간신히 끄집어내서는 강에 던졌다.

두꺼운 얼음이 깨지면서 라스푸틴은 강물 속으로 잠겼다.

그런데 경악스럽게도 라스푸틴은 다시 살아나 얼음을 깨고 강 건너 편으로 기어나오는 것이 아닌가.

모골이 송연하다 못해 피가 거꾸로 역류하는 듯했다.

미친 듯이 마차를 몰고 가서 놈을 다시 칼로 찌르고 얼음 구덩이 속으로 밀어 넣었다.

동료들 모두 창백하게 질려 몸서리를 치고 있었다.

다행히 라스푸틴은 다시 기어오르지 않았고, 이틀 뒤에 강 하류에서 시체가 발견되었는데 그의 몸에는 궁정 여성들을 사로잡았던 30센티의 남근이 잘려져 나가 없어진 시체로 발견되었던 것이다.

그 후에 밝혀진 사실이지만, 라스푸틴은 그가 죽기 며칠 전 황제에게 편지를 보냈던 사실이 있었고, 누군가에 의해서 그 편지는 공개되었다.

그 편지에는 다음과 같이 라스푸틴의 친필로 작성한 글이 쓰여 있었다.

폐하.

나는 내년 1월 1일이 되기 전에 죽을 것 같습니다.

만일 내가 귀족들에게 살해된다면 그들의 손은 나의 피로 젖을 것이며, 25년 동안 그 피는 지워지지 않을 것입니다.

만일 나의 죽음을 가져온 자가 폐하와 친척 관계인 사람이라면 폐하의 자녀와 친척 어느 누구도 2년 후까지 살아남지 못할 것입니다.

—라스푸틴이 러시아 황제 니콜라이 2세에게 보낸 마지막 편지 전문.

그의 저주의 예언대로 2년 뒤 혁명이 일어났고 황제와 왕비, 그리고 그들의 자녀들은 모두 체포되어 지하실의 어두운 감옥에서 러시아 병사들의 칼에 찔려 비참한 죽임을 당했다.

"이봐, 원장."

“예, 공자님.”

봉합사를 가위로 잘라내면서 원장이 굽실거렸다.

“저 늙은이 말야, 어떤 사람인가?”

“이곳 블라고비센스크 시 시장의 아버지입니다.”

“뭐야? 시장의 아버지라고?”

“그렇습니다. 베네딕트 까조프라는 영감인데 아들인 시장이 오죽했으면 집에서 돌보지 않고 정신 병원에 팽개쳐 두겠습니까. 그나마 저 영감 아들이 나름대로 이곳 도시에서는 존경받는 시장인지라 쉬쉬들 하고 있지만 다른 늙은이 같았으면 돌에 맞아죽어도 열 번은 더 죽었을 겁니다.”

“자세히 좀 말해 봐.”

“다 됐습니다. 바쁘지 않으시다면 제 방에 가서 차라도 한잔하시면서 들으시는 것은 어떻습니까?”

뒷배경이 어마어마한 이 젊은이에게 잘 보여서 나쁠 건 없었다.

요즘 같은 전쟁 중에는 병원에 환자들이 넘쳐 난다.

굳이 군인들이 아니라도 몰려든 피난민들로 무법천지의 북새통이 된 이 도시에는 하루에도 수백 건 이상 싸움이 벌어지고 칼부림이 일어나고 있었다.

일반 외과 병원이나 성병을 치료하는 비뇨기과 같은 데는 몰려드는 환자들 때문에 떼돈을 벌고 있는 판이다.

하지만 정신 병원은 파리가 날리고 적자에 허덕이고 있는 판이다.

어떻게든 병원의 진료 과목을 늘려야 했고 당국의 허가를 받아내자면 크루거와 같은 배경을 가진 녀석의 도움이 절실히 필요했다.

그러자면 많은 돈이 필요했다. 진료 장비들과 의료 기구들을 설치하려면 엄청난 돈이 투자되어야 했기 때문이다.

외과 의사들과 비뇨기과 의사들을 스카웃해서 개업하려고 해당 관청에 허가 신청과 은행에 대출 신청을 했지만 양쪽 모두 거절을 당했다.

이럴 때 이 젊은이 정도의 뒷배경을 가진 사람이 나서서 힘을 써준다면 허가가 떨어질지도 모를 일이다.

성질은 더러운 놈이지만 이 젊은이가 이 정신 병원에 행운을 가져다 줄지도 모르는 판이니 이런 행운을 놓치고 싶진 않았다.

"그럴까?"

크루거는 제대로 잠을 못자 피곤했지만 호기심이 불같이 일어났기에 선뜻 원장의 제의에 응했다.

무토가 차에서 가져온 새 옷으로 갈아입고 원장의 방으로 향했다. 무토 역시 호기심이 일기는 마찬가진 것 같았다. 별 이의를 제기 하지 않고 크루거를 따라 원장실로 향했다.

Act 2

Puis de nouveau les guerres suscitees.

'흐흐흐, 이제야 비로소 세상으로 나설 때가 됐다!'

늙은 까조프 노인의 가슴은 흥분과 희망으로 들끓고 있었다.

병원 측에서 하루에 한 병씩 넣어주는 보드카를 한꺼번에 들이켰다.

다른 때 같으면 홀짝홀짝 아껴 마셨을 것이지만 나갈 것이기 때문에 아껴 마실 필요가 없었다.

참고 기다린 보람이 있었다. 백 년 만에 황궁으로 돌아갈 시기가 드디어 온 것이었다.

지난 백 년은 길다면 길고 짧다면 짧은 세월이다.

하지만 자신의 몸을 잃어버리고 남의 몸에 빙의(憑依)해 숙주(宿主)로서 살아온 라스푸틴에게는 영겁의 시간처럼 느껴졌던 기나긴 암흑의 시간이었다.

화려한 황궁의 크리스털 샹들리에 아래서 아름다운 귀부인들와 무도회를 열면서 최고급품의 샴페인과 붉은 와인에 적신 사슴 고기 구이와 초콜릿 시럽을 얹은 파파로를 즐길 수 있을 것이다.

상아색 진주 목걸이를 핑크빛 목덜미에 두르고 수없이 많은 보석을 박아 만든 화려한 드레스들로 차려입은 아름다운 귀부인들을 침대로 끌어들여 은밀한 속살 냄새를 다시 맡을 수 있을 것이다.

생각만 해도 온몸이 저릴 지경이었다.

독한 술로 인해 몽롱해지기 시작한다.

순간 불현듯, 마지막으로 숨을 거두던 자신의 모습이 기억에 떠올랐다.

결코 생각하고 싶지 않았던 순간들이다.

알코올의 독 안개를 떨쳐 버리듯, 악몽의 기억들을 떨쳐 버리기라도 하듯 늙은이는 세차게 고개를 흔들었다.

하지만 그럴수록 옛 기억은 더욱 또렷이 고개를 쳐들면서 떠오르기 시작했다.

백여 년 전, 라스푸틴은 펠릭스 유스포프로부터 초대를 받은 후 칼에 찔리고 온몸이 벌집이 되다시피 총에 맞고 쇠사슬에 묶여 강에 버려졌다.

온몸이 만신창이가 되어 움직일 수 없었지만 차가운 강물로 인해 정신을 차릴 수가 있었다.

쇠사슬의 엄청난 무게로 인해 자신의 몸이 강바닥에 가라앉아 있는 것을 깨달았다.

라스푸틴은 온 힘을 다해 필사적으로 강바닥을 걸어서 얼음을 깨고 기어나왔다. 보통 인간의 범주를 넘어선 모습이었다.

경악을 한 유스포프와 그의 친구들은 다시 라스푸틴을 총의 개머리판으로 찍어댔고 칼로 찔러댔다. 그리곤 다시 강물 속으로 던져 버렸다.

얼마 만에 다시 정신을 차렸는지는 잘 기억나지 않는다.

자신을 내려다보고 있는 여자가 있었다. 그녀는 라스푸틴 자신이 몸종

으로 데리고 있던 여자 아이였다. 예전에 몇 번 침실로 불러들여 섹스의
참맛을 알려준 적이 있던 계집애였다.

처음에는 가랑이가 찢어지는 고통 때문에 울부짖었고, 나중은 감당키
어려운 희열 때문에 울부짖고 암코양이같이 매달리며 달려들던 스물일
곱 살의 하녀였던 것이다.

그녀는 미리 준비해 온 듯, 치마 속에서 날카로운 칼을 꺼내 들었다.
그리고는 쇠사슬에 칭칭 감겨진 라스푸틴의 하체 부분을 헤집더니 추워
서 오그라붙어 있는 성기를 움켜쥐는 것이었다.

'이년이 무슨 짓을 하려는 거지?

썩어도 준치라 했던가. 오그라붙어 있다고 해도 보통 남자들의 발기한
것만큼 크기의 거대한 물건이었다. 언제 봐도 대견하고 자랑스러운.

아니, 그런데 이 계집년이 물건에 칼을 대고 자르기 시작하는 것이 아
닌가!

'안 돼!! 이 미친년! 물건을 그냥 두지 못해! 찢어 죽여 버리겠다, 이
발칙한 년!'

비명을 질렀지만 계집년은 아랑곳하지 않고 결국 목숨보다 소중하게
여겼던 라스푸틴의 남근을 잘라내 수건으로 소중히 싸더니 주위를 한 번
둘러보고는 치마 속에 그것을 감춰서는 총총히 사라지는 것이었다.

라스푸틴은 비명을 지르고 악을 썼지만 전혀 비명 소리를 듣지 못하는
것 같았다.

라스푸틴은 절망과 충격으로 그 자리에서 털썩 주저앉고 말았다.

그런데 자신은 앉아 있는데 또 다른 자신의 시신은 여전히 누워 있는
게 아닌가?!!

그는 자신이 허공에 떠 있다는 것을 알았다.

그렇다. 그는 시체 위 3~4미터 높이에 둥실 떠서 자신의 시체를 내려

다보고 있었던 것이다.

그제야 자신의 혼백이 육신을 빠져나온 상태라는 것을 라스푸틴은 깨달았다.

'맙소사! 난 죽었다!'

자신이 죽었다는 것을 인식하는 순간, 시야가 갑자기 캄캄해지면서 터널 같은 공간으로 한없이 빨려 들어가기 시작했다.

'어디로 가는 걸까?'

그렇다. 영계로 옮겨지고 있는 것이다!

멀리서 빛이 보이기 시작하더니 곧 엄청난 빛의 터널을 통과하여 안개처럼 뿌연 곳으로 빠져나왔다.

'이곳이 저승인가?'

그랬다. 그곳은 저승이었다.

라스푸틴 말고도 많은 인간들이 어리둥절해하고 있었고 불안에 떨고 있었다.

"어이, 이것 봐."

라스푸틴은 앞에 있는 한 사내의 어깨를 잡았다.

그런데 라스푸틴의 손은 그 사내의 몸을 그대로 통과하는 것이 아닌가?! 마치 연기를 움켜쥔 것처럼 말이다!

맙소사… 그들은 모두 혼령들이었다! 그들은 각자 자신들의 파동수의 진동수를 가진 에테르체였기에 볼 수는 있었지만 만질 수는 없었고, 주파수가 맞지 않아 대화 소통도 되지 않았다.

아무라도 도와다오! 도대체 어쩌란 말인가!!

라스푸틴의 절규를 들었는지 라스푸틴 앞으로 어떤 존재들이 나타났다.

눈이 부셔서 똑바로 마주 볼 수가 없었다.

당황한 라스푸틴은 두려운 마음으로 물었다.

"당신은… 신(神)이오?"

"아닙니다. 우리는 빛의 봉사자들입니다."

"빛?"

"인간 세계에서 말하는 신의 일부일 수도 있고, 창조주의 일부이기도 합니다. 즉, 크리에이터입니다."

그제야 라스푸틴은 그들이 목소리로 소리를 내서 말하는 것이 아니고 머리 속으로 음성이 울리고 있다는 것을 깨달았다.

자신 역시 목소리로 이야기하는 것이 아니었다.

"그럼 신의 대리인이란 말인가?"

"그렇게 볼 수도 있습니다."

신이 아니라는 말에 다소 안심이 되었다.

라스푸틴은 예전의 위엄을 되살려 어깨를 펴고 근엄한 모습으로 물었다.

"그대들이 내게 무슨 볼일인가, 신도 아니면서."

"우리는 당신을 잘 알고 있습니다."

"당신은 인간 세상에서 좋지 않은 많은 행위를 저질렀습니다."

"날 죄인이라고 몰아붙이는 것인가?"

"죄인은 물질계의 인간 세계에서 말하는 것이고, 이곳에서는 죄인이라는 개념이 없습니다. 왜냐하면 자기가 저지른 행위에 대해 인과응보의 법칙에 따라 자신이 갚든지 행위에 대한 대가를 치러야 하기 때문이지요."

"직접 느껴보십시오."

갑자기 살아생전의 그의 모습들이 마치 주마등처럼 순식간에 펼쳐졌다.

벌레를 밟아 죽이고, 조그만 병아리를 잡아 목을 비틀어 죽이던 어린 시절들의 모습, 치밀어 오르는 욕정 때문에 밤마다 주변의 모든 여자들을 상상으로 강간하면서 수음을 해대던 모습, 16세에 처음으로 매음굴에 들어가 창녀를 겁탈하고 목 졸라 죽였던 일, 떠돌이 수도승 생활을 하면서 늙은 수녀를 강간하고 그것을 목격한 젊은 수녀까지 강간해 버린 일, 그 일로 인해 두 수녀는 자살을 하는 장면까지도 너무도 생생하게 보이는 것이 아닌가. 거기에 황비와 간음하던 일들, 시녀들을 강간하던 모습들, 수많은 귀부인들을 농락하고 차버리던 모습들.

아무도 모르리라 생각했던 일들이 생생하게 펼쳐졌다. 창피해서 쥐구멍이라도 들어가고 싶은 심정이었다.

"그만!! 제발 그만 하란 말이다!"

더 이상 견딜 수 없어서 귀를 막고 비명을 질러댔다.

그들은 세상 사람들이 흔히 말하는 저승사자들이었다.

하지만 종교에서 말하는 그러한 저승사자의 모습은 아니었다. 그들은 자신이 어떻게 죽었으며, 지상 세계에서 지은 죄와 업보에 대해 설명을 해주었다. 카르마의 법칙이었고, 자연 우주의 법칙이었다.

빛의 존재들은 소리없는 소리로 우주의 법칙에 대해 설명해 줬다.

모든 인간의 실체는 영혼이며, 지구는 영혼이 공부하는 많은 학교 중 하나에 불과한 것이며, 생각이 곧 물질이라고.

살아생전의 육체 상태의 영적 진보는 그대로 영계로 이어지는 것이며, 영적 진보가 없으면 영계의 시간은 흐르지 않는다고 설명했다.

영계란 지구에 묶여 있는 영혼들의 차원이며, 이 영혼들은 환생을 되풀이해야 하지만 더 진보한 영혼은 지구의 속박에서 벗어나 고차원의 존재가 된다고 했고, 이런 존재는 우주의 모든 곳을 자유롭게 돌아다닐 수 있다고 했다.

무슨 말인지 처음엔 납득이 가지 않았지만 라스푸틴은 타고난 머리로 곧 이해할 수 있었다.

궁극적으로 우주의 모든 것을 하나로 묶는 것은 사랑이라고 이야기하고 있었던 것이다.

'사랑?'

라스푸틴에게는 남녀 간의 사랑이라면 몰라도 다른 것은 생각하고 싶지도 않고 유치한 것일 뿐이었다.

그들이 말하는 죽음이란 차원의 이동에 불과한 것이었다.

지상에서 영적 진보에 노력한 사람은 쉽게 영계에 적응하지만 그렇지 못한 사람은 상당 기간을 헤매게 될 것이라는 것도.

또한 늙고 병든 사람이 영계를 믿고 그곳으로 가기를 원했다면 그는 죽음과 동시에 모든 고통에서 벗어나 환희로 가득 찬 영계에서 잠을 깨게 된다 했다.

그러나 지상에서 죄에 오염되어 있던 사람은 영계에서 쉽사리 잠을 깨지 못할 것이라고 했고, 그 자신이 영계에 있다는 것을 인식하지 못하고 지상을 배회하기도 한다고 했다. 이런 영혼에게는 지상에 있는 사람들의 기도가 큰 도움이 된다고도 했다.

보통 사고나 전쟁 때문에 갑자기 죽은 사람, 특히 그가 지상에서 공부나 명상을 통해 영계에 대해 준비를 해오지 않았다면 처음에는 자신이 죽었다는 사실조차 깨닫지 못하고 놀란다 했다. 지상과 영계를 오가며 방황하다가 서서히 자신의 입장을 깨닫게 되고 자신에게 어떤 도움이 필요하다고 느끼는 순간 영적 지금과 같은 빛의 존재들이 나타난다는 것이다.

그들은 지금과 같이 나타나서 당황하는 영혼들에게 안내를 하고 인도를 하는 것이었다.

다만 영계에서는 어떤 영혼도 진보나 깨달음을 강요받지 않는다고도 했다.

스스로 필요하다고 느끼고 그것을 원할 때만 스승이나 도움이 나타나며 영계를 자각하지 못하고 배우려고 하지 않는 영혼은 영계에서도 지상에서와 마찬가지로 전혀 진보하지 못할 것이라고 설명하는 것이었다.

자신이 생전에 지은 죄악의 업보를 갚기 위해서는 오랫동안 잠을 자야 했다. 죽음과도 같은 깊은 잠을……

그것을 받아들인다면 그 업보를 갚기 위해 인간 세계의 기준으로 수백, 수천 년 후에 다시 환생할 수 있는 자격이 주어진다.

하지만 죄 때문에 불구자나 장애자로 태어나야 할 운명이었다. 인간 세계에 다시 태어나서 고통스럽게 살아야 했고, 멸시를 받아야 했으며, 자신이 남들에게 끼쳤던 나쁜 행위들에 대한 대가를 고스란히 받다가 죽어야 할 운명이었던 것이다. 그렇게 고통을 치르고 나면 그 다음은 정상적으로 다시 환생해서 태어날 수가 있을 거라고 이야기했다.

많은 정치가들과 정복자들이 잠들고 있는 모습을 보여줬다.

개중에는 고립된 공간에서 울부짖고 있는 자도 보였다.

살인을 하고 자살한 자의 영혼이었다. 자살의 대가는 컸다. 자신의 의지로 자연의 순리를 깨뜨리고 목숨을 스스로 끊은 것이기 때문이었다.

앞으로 자기가 치러야 할 카르마, 업을 알고 나서는 그 충격으로 인해 미친 듯이 땅을 치고 괴로워하고 울부짖다가 잠이 든다. 대개는 오랜 잠을 자고 나면 자신이 죽었다는 것을, 그리고 자연의 섭리를 받아들여야 한다는 것을 인정하게 된다. 그리고 지은 업보에 따라 불구자나 아주 비천한 신분을 가진 부모의 태아로 영혼이 들어가게 되고 태어나게 되는 것이었다.

그들은 라스푸틴에게 죽음을 받아들이겠냐고 물어왔다.

받아들일 수가 없었다. 인간 세상에 태어나 살면서 맛들인 고기와 담배, 육체의 맛의 유혹을 결코 뿌리칠 수가 없었던 것이다.

거절했다. 그렇게 살 수 없었다. 여자의 몸이 그리웠고, 기름지고 맛난 음식이 미치도록 그리웠다. 배는 고프지 않았지만 식욕과 욕정에 대한 욕구로 미칠 지경이었다.

이대로 돌아가겠다고 했다.

그러자 그들은 할 수 없다는 듯 체념한 듯 사라졌다.

그리고 그 빛의 터널을 통해 다시 인간 세상으로 빠져나왔다.

하지만 육체를 가진 인간의 몸이 아닌 기체화된 모습으로, 즉, 사람들이 흔히 이야기하는 고스트, 귀신이 되었다.

Act 3

그들의 말대로 우주의 법칙은 강요란 없었다.

결국 본인이 영혼의 순환 법칙을 받아들이지 않으면 다시 물질계인 세상으로 돌아올 수 있었다.

하지만 돌아와 봤자 귀신일 따름이었다.

귀신으로 세상을 떠돌고 알코올 중독자의 주변에 떠돌면서 그들이 마시는 술을 마시고 싶어 거리를 배회하고 음탕한 여자들과 남자들의 주변을 떠돌면서 그들이 하는 행위를 구경하는 것이 고작이었다.

라스푸틴의 교활한 영혼은 어느 날 중요한 것을 알게 되었다.

앞으로 백여 년 후엔 천지가 개벽을 할 것이고, 지구의 축이 바뀐다. 대재난이 일 고 그 다음에 태어난 사람은 수천 년을 살 수 있고, 그 다음에 자신의 의지에 따라 에테르체로 다시 영계로 돌아갈 수 있음을. 죽음이란 것이 존재하지 않는 세계가 온다는 것을!

그때까지 무슨 일이 있어도 버텨야 했다. 개중에 그 에너지가 약한 에테르체들은 스스로 소멸되어 영원히 우주에서 사라졌다.

어둠으로 이루어진 진동수를 가진 그의 영혼은 밝은 빛에 상극이었던 것이다.

어둡고 침침한 곳에 있을 때 그는 편안했다.

한번은 태양의 빛으로 나갔다가 끔찍한 고통을 당하였다. 자신의 에테르체가 불로 지지는 것처럼 타면서 사그라졌던 것이다.

유령들에게 빛은 치명적이었다

여자를 미치도록 안고 싶었다. 술을 미치도록 마시고 싶었으며, 기름진 음식들을 단 한 번만이라도 먹고 싶었고, 맛을 느끼고 싶었다.

마켓에 진열되어 있는 수백, 수천 병의 술을 끌어안고, 탐스런 과일을 움켜쥐고 몸부림을 쳐봐도 공허한 손짓뿐이었다. 자신은 그 물체를 통과하는 형체 없는 에테르체일 뿐이었다.

눈부시게 아름다운 여자 뒤를 자기도 모르게 호텔방까지 따라갔고 기다리고 있던 늙은 정치가가 그녀를 안고 늘어진 배를 출렁이며 섹스를 하고 교성을 지르고 있을 때, 그자를 때려눕히고 자신이 그 짓을 하고 싶었다. 신음을 터뜨리는 그녀의 위에 엎드려서 그녀의 터질 듯한 육체를 느껴보고 싶었지만 그것은 불가능했다.

점점 더 허탈감과 괴로움에 몸부림쳤다.

다행히 가고 싶은 곳은 어디든 갈 수 있었다. 의식을 하고 저곳으로 가야겠다고 생각하면 여지없이 어느 틈에 몸은 그곳으로 옮겨져 있었다.

귀신들이라고 해서 다 그와 같은 능력이 있는 건 아니었다. 의식이 특별하게 강한 영들이나 수련을 쌓은 영들만이 공간 이동이 가능했던 것이다.

더 이상 자신이 살해당한 도시에 있기가 싫었다.

뻬쩨르부르크의 기차역으로 가서 붉은 화살호의 승객 칸에 몸을 실었다.

아니, 몸이 아닌 유체를 싣고는 기차가 가는 대로 그냥 있었다. 너무나

지친 라스푸틴은 아무것도 생각하지 않고 한 사내의 물건에 빙의를 해서 하염없이 며칠 동안 잠을 잤다.

깨어보니 난생처음 와보는 도시에 도착해 있었다.

하지만 사람들로 들끓고 있었고, 주정뱅이도 많았으며, 거지들도 많았다.

라스푸틴은 이 도시가 맘에 들었다.

대충 도시를 둘러보던 중 길거리에서 알코올에 중독되어 병들고 거의 다 죽어가는 늙은 거지를 발견했다. 두 다리는 사고로 다쳐서 없어졌는지 불구였고, 두 팔로 바닥을 기어 다니면서 구걸을 하고 있는 거지였다.

구걸한 돈으로 술을 사서 마시고 아무 곳에서나 웅크린 채 잠을 자고 있었다.

더럽고 추했지만 그 거지의 약해질 대로 약해진 생체 진동수와 귀신인 라스푸틴의 진동수가 얼추 비슷하게 맞았다.

그의 삶을 투시했다.

에테르체는 4차원체이다. 그러므로 3차원 물질계에 적용되는 시간이란 것과는 상관이 없었다.

순식간에 그의 삶들이 뒤죽박죽되어 보이기 시작했다.

사건 발생 시간에 구애받지 않고 상대방 영혼의 기억 속에 남아 있는 장면을 순간적으로 플래시 터지듯 보았다.

이런 현상을 가리켜 통시적(通時的) 영시(靈視)라고 한다.

한마디로 쓰레기처럼 살다가 사람들과 가족들에게까지 버림받고 결국은 오갈 데 없는 거렁뱅이가 되어 쓰레기통을 뒤져서 먹고 돈을 훔치거나 해서 술을 마시고 있었다.

거지 노인은 몸은 허약해질 대로 허약해져 있고 그나마 취해 있었기에 자신의 의지라고는 거의 없었고, 본능에 의해서 움직이고 먹고 마시고 숨 쉴 뿐이었다.

조금만 더 의식이 약해지면 놈의 의식 가운데로 들어갈 수 있을 것 같았다.

결국 라스푸틴은 늙은 거렁뱅이의 주변을 배회하면서 기회를 노린 끝에 놈이 완전히 탈진해서 몸이 놈의 혼백이 탈백(脫魄)해서 분리되는 것을 목격했다.

그 순간 라스푸틴은 재빨리 노인의 혼백을 밀치고 그 몸 안으로 들어갔다.

결과는 성공이었다.

크크크, 너무나 기뻤다.

손을 깨물자 아픈 것이 느껴졌고, 차가운 돌바닥의 한기를 느낄 수 있었다.

온몸이 떨리는 추위를 느낄 수 있었다. 혓바닥을 내밀어 때가 덕지덕지 낀 손톱으로 혓바닥을 움켜쥐고 잡아당겼더니 시큼한 맛과 함께 통증이 느껴졌다. 드디어 오감을 느낄 수 있었던 것이다.

결국 빙의(憑依)에 성공을 했던 것이다.

하지만 늙고 알콜에 중독되된 거렁뱅이의 몸은 너무 힘이 없고 쇠약해져 있어 숨 쉬기도 힘들 지경이었다.

거렁뱅이의 의식이 돌아오면 안 되었다. 그렇게 되면 라스푸틴은 본래의 늙은 거렁뱅이 몸에서 쫓겨날 수밖에 없었다.

계속 몸을 망쳐야 했다. 술을 집어넣고 몸을 허약하게 만들어서 극도로 탈진하게 만들어야 라스푸틴 자신이 그 몸에 붙어 있을 수 있고, 차지할 수 있었다.

술이 필요했다. 돈을 만들기 위해서 주위를 둘러봤다.

술 취한 사람이 눈에 띄었다.

술에 취해 비틀거리면서 골목에서 오줌을 누고 있었다. 그러더니 스르
륵 벽에 기대면서 주저앉아서는 고개를 끄덕거리며 졸고 있었다.

늙은 거렁뱅이의 몸에 빙의한 라스푸틴은 조심스럽게 주변을 두리번
거리면서 취객에게 접근했다. 취객의 옆에 벽돌 몇 장이 놓여진 것을 라
스푸틴은 발견할 수 있었고, 그중 한 장을 집어 들었다.

한 방에 끝내 버려야 한다.

만일 한 방에 성공하지 못한다면 취객에게 당하게 될 것이다. 왜냐하
면 그만큼 라스푸틴이 빙의한 거렁뱅이의 몸은 형편없었기 때문에 십여
살 된 어린아이의 힘 정도도 당해낼 수 없을 만큼 허약했기 때문이다.

벽돌을 치켜올린 라스푸틴은 온 힘으로 취객의 정수리를 내려쳤다.

퍼억!

둔탁한 소리와 함께 벽돌을 타고 손끝으로 두개골이 함몰되는 느낌이
전달되었다.

취객의 고개가 덜컥 들렸고, 그 시선이 위로 향했지만 눈동자는 보이
지 않았고 흰자위만 보였다.

머리에서 허연 뇌수가 보인 듯싶었고 피가 순식간에 솟구쳐 머리카락
을 타고 가슴을 적셨다.

“허억… 허억…….”

라스푸틴의 혼령이 들어가 있는 늙은 거렁뱅이는 넘어갈 듯 숨을 몰아
쉬었다.

취객의 팔과 다리가 푸들푸들 경련을 일으키다가는 곧 잠잠해졌다.

숨을 거둔 것이다.

취객의 시체에서 취객의 영혼이 에테르체가 되어 분리되는 것을 라스
푸틴은 볼 수 있었다. 어리둥절한 모양이었다.

분리된 취객의 영혼은 아직 취한 기분인 상태인 것 같았다.

물론 혼령은 취하진 않지만 취한 기분 그대로 일단은 몸에서 빠져나오게 되는 것이다.

하지만 곧이어 상황을 눈치챈 그의 혼령은 울부짖으면서 라스푸틴에게 미친 듯이 덤벼들었다.

하지만 그의 손은 라스푸틴을 만질 수 없었다. 쿡쿡쿡 웃어줬다.

잠시 후 아연실색하던 그의 몸이 점차 둥실 떠서 올라가는 것이 보였다. 잘 가라고 손을 흔들어줬다.

남들이 보면 그런 라스푸틴을 미쳤다고 할 것이다. 그래서 귀신이 씌웠다는 이야기를 사람들은 하곤 한다.

취객의 품속을 뒤져 그의 지갑에서 돈을 뽑아 들었고 골목을 빠져나와 술을 파는 잡화점으로 가서 그토록 애타게 마시고 싶었던 보드카를 두 병 사들었다. 가장 독한 것으로.

병 뚜껑을 비틀어 따서는 병나발을 불었다.

뱃속에서 불이 일어나는 것을 느꼈다.

그토록 원했던, 이 얼마나 짜릿한 느낌이란 말인가!

마음껏 마신 뒤에 비틀거리는 몸을 이끌고 좀 더 젊고 건강한 남자의 몸을 찾아 나섰다. 하지만 사람의 몸에 빙의를 한다는 것은 여간 어려운 일이 아니었다.

들어갈 만한 몸을 찾아 배회했지만 걸리는 것이라곤 주정뱅이에다 알코올 중독자 등, 폐인들의 몸뿐이었다.

그것도 이들이 제대로 정신을 차리면 그나마 몸에 붙어 있기가 힘들기 때문에 계속 이들의 몸을 피폐하게 만들고 정신을 몽롱하게 만들도록 유도해 나가야 했다.

남의 몸에 기생해서 살아간다는 것도 잠시도 방심해선 안 되며 피눈물

나게 노력해야 했던 것이다.

그러던 어느 날, 병원에서 퇴원을 하는 한 늙은이를 발견했다.

고급 옷으로 차려입은 아들인 듯한 중년 부부가 노인네를 부축해서 고급 승용차에 태우는 것을 목격한 것이다.

며느리는 40대로 매혹적인 몸매와 얼굴을 가진 짙은 화장을 한 여자였다. 눈가에 색기가 짙게 흐르고 있는 것으로 보아 보통 여자는 아님이 틀림없었다.

그 가족에 대해 영사 투시를 했다.

노인은 치매를 앓고 있었고, 아들은 이곳 도시의 시장이었다.

미련없이 그동안 빙의해 왔던 추잡스런 몸에서 빠져나왔다.

간호사가 들고 있는 의료 상자에 빙의를 하고 노인과 같이 뒷자리에 앉아서 늙은 노인을 자세히 살펴봤다.

치매로 인해 노인네의 혼백이 몸에 제대로 붙어 있질 못하고 오락가락하고 있는 상태였고, 눈동자의 초점이 맞지 않고 있었다.

80이 다 된 몸이었지만 좋은 환경과 식생활로 인해 몸은 나이에 비해 건강한 편이었다.

이런 숙주(宿主)를 발견하다니! 운이 좋았다!

라스푸틴은 노인의 혼백이 몸에서 반쯤 빠져나왔을 때 재빨리 노인의 몸으로 들어갔다.

빙의(憑依)에 성공을 한 것이다!

Act **4**

라스푸틴은 이 까조프란 노인의 집안은 부유해서 노인의 몸을 통해서 먹고 싶은 것, 마시고 싶은 것은 마음껏 먹을 수 있었다.

고기도 얼마든지 먹을 수 있었고, 값비싼 와인에 샴페인, 초콜릿까지 마음껏 먹을 수 있었다.

하지만 채워지지 않는 것이 있었다.

바로 섹스 문제였다.

80이 넘은 노인의 몸인지라 이미 남자의 성 기능은 거의 퇴화(退化)된 상태였다.

노인의 몸을 차지한 후 라스푸틴은 집중적인 몸 관리를 시작했다. 뱀과 순록의 뼈를 남몰래 스스로 삶아 먹었으며, 정력이 강해지는 약초와 주문을 외우면서 새벽의 정기를 흡입하고 얼음장같이 찬물로 하체를 꾸준히 마사지를 해줬던 것이다.

마침내 그렇게 하길 7개월, 영영 일어설 줄 몰랐던 노인의 물건에 점차 힘이 들어가기 시작했고 결국 8개월째의 어느 날 새벽에 힘차게 발기를 했던 것이다.

됐다! 뛸 듯이 기뻐한 라스푸틴은 이른 아침 벽난로의 장작에 불을 붙이러 온 50대의 하녀를 발견했고, 그 자리에서 덮쳤다.

50이 넘은 비대한 하녀는 처음엔 자지라질 듯이 비명을 질렀지만, 자신의 입을 다급하게 막는 사내의 정체가 주인 영감이란 것을 알자 입을 다물었다.

'이 늙은이가 노망을 했군. 제대로 걸을 힘도 없는 주제에 무슨 계집질을 하겠다고.'

속으로 코웃음을 쳤고, 밀쳐 버리면 나가떨어져 뼈라도 부러질 것으로 생각했다.

그런데 자신의 판단이 잘못되었음을 곧 깨닫게 되었다. 뜻밖에 늙은 주인의 힘은 상상할 수 없을 정도로 셌고, 밑에서 거세게 밀고 들어오는 힘은 단단한 통나무의 말뚝 같은 느낌이었다.

하녀의 남편은 노름판을 쫓아다니다가 총 맞아 죽은 지가 10년이 넘었다.

그랬다.

정확하게 십 년 만이었다. 비만해진데다가 남편이 죽고 난 다음 한 번도 남자의 품에 안겨보지 않아서인지 남들보다 일찍 폐경기가 찾아왔다.

한때는 차라리 이 집안에서 나가 길거리의 창녀라도 되어 마음껏 그 짓이라도 하다 죽을까 생각도 했었다. 하지만 어려서부터 평생을 이 집안의 하녀로서 지내면서 생활에 길들여졌기 때문에 세상 밖으로 나간다는 것이 엄두가 나지 않았던 것이다.

이젠 여자로서 끝이라고 체념한 채 지금껏 지내온 것이었다.

그런데 늘그막에 웬 호사란 말인가.

늙은 주인은 지칠 줄 모르는 종마처럼 힘차고 끝없이 덤벼들었다.

하녀는 몸이 뜨거워지는 것을 느꼈고, 늙은 주인을 밀쳐내기는커녕 도리어 자기도 모르게 미친 듯 끌어안고 잡아당겼다.

마침내 젊었을 적의 남편에게도 느껴보지 못했던 활화산같이 온몸이 터질 듯한 기분을 처음으로 느꼈다. 말로만 듣던 오르가즘이란 것을!

그날 저녁 라스푸틴은 50대의 시장인 아들과 40대의 며느리인 이렌느, 그리고 14세와 16세인 두 손주들과 함께 모두 저녁 식사를 했다.

까조프 영감, 아니, 라스푸틴은 식사를 하는 중에도 50대의 하녀와 남몰래 눈을 마주쳤다.

얼굴이 붉어진 하녀는 시선을 피했지만 다른 때와는 달리 거대한 엉덩이를 유난히 흔들어대면서 식사 시중을 들었다.

라스푸틴은 잠들기 직전에 침실로 홍차를 가져오라고 시켰다.

보통 때는 거실에서 차를 마셨지만 오늘은 침실로 가져오라고 했던 것이다.

이런 일을 예상이라도 한 듯, 자스민 차를 은쟁반에 담아 가지고 들어오는 하녀의 몸에선 비누향과 싸구려 향수 냄새로 코를 찔렀다. 그것이 요승 라스푸틴의 욕정을 더욱 자극시켰다.

예전에 궁궐에서 황비의 몸을 탐닉하면서도 욕정이 채워지질 않아 남몰래 변장을 하고 사창굴로 찾아들어 밤새 세 명이나 되는 매춘부들과 격렬한 섹스를 하고 돌아오곤 했던 것이 기억났다. 그 매춘부들에게서도 싸구려 향수 냄새가 짙게 났었던 것이다.

자그마치 네 번을 까무라쳤다가 다시 깨어난 후에야 더 이상 움직일 힘이 없자 하녀는 옷을 챙겨 입고 늙은 주인의 침실을 나섰고, 주위를 조심스럽게 살펴본 후 아무런 기척이 없자 총총걸음으로 자신의 방으로 돌아갔다.

그런데 그 모습을 처음부터 끝까지 지켜본 사람이 있었으니, 바로 시장의 부인이며 까조프 영감의 며느리인 이렌느였다.

요상한 신음 소리가 들려 소리의 진원지를 따라 발걸음을 옮겼는데 시아버지의 방에서 소리가 들려오는 게 아닌가!

워낙 잠귀가 밝은 편인데다가 당뇨로 인해 발기 부전 증세를 보이는 남편 때문에 욕구 불만은 이미 그 도를 넘어선 지 오래였다.

정신없이 코를 골고 자고 있는 남편 때문에 잠을 못 이루고 침실을 빠져나와 와인을 따라 마시던 중에 이 놀랍고도 어처구니없는 현장을 목격하게 된 것이다.

도어를 잡고 비틀자 문이 소리없이 열렸다.

문이 열린 줄도 모르고 하녀와 늙은 시아버지는 서로를 미친 듯 탐닉하고 있었다.

놀라서 온몸이 굳어졌다.

하지만 두 번째, 세 번째, 연거푸 오르가즘에 오르고 있는 하녀를 지켜보면서 자신도 모르게 몸이 뜨거워지고 숨이 가빠졌다.

하녀가 마지막으로 괴성을 지를 때 귀를 막고 밖으로 나왔다.

충격이었다. 떨리는 손으로 남아 있던 와인 잔에 포도주를 채우고 단숨에 들이켰다.

세상에… 자신이 알고 있고 보아왔던 그 어떤 포르노 필름보다 더욱 거칠고 과격했던 것이다.

꿈이 아닌가 자신의 뺨을 꼬집어봤지만 결코 꿈은 아니었다.

하녀는 늙은 몸의 사타구니에 얼굴을 처박고는 열심히 푸샵 운동을 하고 있었다.

80넘은 노인의 것으로는 결코 믿기지 않을 만큼의 거대한 것이었다.

이 무슨 해괴망측한 일이란 말인가! 그러나 망측하다는 느낌보다는 온몸이 꼬이는 듯한 충격을 받은 것은 사실이었다.

이렌느는 아직도 쿵쾅거리는 심장을 누르면서 자신의 침실로 돌아왔다.

얼굴이 빨갛게 달아올랐고 호흡이 거북할 지경이었다.

만일 이 사실이 밖으로 새어나간다면 큰일이었다. 시장의 신분인 남편의 명예에 치명적인 오점을 남길 것이고 사교계에서 웃음거리가 될 게 뻔했다.

갈등하던 이렌느는 결국 이 사실을 남편에게 알리기로 결심했다.

서재에서 밤늦게까지 책을 보고 있던 남편은 이렌느의 말을 듣고는 안색이 창백하게 변했다.

그 다음날 아침, 꽤 많은 돈을 쥐어주고는 하녀를 쫓아냈다.

늦은 밤까지의 정사로 인해 깊은 잠에 빠져들어 있던 까죠프 영감의 탈을 쓴 라스푸틴은 거칠게 열어젖히는 문소리에 눈을 떴다.

병원에서 들이닥친 건장한 남자 간호원들에 의해 곧바로 정신 요양원으로 수감이 되었다.

라스푸틴은 다른 몸의 숙주를 찾아 옮길까 생각했지만, 어느 정도는 정욕에 대한 욕구도 채워졌으므로 당분간 병원에서 쉬기로 했다.

다행히 이 늙은이의 아들은 효자였던지 망측한 짓을 벌인 망령난 부친에게 매일 술 한 병씩과 담배 한 갑은 넣어주라고 했다.

그렇기에 라스푸틴은 굳이 다른 숙주를 찾아 옮아갈 필요가 없었다.

Act 5

"홍차가 다 식은 것 같습니다. 한 잔 더 드릴까요?"

원장의 말에 크루거는 흠칫했다.

넋을 빼놓고 그 늙은이에 대한 이야기를 듣느라 차를 마시는 것도 잊었던 것이다.

쫓겨난 하녀들에 의해 입에서 입으로 소문이 퍼져 이 도시에 사는 알 만한 사람들은 이미 다 알고 있었다.

다만 불쌍한 시장의 입장을 생각해서 쉬쉬하고 있는 형편이었다.

무토는 그 이야기를 듣다가 더 이상 듣기가 괴로웠던지 중간에 밖으로 나가 버렸다.

그런 무토를 보면서 크루거는 고개를 갸웃했다.

'쳇, 자식 부처님 가운데 토막도 아니고… 뭐야, 이렇게 흥미진진한 이야기를 역겨워 하는 표정은 뭐람……'

이 얼마나 흥미진진하고 재미있는 원초적인 이야기란 말인가.

사람은 저마다 고유한 창이 있다. 이 창을 통해 세상을 내려다본다.

수학자의 창으로 내다본 자연이 물리 화학을 기초로 한 자연 과학이라

요승(妖僧) 라스푸틴의 귀신(鬼神) 229

면 시인의 창으로 내다본 세계는 문학일 것이다.

저마다 객관적으로 관찰했다고 주장하고, 그렇게 하려고 노력하지만 사물을 관찰할 때 이미 자신의 창으로 내다본 대상임을 잊어서는 안 된다.

크루거의 창으로 본 세상은 인간의 남자라는 것은 경쟁 상대요, 여자라는 것은 오로지 섹스의 대상인 것이다. 늙은 여자는 유통 기한이 지난 불량 식품으로 인식하는 단순한 흑백론적인 사고방식을 가지고 있을 뿐이었다.

크루거에게는 원장이 들려준 '까조프 영감'의 이야기가 마치 한 편의 감동적인 휴먼 드라마처럼 들렸다.

그는 속으로 생각했다.

'뛰는 놈 위에 나는 놈 있다더니, 나보다 더한 인간이 있었군!'

만일 자신의 아버지가 그랬으면 아마 자신은 총을 들고 끝장을 냈을 것이다.

원래 바람둥이들이 자기 밥그릇은 더 잘 챙기는 법이다.

잠시 후 무토가 들어왔다.

"헉스의 수술이 끝났다, 크루거."

"움직일 만한가?"

"조심하면 여행하는 데는 별 무리는 없을 것 같아. 워낙 강한 체질이니까."

"입원비는 신경 쓰지 마시고, 며칠간만이라도 입원시키시는 게 좋지 않을까요? 듣자 하니 어제 도착하셔서 제대로 쉬지도 못하신 것 같은데, 며칠 쉬면서 도시 구경이라도 하고 가시지요. 저희 집은 누추합니다만 방은 충분히 있습니다. 좁은 호텔보다는 나을 것 같다는 게 제 생각입니다만……."

원장의 말을 듣고 보니 갑자기 피로가 엄습했다. 제대로 먹지도 못하고 잠도 못 잤던 것이다. 또한 반드시 그 동양인 놈을 찾아내서 당한 것만큼, 아니, 열 배, 스무 배로 돌려주고 철저히 응징을 해야 했다.

헉스 역시 이대로 떠나는 것은 원치 않을 것이다.

"제가 단골로 가는 지하의 은밀한 바가 있습니다만… 거긴 꽤 괜찮은 미녀들이 24시간 대기를 하고 있습니다. 일본, 한국, 고려족, 중국인들까지 골고루 있습니다만……."

크루거는 귀가 솔깃했다.

그 나타샤란 계집년 때문에 삽질만 했던 것을 생각하니 다시 피가 거꾸로 도는 것 같았다.

계집년도 계집년이지만 그 동양인 놈은 반드시 끝장을 내야 했다. 이대로 물러난다는 것은 자존심에 치명적인 오점을 남기는 것이나 다름없었다.

"좋소, 갑시다!"

크루거가 벌떡 일어났다.

원장의 입이 귀에 걸릴 만큼 찢어졌다.

'됐다. 이제 은행 대출은 따논 당상이다!'

그때 갑자기 거대한 폭발음이 들렸다.

콰쾅!

건물이 흔들리고 천장의 횟가루가 떨어져 내렸다.

"뭐야, 무슨 일이야!"

원장이 놀라서 비명을 지르면서 뛰어나갔다.

복도가 먼지와 연기와 비명 소리들로 가득 찼다.

간호원이 기침을 하면서 달려왔다.

"까조프 영감님 방이 폭발을 했습니다!"

“뭐야? 왜 폭발을 해! 폭격을 당한 거야, 뭐야? 난방 가스관이 터졌나?”

“모르겠습니다! 양쪽 병실 벽이 다 무너진 것 같습니다.”

“환자는! 환자가 어떻게 됐나 알아봐!”

복도에 꽉 찬 먼지와 연기는 쉽사리 빠지지 않았다.

크루거와 무토는 옷으로 코와 입을 막고 우왕좌왕하는 사람들을 밀치면서 복도를 걸어갔다.

그때 크루거의 어깨를 움켜잡는 손이 있었다.

강철 같은 손아귀의 힘이었다.

흠칫 놀라 반사적으로 팔을 쳐냈지만 마치 철근 같은 반탄력으로 크루거의 손이 튕겨졌다.

곧 크루거의 눈은 휘둥그레졌다.

자신을 움켜잡고 있는 것은 다름 아닌 바로 라스푸틴이라고 했던 미치광이 까조프 영감이었던 것이다.

“내 힘으로 병실을 나오면 믿겠다고 했었지?”

광기가 번들거리는 얼굴로 씨익 웃는 영감을 보는 크루거는 온몸에 소름이 쫘악 끼치는 것을 느꼈다.

그러고는 까조프, 아니, 라스푸틴이라는 미치광이 영감은 눈이 까뒤집히면서 앞으로 힘없이 쓰러졌다.

이 돌연한 사태에 놀란 크루거가 까조프의 몸을 흔들어대고 불렀지만 미치광이의 몸은 이미 숨이 끊어졌고 차갑게 식어갔던 것이다.

Act **6**

Puis de nouveau les guerres suscitees.

Puis de nouveau les guerres suscitees.

파란 하늘이 눈부시다.

며칠 동안 눈을 퍼붓던 회색 빛 하늘은 언제 그랬냐는 듯 말끔하게 구름 한 점 없이 개어 있었다.

하늘을 찌를 듯 솟아 있는 시베리아의 침엽수림은 태고의 정적과 인간에 의한 오염되지 않은 지구상에서 몇 군데 남지 않은 곳 중의 하나였다.

시베리아에서 '40도는 술이 아니다. 영하 40도는 추위가 아니다. 400㎞는 거리가 아니다' 라는 말이 있다.

영하 40도가 추위도 아니라고 하였지만, 오줌을 누면 곧바로 포물선 모양의 고드름으로 변해 버리는 것이 이곳의 날씨였다.

울창한 자작나무 숲 속에 있는 공터에 작은 저수지만한 크기의 연못 앞에서 초이는 웃통을 벗었다.

칼에 찔린 상처가 욱신거렸지만, 상처를 치료하기 위해서 아침에 눈을 뜨자마자 스키를 타고 이곳을 찾았던 것이다.

팬티까지 모두 벗어버리자 워낙 추운 온도 때문에 피부가 따끔거렸다.

갑자기 영하 40도의 추위에 노출된 피부가 오그라들어서 그럴 것이다.

물가의 검은 진흙을 한 움큼 움켜쥐고는 칼에 찔린 상처에 문지르고는 더운 김이 피어오르는 연못으로 뛰어들었다.

추위로 마비되었던 피부가 풀리면서 이번에는 화끈거렸다.

유황 냄새가 펄펄 풍기는 천연 온천 연못이었다.

이곳을 발견한 것은 일 년 전.

얀센의 집으로 짐을 옮긴 다음날 스키를 타고 총을 들고 사냥을 나섰다.

순록을 쫓아 숲을 헤매다가 얼지 않은 연못을 발견했는데 더운 김이 무럭무럭 피어오르고 있었던 것이다.

상처를 입은 굉장히 커다란 늑대 한 마리가 연못가의 흙에 상처를 비비고 뒹굴더니 온천물로 뛰어들고 다시 나와서 흙투성이가 되었다가 다시 연못으로 뛰어들곤 하는 것이 아닌가.

한참을 지켜보다가 늑대가 사라지자 연못으로 내려갔다.

장갑을 벗고 손을 물에 넣었더니 뜨거웠다. 적어도 40도 이상은 될 것 같은 온천수였다. 마치 보물이라도 찾은 것같이 기뻤다.

볼 것도 없이 옷을 벗고 온천수에 뛰어들어 목욕을 했다. 뜨거웠지만 굉장히 기분이 좋았다.

어릴 때 아버지를 따라 온양의 노천탕에서 목욕을 했던 기억이 떠올랐다.

그 뒤로는 몸이 찌부둥하거나 목욕하고 싶을 때는 이곳을 찾았다.

알려지면 사람들이 몰려들 것 같아서 아무에게도 말하지 않고 이 호사스런 자신만의 사우나를 즐겨왔던 것이다.

사람은 누구에게나 자신만이 알고 있는 장소를 간직하고 싶어한다.

그런 의미에서 이곳은 초이의 비밀 정원이었다.

꼴통이 따라오려고 발버둥 치고 난리를 부렸지만 아직 밖에 데리고 다니기엔 위험했다. 더군다나 이곳은 숲이 깊고 사람들의 발길이 닿지 않는 곳이기에 야생 짐승들이 아직도 많이 출몰하는 편이었다.

산속인데다 길이 험해서 트럭으로는 올 수 없기 때문에 스키를 타고 와야 했다.

뜨거운 온천물에 굳었던 근육들이 즉시 풀리는 것이 느껴졌고 곧이어 나른해져 갔다.

연못 근처에 오두막을 하나 짓고 이곳에서 사는 것도 괜찮겠다 싶은 생각이 든다.

크아아앙! 카아아!

그때 숲 저쪽에서 산이 울릴 듯한 짐승의 울부짖는 소리가 들렸다.

'뭐지?'

쿠워어어어! 크악!

초이는 연못을 나와서 옷을 입고 총을 들고는 소리가 나는 곳으로 달려갔다.

소리의 정체를 안 순간 초이는 심장이 얼어붙는 것 같았다.

맙소사! 말로만 듣던 시베리아 대호(大虎)였다.

5미터도 넘을 듯한, 말 그대로 집채만한 놈이었다.

회색 늑대들이 그 거대한 호랑이와 혈투를 벌이고 있었던 것이다.

머리가 터지거나 배가 찢겨 내장이 흘러나온 채 눈 바닥에서 숨을 몰아쉬고 있는 늑대들로 인해 온통 주변은 피투성이였다.

처절한 광경이었다.

늑대들은 조금도 물러설 기미가 없이 맹렬하게 공격을 해대고 있었다.

늑대들의 영역을 호랑이가 침범한 것 같았다.

늑대들의 크기는 웬만한 송아지만한 크기였다. 하지만 지상의 왕이라는 시베리아 대호에겐 강아지들이나 다름없다.

더군다나 이 호랑이는 예전 서울의 동물원에서 본 시베리아 호랑이들보다 두 배는 커 보였다.

한 번 울부짖을 때마다 온 산이 쩌렁쩌렁 울리면서 자작나무에 쌓였던 눈더미가 사태가 난 듯 무너져 내렸고, 뱃속까지 그 진동이 전해졌다

그때였다. 푸른 눈에 검은색의 거대한 늑대 한 마리가 초이의 눈에 들어왔다.

다른 늑대들보다 몸집이 두 배는 커 보였다. 일반 시베리아 늑대들이 회색임에 비해 저 늑대는 짙은 붉은빛이 도는 검정색이었다.

마치 전쟁을 치르고 있는 병사들을 뒤에서 지켜보는 장군처럼 지켜보던 검은 늑대가 어느 순간 번쩍 몸을 날렸다.

한줄기 빛, 그 자체였다.

공격을 눈치챈 대호가 재빨리 앞발로 검은 늑대를 후려쳤으나 헛발질을 했고, 순식간에 대호의 제공권 안으로 파고든 검은 늑대는 아래서 솟구치듯 밑에서 호랑이의 목줄기를 물어버린 것이다.

목을 물린 대호는 4~5미터나 펄쩍뛰면서 울부짖으며 검은 늑대를 떼어내려고 몸부림을 쳤다.

하지만 대호는 단단히 송곳니를 박아 넣은 채 마치 빨판처럼 밑 부분에 달라붙은 검은 늑대를 좀처럼 떼어놓을 수가 없었다.

그사이에 다른 한 마리가 호랑이의 콧잔등을 물고 늘어졌다.

대호가 고개를 휘둘러 바위에 그 늑대를 후려치자 오장육부가 터져 나갔지만, 그래도 늑대는 콧잔등을 물고 놓지 않았다.

그때를 틈타 십여 마리의 늑대들이 일제히 호랑이를 덮쳤다.

미친 듯 앞발을 휘둘러 순식간에 대여섯 마리를 갈가리 찢어놨다.

그때 검은 늑대가 물고 있던 목줄기를 놓고 튕기듯 물러나더니 다시 돌진해 왔다.

이번엔 목이 아니고 뒷다리를 물었다.

그리곤 검은 늑대는 거대한 송곳니로 대호의 뒷다리 힘줄을 끊어버렸다.

크와아아앙!

산이 떠나가도록 대호가 울부짖는 것으로 보아 치명적인 상처를 입은 듯했다.

그사이에 다른 한 마리가 대호의 앞다리를 물어 뜯었다.

분노한 호랑이는 그야말로 미친 듯 날뛰기 시작했다.

호랑이의 이빨에 허리를 물린 늑대 한 마리는 통째로 분리가 되어버렸고, 머리를 물린 다른 늑대는 머리통이 씹혀서 박살이 났는데도 흔들거리면서 서 있었다.

몸서리쳐질 정도로 끔찍한 혈투였다.

결국 늑대들 모두가 다 걸레같이 찢기고 뭉개져서 널브러졌고, 검은 늑대 한 마리만 남게 되었다.

뒷다리와 앞다리에 치명상을 입은 대호의 행동이 눈에 띄게 둔해졌다.

떨어져서 서로를 노리면서 으르렁대는 호랑이와 검은 늑대의 입에서 허연 침이 질질 흐르고 있었고, 허연 입김을 기관차처럼 뿜어대고 있었다.

검은 늑대도 성하진 않았다. 옆구리를 호랑이의 강철 같은 발톱에 긁혔는지 갈비뼈가 드러나 있었다. 내장이 금방이라도 쏟아질 듯한 큰 상처였다.

둘 다 극도로 지친 것 같았다.

뒷다리의 치명적인 상처로 인해 행동의 자유를 박탈당한 호랑이는 뒷다리를 끌면서 반쯤 주저앉아 있었고, 늑대는 주변을 돌면서 공격의 기회를 노리고 있었다.

호랑이는 이미 늑대한테 기선을 제압당한 듯싶었다.

울부짖음 소리도 줄어들었고, 위축된 듯 늑대를 두려워하는 기색이 역력했다.

이쯤 되면 늑대가 싸움을 포기하면 상황이 정리될 판이었지만, 검은 늑대는 더욱 살기를 뚝뚝 흘리면서 공격의 기회를 노리고 있었다.

동족을 모조리 죽인 호랑이를 용서할 수 없다는 듯한 몸짓이었다.

목줄기와 기도가 뜯겨져 나간 호랑이는 더 이상 호흡을 할 수 없는지 그륵그륵 소리를 내며 주저앉았고, 옆으로 힘없이… 서서히 쓰러져 갔다.

배가 터진 채 흘러나온 내장에도 불구하고 꿋꿋하게 서서 호랑이를 노려보던 검은 늑대는 하늘을 향해 길고도 처절하게 울부짖었다.

우우우우!

마지막 울부짖음이었다.

그리고는 늑대 역시 대호 앞에서 숨을 거뒀다.

초이는 싸움이 끝난 뒤에도 한동안 넋을 잃고 그 자리에 못 박힌 듯 서 있었다.

장엄하고 처절하면서도 장렬한 대혈투.

끔찍하다기보다는 한줄기 진한 감동이 가슴속에서 치고 올라왔다.

검은 늑대에 대한 감동이…….

깽깽.

그때 넋 나간 듯한 귓속을 파고드는 한 소리에 초이는 퍼뜩 정신이 들었다.

고개를 돌려 보자 한쪽에 죽어 넘어진 암컷의 몸을 코로 부비면서 어린 늑대 새끼 두 마리가 낑낑대고 있는 것이 아닌가.

칭얼대던 어린 새끼 하나가 검은 늑대의 시체로 가는 것이었다.

그리고는 엎드려서 잠든 듯 죽은 검은 늑대의 냄새를 맡으며 낑낑댔다.

아마 두 마리는 검은 늑대의 새끼인 듯했다.

그것을 보자 코끝이 찡해졌다.

부모님도 자신과 민휘를 남겨놓고 돌아가셨다.

저 늑대 새끼들은 졸지에 고아가 된 것이다.

어미의 차갑게 식은 젖을 빨다가 낑낑대고 보채고 있는 새끼에게로 갔다.

털이 곰처럼 북실거리는 새끼였다. 가까이 보니 생각보다 더욱 어렸다. 태어난 지 일주일정도밖에 안 되어 보이는 녀석들이었다.

쓰다듬어 주자 낑낑거리며 초이의 품으로 파고들었다.

호랑이를 돌아봤다.

저 정도 크기의 호피(虎皮)라면 굉장한 값을 받을 수 있을 것이다.

초이는 칼을 들고 호랑이의 껍데기를 벗겨내려 하다가 생각을 바꿨다.

하지만 늑대들에게 공격을 당해 여기저기 찢기고 구멍이 났기 때문에 잘못 벗겨냈다간 상품 가치가 떨어져 몇 푼 못 받을 게 뻔하다.

일단 호랑이의 시체를 집으로 가져가기로 결정했다.

전에 왈큐레를 타고 있던 수색대의 소위에게서 획득한 티타늄 검을 가져오기를 잘했다(별로 값이 나갈 것 같지 않아서 멍키영감에게 팔지 않고 보관하기로 했던 것이다).

등에 차고 있던 티타늄 검을 뽑아 들어 커다란 나뭇가지들을 잘라서 임시방편으로 썰매를 만들기로 했다.

스키 사이에 막대를 걸쳐 놓고 밧줄로 엮고 있는데 하늘에서 폭발음이 들려왔다.

빌어먹을! 에어 바이크였다.

자신도 모르게 반사적으로 나무 밑으로 몸을 날려 피했다.

"형! 저예요, 마사오!"

마사오였다.

눈가루가 소용돌이치며 사방으로 흩어지는 가운데 왈큐레가 착륙하였고, 마사오가 뛰어내렸다.

초이는 자신도 모르게 가슴을 쓸어내리며 안도의 한숨을 쉬었다.

"웬일이냐? 내가 이곳에 있는 것은 어떻게 알고."

"형의 스키 자국을 따라왔어요. 큰일났어요. 빨리 집에 돌아가야 해요!"

가슴이 덜컹 내려앉는 기분이었다.

큰일났다는 이야기만 들으면 꼭 사고가 터져서 이젠 '큰일'이라는 말에 노이로제가 걸릴 지경이다.

"또 무슨 일 있니?"

"얀센 형의 아버님이 경찰에 연행되어 가셨어요! 얀센 형도 같이요!"

쿵!

이번엔 가슴이 아니라 머리를 돌로 치는 듯한 느낌이었다.

쐐애애액!

초이는 마사오가 운전하는 왈큐레의 뒤에 타고 옷을 단단히 여미고 있었다.

새끼 늑대 두 마리를 버리고 올 수 없어서 품 안에 넣고 파카 점퍼의 지퍼를 채워놨는데 녀석들이 답답한지 연신 끙끙거리면서 안에서 버둥거리고 있어 잘못하다가는 떨어뜨릴 위험이 있었기 때문이다.

어젯밤 나타샤 때문에 싸움한 것이 문제가 된 모양이었다.

마사오에게 들은 이야기로는 경찰관들이 와서 나를 찾다가 없으니까 얀센의 아버님과 얀센을 연행해 갔다 했다.

망할 자식들. 체포할 놈은 나타샤를 강간하려 했던 두 놈이 아닌가 말이다.

금세 창고 앞에 도착했다.

챠우와 멍키영감이 기다리고 있었고, 리석철도 와서 걱정스런 얼굴로 기다리고 있었다.

멍키영감의 거대한 트레일러 캠핑카가 안 보이는 것으로 봐서 이미 다른 곳에 숨겨놓은 듯했다.

"이야기 들었지, 초이!"

눈가루를 사방에 흩날리며 착륙하자 챠우가 호들갑스럽게 떠들어댔다.

"석철아."

"말하라우."

"부탁 좀 하자. 마사오와 같이 가서 뭣 좀 싣고 와줘."

"알갔시다."

"부탁한다, 마사오."

"예, 걱정 마시구요. 잘 해결하셔야 해요."

마사오가 근심 어린 얼굴로 걱정해 줬다.

'착한 녀석, 나이는 어리지만 여기 있는 다른 어떤 녀석보다 사려가 깊은 녀석이다.'

창고 안에 들어가서 두 마리의 새끼 늑대를 꺼내놓자, 꼴통이 달려들어 연방 냄새를 맡고 주둥이로 툭툭 치고 장난을 쳐댔다.

요승(妖僧) 라스푸틴의 귀신(鬼神)　241

차우에게 새끼들에게 먹을 것 좀 주라고 부탁해 놓고 원두커피에 물을
부어 내렸다.

"어떻게 된 겁니까?"

생각에 잠겨 있는 멍키영감에게도 커피를 한 잔 내밀었다.

"전후 사정을 들어보니 간단히 끝날 문제가 아니더구나."

"이야기를 들었다니까 아시겠지만 피해자는 이쪽입니다."

"보통의 경우라면 그렇겠지. 하지만 상대는 혁명 주체 세력인 황궁의
장관인 재상 대리와 국무총리를 겸하고 있는 노미노보르프 후작의 외손
자야."

커피잔을 입으로 가져가던 초이의 얼굴이 굳어졌다.

"더군다나 그 녀석의 아버지 역시 혁명 주체 세력 중 한 사람이고, 블
라디보스톡 경찰국장이고 말야. 그런 놈을 죽사발나게 깨놓은 것을 축하
한다, 초이."

놀리는 건지 진정으로 이야기하는 건지 갈피를 잡을 수 없었다.

"정말입니까?"

"경찰들이 그렇게 이야기해 준 모양인데 나야 모르지."

"그건 그렇다 치고, 얀센의 아버님이 무슨 잘못이 있다고 끌고 간 겁
니까?"

"불법 체류자를 데리고 있었다는 죄목이라더라, 망할 녀석들."

"뭐라고요? 말도 안 돼!"

"말이야 되지, 불법은 불법이니까."

"영감님도 아시다시피 이 도시에 불법 체류자는 수백만 명입니다. 일
본과 북학의 난민, 중국과 연변 교포들, 몽고족들까지 합세하면 그 이상
일지도 몰라요!"

"그거야 그렇지."

"오히려 놈들은 지금껏 난민들과 불법 체류자들을 받아들이는 정책을 써왔어요. 시베리아를 개발할 목적으로요. 불법 체류자를 데리고 있었다는 게 죄목이라는 말이나 됩니까?!"

초이는 흥분해서 소리쳤다.

"이현령비현령이지, 이놈아. 코에 걸면 코걸이고 귀에 걸면 귀걸이야. 나라를 떠나 도망친 주제에 남의 나라에 와서 무슨 권리를 찾고 있어. 놈들이 불법이라고 주장하면 불법인 게지."

"젠장! 약 올리는 겁니까?"

"하릴없어서 널 약 올리냐, 임마. 현실을 직시하라는 거지! 날 잡으러 온 줄 알고 내가 가슴이 얼마나 덜컹 내려앉았는지 알기나 해? 내가 잡히면 너희 놈들 모두 끝장인데다가 얀센의 집안까지 풍비박산나는 건 시간 문제야."

"그런 줄 알면 왜 여기 계십니까? 영감님은 우리에겐 뇌관 빠진 폭탄이나 다름없다구요. 젠장!"

"원인 제공은 네놈이 했는데 나만 쫓기라고? 흥, 그렇게는 못한다, 이놈아!"

"물귀신 작전 쓰는 겁니까? 영감님이 어린애예요?"

"물귀신 작전? 킬킬킬! 오랜만에 들어보는 소리구나. 오냐, 그래, 물귀신 작전이다. 왜, 떫냐?"

"……."

초이는 영감의 얼굴을 멍하니 쳐다봤다.

"영감님, 역시 한국 사람 맞군요, 떫다는 말을 아는 걸 보니."

멍키영감은 찔끔했다.

하지만 곧 헛기침을 하면서 배를 내밀었다.

"오냐, 내가 한국 사람 되는 데 보태준 거 있냐? 불만있으면 말해라."

“없시다, 젠장.”

“이제 네놈을 찾아온 이유를 알겠냐? 기왕이면 같은 한국 사람끼리 붙어 있는 게 나을 것 같아서 온 거다, 이놈아.”

“잘하셨수.”

이 영감과 말씨름하다간 끝이 없을 것 같았다.

문을 열고 밖으로 나갔다.

“어디 가, 이놈아!”

“내가 경찰서로 직접 출두를 해야 얀센과 아버님을 석방해 준다면서요.”

“그래서? 가려고?”

“별수있어요?”

“이런 단순한 놈 같으니!”

“뭐가 단순해요! 달리 뾰족한 방법이 있습니까? 차가운 콘크리트 유치장은 젊은 사람들도 골병들게 만든단 말입니다. 노인네를 감옥에서 지내게 할 순 없잖아요.”

“용기는 가상하다만 그 뒤에 벌어질 일을 생각 좀 해봐라, 이 단순한 놈아.”

“내가 영감님 자식이오? 이놈저놈 하지 마슈!”

버럭 소리치는 초이의 기세에 멍키영감이 찔끔했다.

“아, 알았다, 미안하다.”

“난 잘못한 것 없습니다. 놈이 나타샤를 강제 추행 하려 했고, 흉기를 먼저 휘두른 것도 놈들입니다. 더군다나 난 맨손으로 상대했을 뿐입니다. 정당방위라구요!”

초이는 스키의 바인딩에 부츠를 고정시켰다. 트럭은 마사오가 끌고 갔기 때문에 스키로 갈 수밖에 없었다.

"큭큭큭, 이 땅에서 정의가 통할 것 같냐?"

"설마 사형이라도 시키겠습니까?"

"네가 폭행한 놈 정도의 빽이라면 넌 최소한 강제 노동 수용소행이야. 운 좋으면 몇 년 차가운 감옥에서 썩다가 동상이 걸려 최소한 팔다리 한 군데는 잘라낸 후에야 석방이 될 거다."

영감은 악담을 퍼붓고 있다.

'성난 호랑이에게 돌팔매질한다더니. 젠장.'

"제대로 된 법 집행을 기대할 생각은 꿈에도 하지 않는 게 좋을 거야. 더구나 요즘 같은 전쟁 중엔 말야. 강제 노동소로 끌려가든지, 최소한 불구가 되어 돌아올 수 있을 거다. 그것도 운이 좋을 경우에 말야."

"그래서 어쩌란 말요!"

참다못해 초이는 소리를 버럭 질렀다. 도대체 이 영감님은 남의 기분이야 어찌 됐든 자기 하고 싶은 말은 다 지껄여 대고 있는 것이다.

"좋은 수가 있다."

"좋은 수라뇨?"

"기사단 시험에 응시할 수 있는 자격증을 따는 거야."

"……?"

초이는 어리둥절한 얼굴로 멍키영감의 뚱딴지 같은 얼굴을 쳐다봤다.

"황실과 러시아 정교 총본관에서 시험관을 파견해서 시 경찰국 체육관에서 테스트를 하고 있다더라. 기사단 시험에 응시하는 지원자들이 워낙 개 떼같이 많이 몰려들어서 일차적으로 걸러내려고 말야."

"그런데요?"

"테스트에 합격하면 모든 범법 행위에 대해서 그날 부로 형 집행 정지 상태가 된다는군. 자격 불문, 나이 불문, 범죄 전과 불문, 민족이나 출신 성분 불문, 오로지 최고의 전사들만을 추려 뽑겠다는 러시아 정부의 강한 의지를 나타내고 있는 것인데 말야, 황실의 칙명과 러시아 대주교가 선포한 법령에 의거해서 기사단 대회에 참가할 때까지 그 사람의 안전을 보장받을 수 있다는 거다."

"정말입니까?"

"내가 헛소리하는 걸로 들리냐?"

"예, 지금까지 영감님의 언행으로 보면 그러고도 남을 분 같습니다."

"이 망할 놈이!"

"내가 왜 망해요! 영감님이나 망할 거지!"

한 대 칠 듯이 달려들다가 초이가 버럭 고함을 지르자 멍키영감이 찔끔 꼬리를 내린다.

고소했다.

"넌 임마, 윗사람 공경할 줄 아는 것부터 배워야 해. 너, 한국 놈 맞냐?"

"불량 한국인이라 그렇수다."

"말이나 못하면, 후레자식 같으니!"

"계속 이야기나 해봐요."

초이가 미소를 짓자 영감은 기분이 금세 풀어져서 떠들어대기 시작했다. 단순하면서도 좋은 분이라는 생각이 들었다. 말을 함부로 하는 것만 빼면.

"일단 1차 테스트에 통과하기만 하면 신변 안전은 보장을 받긴 하는데 임시로 형 집행이 보류되는 거다."

"임시라고요?"

"그래, 만일 범죄자가 기사단 대회에 나갔다가 시험에 탈락하게 되면 그 자리에서 연행되어 재판에 회부되는 거지. 범죄자는 그걸 각오하고 시험에 응시해야 한다."

“범법자는 스스로 범의 아가리 속으로 들어가는 거나 마찬가지군요.”

“그런 셈이지. 러시아 정부로선 손해 볼 게 없는 장사야. 범죄자도 잡고, 실력 좋은 놈도 뽑고. 만일 기사단 시험에 합격을 하면 모든 죄는 사면되고, 기사 작위에다 막강한 권리까지 얻게 될 수도 있으니까 한 탕을 노리는 살인자들이나 범죄자들이 불나방처럼 시험에 응시하고 있다는 소문이다. 덕분에 러시아 경찰은 엄청난 범인 검거율에 즐거운 비명을 올리고 있다더라.”

“그런 내막이 있었군요.”

“단순한 네놈 머리로는 백날 죽을 때까지 머리 굴려봐도 그런 잔꾀는 안 나올 거다, 암.”

“이, 씨…….”

인상을 꽉 쓰자 영감이 찔끔해서 얼른 말머리를 돌린다.

“어떠냐. 테스트에 응해 볼래? 내가 보기에 네 녀석이라면 한번 도전해 볼 만한데 말야.”

“임시방편으로 테스트에 합격을 했다 해서 해결되는 것도 아니잖아요. 두 달 뒤에 기사단 대회에 나가떨어지면…….”

“재수없게 떨어질 생각부터 하냐, 이 소심한 놈아!”

“떨어지면 좆되는 거 아닙니까! 사실이 그렇잖아요!”

“그러니까 좆빠지게 연습해서 붙을 생각해야지, 쪼다 같은 놈!”

“영감님, 제발 말 좀 순화합시다. 남들이 들으면 우릴 뭐라고 생각하겠어요. 저질에 저급한 무식하기 이를 데 없는 민족으로 생각할 게 아닙니까.”

“그, 그러냐?”

영감도 민망했던지 챠우 쪽을 돌아보았다.

챠우는 창고 안에서 늑대 새끼들과 노느라 정신이 없다.

참으로 속도 좋은 놈이다.

그렇다. 초이 자신으로서는 시험 운이 좋은 편이었다. 예전에도 몇 달을 남겨놓고 머리 터지게 공부해서 대학에 덜컥 합격한 경험도 있는 데다가 싸움이라면 자신있었다.

"일단 테스트에 통과만 해놓으면 그 뒤엔 내가 네놈을 기사로 만들어주지."

"에?"

"네놈을 기사단으로 합격시켜 놓을 자신이 있단 말이다."

"무슨 수로요?"

'이 영감이 망령이 들어서 농담 따먹기를 하자는 거야, 뭐야.'

그런데 영감님의 얼굴은 진지했다.

"초능력 마법과 과학으로……."

"마법요?"

초이는 어처구니가 없다는 얼굴로 영감을 바라봤다. 하지만 멍키영감은 자못 진지한 얼굴이었다.

"오냐. 기사단 대회가 대략 한 달 며칠 남았으니까 그 정도면 충분해."

"푸하하하하하!"

초이는 영감의 심각하고 진지한 얼굴에 끝내는 웃음이 터져 나왔다.

"왜 웃어, 임마!"

"영감님, 마법사요? 박쥐 똥, 말 오줌을 섞어서 발정제라도 만들어내시게?"

"농담하냐?"

'……'

"영감님, 서울역 잘 아시죠?"

"서울역? 조선 놈치고 서울역 모르는 놈이 있냐?"

"서울역 자동 표발급기에서 6m 떨어진 벽이 있습니다."

"그래?"

"카트나 바퀴 달린 트렁크를 앞세우고 시속 26.5킬로로 그 벽을 향해 돌진하면요."

"하면?"

"정확하게 시속 26.5킬로입니다. 0.1킬로라도 틀리면 안 되거든요. 아무튼 정확한 속도로 그 벽으로 돌진하면 호그와트로 가는 기차를 타실 수 있습니다요."

"이 자식이!"

퍼억!

영감은 놀림당한 걸 그제야 눈치채고 초이의 다리를 걷어찼다.

영감과 말씨름을 하다 보면 자신도 모르게 유치찬란한 버전으로 인격이 다운되는 것을 초이는 번번이 느꼈다.

그러기에 달에다가 연구소를 만들고 우주 스테이션을 만든 지가 언제인데 잠꼬대 같은 소릴 하고 있느냐 말이다.

"마법은 초현상이고, 초현상은 엄연한 과학이야, 임마! 전기불이 처음 들어오자 사람들은 마법이라고 떠들어댔어! 벨이 전화를 발명하자 그것도 마법이라고 했고, 갈릴레오는 지구가 둥글다고 발표했다가 감옥에 갇혔어! 바로 너 같은 무식한 놈들 때문에 말야!"

"내가 왜 무식해요! 대학물도 먹어봤는데! 얼음 던지면 아이스 볼트고 성냥불 켜서 던지면 파이어 볼트 아닙니까!"

"으, 너란 놈은 도무지 개갈이 안 나는군."

第6章
기사(Knight)를 향하여
Les fleaux passes diminue
6651

Act 1

"쓸 만한 놈들 건졌습니까, 중사?"

스테인리스 머그컵에 뜨거운 원두커피를 마시던 게리 그렉(Gary Greck) 중사는 고개를 들었다.

모자가 달린 시커먼 승려복을 입은 곤잘레스(Gonzale) 승려가 사무실로 들어오면서 두툼한 털장갑을 벗었다.

"다 쓰레기들뿐입니다. 한잔하시겠습니까?"

"감사합니다. 중사님 눈에 쓰레기 아닌 놈이 있겠습니까. 쿡쿡."

곤잘레스 승려가 커피잔을 받으면서 어깨를 들썩이면서 웃음을 흘렸다.

"생각 같아서는 다 때려치우고 올라가고 싶지만 승려님 때문에 마음 수양을 한다 생각하고 그냥 꾹 눌러 참고 일 끝나기만 기다리고 있는 중이올시다."

"나 역시 마찬가지입니다. 오늘도 한잔하고 이것도 한판해야죠?"

승려가 슬쩍 주변의 눈치를 보면서 엄지손가락을 둘째, 셋째 손가락 사이에 끼워 넣으며 말했다.

"아, 물론이지, 거 말이라고 하십니까!"

둘 다 큰 소리로 웃었다.

게리 그렉 중사는 황실 수도경비대에서 파견된 격투 교관이다.

군 교관 생활만 20년 넘게 한 베테랑이었다.

키 197㎝, 체중 110㎏의 육중한 체구에서 뿜어져 나오는 가공할 괴력은 기차의 레일을 휘게 할 정도였고, 주먹은 1톤 이상의 파괴력을 지녔다는 소문이다.

러시아 격투기인 삼보 챔피언을 지낸 바 있고, 이종 격투 대회에서 네 차례나 세계 챔피언을 먹은 경력이 있는 40대 중반의 사내였다.

상관을 폭행한 사건만 없었으면 벌써 별을 달았을 거라는, 군인으로서는 탁월한 사내였다.

하지만 그 상관이 혁명 주체 세력에 가담했던 소령이었던 것이다. 다른 사람이라면 총살형을 당해도 열두 번도 더 당했을 터였지만 게리 그렉의 가공할 괴력과 격투 솜씨로 군사 재판에서 1년형을 선고받고 평생을 격투 교관으로 복무하라는 판결을 받은 것이다.

어떻게 보면 지독하게도 운이 없는 사람이기도 했고, 혁명 주체 세력 출신인 소령을 불구가 되도록 때려눕히고도 살아난 것을 보면 지독하게 행운이 좋은 사내이기도 했다.

지금은 이번 기사단 대회의 예선 시험관으로 발탁되어 이곳으로 파견되어 지원자들의 테스트를 맡고 있었다.

역시 같은 테스트를 맡고 있는 곤잘레스 승려는 스페인계 혈통을 가진 혼혈로서 모스크바에 있는 러시아 정교의 총사무국에서 파견된 승려였다.

술과 고기를 좋아해서 테스트가 끝나면 둘이 곧잘 어울려서 시내로 나가 곤드레만드레 취하곤 했다.

곤잘레스 승려는 로마 교황청의 장학금으로 미국의 명문 신학대를 졸업하고 하버드에서 실물 경제학과 인류 사회학으로 석사 및 박사 학위를 받은 수재라는 소문이었다.

한데 러시아에 귀화, 정교에 배속을 받고 승려 생활을 시작한 지 5년이 되었으니 경력으로 보면 본부의 책임 수사가 되고도 남을 터인데, 어떤 연유인지는 몰라도 지금까지 평승려로서 이곳에 파견된 것이다.

게리 그렉 중사는 그가 자신 비슷한 사고를 쳤을지도 모른다는 생각이 들었지만 본인이 이야기하지 않는 이상 그로선 굳이 물어보기도 뭣했던 것이다.

단지 술친구로는 손발이 척척 맞았기에 아침서부터 저녁까지 지루한 시험관 일을 본 후에는 끝나기가 무섭게 어깨동무를 하고 술집으로 달려가곤 했다.

뚜우!

휴식 시간을 알리는 부저가 울렸다.

"이만 일어나 봐야겠군. 커피 잘 마셨습니다, 게릭 중사."

"이따 봅시다, 승려님. 흐흐흐."

의미심장한 미소를 주고받으면서 가볍게 인사를 하고 둘은 사무실을 나섰다.

문을 열고 나서자 밖에서 떠들썩한 소란이 일고 있었다.

"왜들 이래요! 초이는 테스트를 받으러 왔단 말입니다! 당신들 이래도 되는 거요!"

"잔말 말아! 네놈 때문에 블라고비센스크의 전 경찰에 비상이 걸렸단 말이다!"

대여섯 명의 경관이 동양인 한 녀석을 강제로 끌고 가려 하고 있었고, 뚱뚱한 중국인 녀석이 막으며 항의하고 있었다.

"뭔가?"

곤잘레스 승려가 나섰다.

"예, 승려님, 이 자식은 특별 수배범입니다. 마침 이곳에 나타났길래 연행하는 중입니다."

경관 중 한 명이 경례를 붙이며 설명을 했다. 그만큼 러시아 정교의 세력은 황권과 함께 절대적이었다.

"난 테스트를 받으러 왔소! 황궁과 러시아 대정교의 공고문을 보고 말이오! 응시자에 대해서는 모든 형 집행이 정지된다는 게 거짓이었단 말인가!"

초이는 멍키영감의 말을 믿고 곧바로 경찰 청사 후원 쪽에 있는 시험장으로 달려와서는 응시 지원서에 간략한 신분과 이력을 써서 제출하였다.

초이의 이력서를 받아 든 접수계의 경관은 다짜고짜 호각을 불었고, 즉각 근처에 있던 경관들이 개 떼처럼 달려들었던 것이다.

"이름이 뭔가?"

"빅토르 최."

"한국인인가?"

"그렇소."

"한국에서도 살인범으로 수배를 내린 일급 수배자입니다. 이곳에서는 불법 체류를 하고 있었고, 어제는 폭행 상해 치사죄로 긴급 체포령이 내려진 자입니다."

"사실인가?"

곤잘레스 승려는 무표정하게 초이를 살폈다.

"사실입니다."

초이는 조금도 굴하는 기색 없이 태연히 대답했다.

말대로라면 특급 살인 범죄자였다. 하지만 이 젊은이의 눈은 맑고 깨끗했다. 그리고 조금도 범죄자 같은 행동이나 눈빛을 보이지 않았던 것이다.

"놈은 어제 블라디보스톡 경찰국장의 아드님과 그 친구를 폭행해서 중상을 입혔고, 긴급 체포령이 떨어진 상태입니다. 연행을 허락해 주십시오, 승려님."

'사연이 많은 녀석이로군.'

"놔줘라."

"예?"

"귀가 처먹었나? 놔주라고 말했다."

경관들은 곤잘레스 승려의 기세에 눌려 초이에게서 마지못해 손을 뗐다.

"황제 폐하와 대주교께서 선포하신 법령은 모든 헌법과 군법에 우선한다. 알겠나?"

"알겠습니다."

마지못해 경관들의 대답이었다.

"시험을 치르겠는가?"

"그렇소."

곤잘레스 승려는 주위를 둘러봤다.

차례를 기다리며 대기하고 있는 응시자들이 100명 정도 되어 보였다.

그들 앞에는 전신주 굵기의 통나무가 나란히 열 개 정도 박혀 있었다. 검은 모르타르 역청으로 기름에 절인 사람 키만한 나무 기둥이다.

"각자 기둥 앞으로 줄을 맞춰 서도록!"

승려의 명령에 따라 대기자들이 십여 명씩 기둥 앞으로 줄을 섰다.

"자네도 줄을 서도록."

초이는 곤잘레스 승려의 명령에 따라 줄의 맨 뒤로 섰다.

경찰들도 행여 초이가 도망칠까 봐 네 명이 초이를 에워싸다시피 해서 따라붙었다.

챠우가 안도의 한숨을 쉬면서 가슴을 쓸어내렸다. 일단 위기는 넘긴 셈이다.

Act 2

"제일열 앞으로!"

맨 앞에 섰던 덩치 좋은 응시자들이 한 걸음씩 앞으로 나섰다.

"테스트 요령은 앞에도 설명했지만 다시 한 번 설명을 하겠다. 여러분들은 나눠주는 검을 들고 여러분 앞에 있는 나무 기둥을 온 힘으로 최대한 빨리, 그리고 많이 치면 된다. 나무 기둥엔 컴퓨터 칩이 내장되어 있어서 여러분이 칼을 휘둘러 친 기록이 자동으로 체크가 된다. 약하게 치면 기록으로 올라가지 않으므로 최대한 강하게 많이 치면 되는 것이다. 3분 동안에 180회의 타격이 인정되면 합격되는 것이니 정확하게 1초에 한 번 꼴로 치게 되는 셈이다. 180회 이상이 되면 자동으로 기둥 위에 붙은 램프에 파란 빛이 들어오게 되고, 미달되면 빨간 불이 들어오게 되므로 자동으로 탈락되는 것이다! 알겠나!"

"알겠습니다."

"목소리가 안 들린다. 알겠나!"

"알겠습니다!"

모두 목에 핏대를 세우며 고함을 질렀다.

맨 앞 열에서 나온 열 명의 사내들에게 어린 병사들이 검을 나눠주었
다.

군에서 파견한 보조 도우미 요원들이었다.

"기둥 앞으로!"

곤잘레스 승려의 구령에 따라 묵직한 검을 받아 든 사내들은 각자의
기둥 앞에 섰다.

모두 힘깨나 쓸 법한 우람한 덩치들로 힘과 주먹 쓰는 데는 자신하는
사내들이었다.

영하 40도의 날씨임에도 불구하고 웃통을 벗어부친 채 각자 날이 무
딘 검을 두 손으로 움켜잡고는 칠 자세를 취한 채 잡아먹을 듯이 기둥을
노려보고 있었다.

삐익!

곤잘레스가 호각을 불었다.

신호가 떨어지기가 무섭게 사내들은 기합과 함께 무서운 기세로 기둥
을 검으로 쳐대기 시작했다.

쾅쾅쾅쾅쾅쾅쾅쾅쾅쾅!

열 개의 기둥을 동시에 쳐대는 소리는 마치 기관총 몇 대를 동시에 쏘
는 듯한 화음을 이루며 경찰 청사 안을 온통 울려댔다.

격렬하게 검으로 기둥을 쳐대던 사내들 중 한 명이 칼날이 튕겨지는
바람에 칼을 놓치고 다시 다급하게 주워 드는 모습이 보였다.

그의 손아귀는 칼의 진동으로 인해 찢어졌는지 온통 피 범벅이 되었
다.

하지만 아픔을 느낄 새도 없이 다시 필사적으로 기둥을 쳐대기 시작했
다. 하지만 점점 그 속도가 떨어져 가는 게 여실히 눈에 보였다.

뚜우우—!

요란하게 부저가 울렸다.

"정지! 그만!"

병사가 소리쳤지만 미처 그 소리를 듣지 못했는지 몇 명은 계속 쳐대고 있었다.

"이 멍청아, 그만 하란 말야! 정지 신호가 울린 다음엔 백날 쳐봤자 기록으로 안 올라간다구!"

군화발로 등을 걷어차면서 소리를 질렀다.

"하악, 하악!"

모두 숨을 끊어질 듯 몰아쉬면서 한 걸음 물러섰다.

단 3분간이었지만 마치 물속에라도 빠졌다 나온 듯 몸에서 뿜어지는 더운 열기가 차가운 공기와 닿아 흰 김을 증기 기관차처럼 뿜어대고 있었다.

모두 젖 먹던 힘까지 다 끌어올려 전력을 다한 듯했다.

그때 기둥 위에 불들이 일제히 들어왔다.

파란 불이 세 명, 나머지는 빨간 불이었다.

파란 불이 들어온 사내들은 펄쩍 뛰면서 괴성과도 같은 환호성을 질러댔다.

나머지는 어깨가 축 늘어지거나 그 자리에 털썩 주저앉는 사내도 보였다.

탈락자 두 명은 대기하고 있던 무장 경관에 의해서 연행되어 갔다. 마치 도살장에 끌려가는 소처럼. 아마 범죄자인 모양이었다.

"어때, 해볼 만하겠어, 초이?"

걱정되는 얼굴로 챠우가 옆에서 물었다.

"몰라. 해봐야지."

억양없는 초이의 대답에 챠우는 맥이 풀리는 것을 느꼈다.

“캡틴을 믿어.”

우습게 보았는데 열 명 중 일곱 명이 탈락한 것으로 봐서 결코 만만히 볼 게 아니었다.

더군다나 이 테스트를 합격하고 체육관 안에서 2차 테스트를 통과해야 한다.

그동안 겪어본 바로는 초이가 위기 상황일 때 더욱 차분해지는 버릇이 있다는 것을 안 챠우는 내심 불안해지고 초조해졌다.

“젠장할, 구경꾼인 내가 오금이 다 저릴 지경이니, 원.”

챠우는 팔을 겨드랑이에 끼고 발을 동동 굴러댔다.

경관이 그 모습을 지켜보다가 초이에게 빈정댄다.

“탈락하면 네놈은 오늘 부로 인생 종치는 거야. 각오하고 있지?”

“그렇게 종칠 인생 같았으면 벌써 쫑쳐서 이런 구석까지 기어들어 오지도 않았을 거다.”

초이는 지지 않고 반말로 씨부려 댔다.

“뭐야, 이 자식이?!”

권총을 뽑아 들 기세였다.

“쏠 배짱도 없으면 꺼내지도 마, 씨발 새끼야.”

초이는 느닷없이 욕설을 내뱉었다.

‘헉!’

옆에서 듣고 있던 챠우는 오줌을 지릴 뻔했다.

‘도대체 캡틴은 뭘 믿고 저리 당당한 건지!’

초이의 욕설에 기가 질린 경관은 주춤했다.

사실이 그랬다. 황제와 대주교의 칙명으로 내린 시험장에서 응시생에게 상처를 입혔다간 목숨이 열 개가 있어도 부지하기 힘들었다.

초이는 교활하게도 그걸 꿰뚫고 마음껏 욕을 하는 것이다.

“오냐. 마음껏 지껄여라. 잠시 후에는 내게 욕했던 것을 땅을 치고 후
회하게 만들어줄 테니. 크크.”

경관은 이를 갈아붙이며 일그러진 웃음을 흘렸다.

초이는 욕을 퍼붓고 나니 좀 느긋해지는 기분이었다. 긴장을 풀기는
이런 방법이 괜찮았다.

괜히 응시자들만 보면서 가슴을 졸이다간 막상 시험에 닥치면 제대로
힘을 못 낼 수가 있기 때문이다.

마침내 초이의 차례가 왔다. 맨 마지막 줄이었다.

곤잘레스 승려는 빅토르 최라는 이 동양인 젊은이를 주목하고 있었기
때문에 좀 전에 경관과 입씨름하는 것을 듣고도 못 들은 척 외면하고 있
었다.

‘저 녀석 심장은 강철로 된 모양이군. 근력도 주둥이만큼이나 따라주
면 좋겠는데.’

내심 저 젊은 친구의 하는 짓이 밉지가 않았기에 오히려 걱정이 됐다.

조각같이 깎아놓은 듯 잘생긴 얼굴로 느닷없이 경관에게 쌍스런 욕을
퍼붓는 것을 보고 기가 막혔던 것이다. 그것도 남의 나라에 와서 불법 체
류자로 있는 처지에 말이다.

웬만한 놈들은 이런 상황이 되면 탈락할 것을 대비해서 비굴하게 동정
을 구하거나 불쌍하게 보이려 할 것이다. 그런데 놈은 오히려 경관을 약
올리고 있었다.

‘자신이 있다는 뜻일까?’

초이는 병사가 나눠준 검을 받아 들고 무게를 가늠해 보았다.

30kg쯤 되어 보였다.

보통의 동양인 체구의 남자들이라면 몇 번 휘두르기조차 버거운 무게
이다.

테스트 용도로 제작을 했는지 검날은 애초부터 뭉툭한 게 날이 세워져 있지 않았다.

"기둥 앞으로!"

구령 소리에 검을 두 손으로 단단히 감아쥐고 기둥 앞에 서서 심호흡을 했다. 옆에 있는 커다란 덩치의 사내가 가늘게 떨고 있는 것이 눈에 띄었다.

경찰관들이 십여 명 더 출동해서 기둥 주위를 포위하고 있었다.

만일 테스트에 탈락하면 초이가 어떤 행동을 보일지 예측할 수 없기 때문에 권총의 안전장치를 풀어놓고 만반의 준비를 하고 있었던 것이다.

초이의 눈빛이나 언행으로 봐서 사고를 치고도 남을 놈이라 생각한 것이다.

초이에게 욕을 얻어먹은 경관은 단단히 벼르고 있었다.

'탈락하고 제발 튀어라. 권총으로 벌집을 만들어주마, 개자식!'

곤잘레스 승려도 왠지 모르게 긴장을 느끼면서 호각을 입으로 가져갔다.

그리고 힘차게 불었다.

삐익―!

호각 소리와 함께 일제히 기둥을 두들기는 소리가 작렬하기 시작했다.

쾅쾅쾅쾅쾅쾅쾅쾅쾅쾅쾅쾅!

처음은 거의 비슷한 속도로 쳐댄다. 그러다가 1분이 지나면서 조금씩 차이가 나기 시작하고 2분을 넘어서면 그 차이는 완연히 나게 된다.

곤잘레스 승려는 초침이 1분을 넘어서는 것을 확인하면서 초이라는 젊은이 쪽으로 시선을 던졌다.

다행히 처음과 똑같은 속도로 줄기차게 쳐대고 있었다.

쾅쾅쾅쾅쾅쾅!

그런데 나무 기둥에서 뭔가 튀어나가는 것이 보였다.

놀랍게도 나무가 으깨져 부서져 튀어나가고 있는 것이었다. 아직 한 번도 저런 경우는 없었다.

뭉툭한 칼날로 두들겨진 나무는 더욱 단단해져 반들반들 빛이 나면서 나중엔 질긴 섬유질이 강철같이 변해가고 있었던 것이다.

2분이 지났다.

초조하게 초이의 모습을 지켜보던 경관은 자신의 예상이 빗나가고 있다는 것을 알았다.

예상대로라면 1분을 채 넘기지 못하고 속도가 떨어져야 했다.

그런데 저 동양인 놈은 처음과 다름없이 마치 기관차의 피스톤처럼 쳐대고 있는 것이었다.

쾅쾅쾅쾅쾅쾅쾅쾅쾅!

아니, 오히려 처음보다 속도가 더 빨라진 것 같았다.

믿을 수가 없었다. 자신이 알기로 동양인이 이 시험에 통과한 것은 지금껏 단 두 명뿐이었다.

몽고인과 일본이었는데, 일본인은 일본 씨름 스모의 요코즈나(챔피언)를 한 경력이 있는 선수였다고 했다.

나머지 백오십여 명은 모두 러시아인들이었다.

아무래도 러시아인에 비해서 체구가 작은 동양인은 체력적으로 상당한 차이가 있었기 때문이다.

두 명의 동양인도 그나마 2차 테스트에서 떨어졌기 때문에 동양인은 아예 통과하기가 힘든 테스트였다.

그런데 저놈은 나무 기둥을 마치 파먹은 것처럼 두들겨 대서 박살을 내놓고 있지 않은가 말이다!

'오 마이 갓!!'

경관들 모두 눈이 휘둥그레졌다.

곤잘레스 승려는 동양인 청년을 보면서 가슴속에서 뜨거운 그 무엇이 올라오는 것을 느꼈다.

마치 폭주 기관차처럼 기둥을 박살 내 잘라 버릴 듯이 쳐대고 있지 않는가.

속도 역시 조금도 줄어들지 않았다. 아니, 오히려 더욱 빨라지고 있었다.

챠우는 비명을 질렀다.

"잘한다, 초이! 바로 그거야!"

달리 캡틴이 아니었다. 항상 위기 상황에서 괴력을 발휘해서 모두를 위험에서 살려놓았던 적이 한두 번이 아니었잖는가!

그렇기에 모두들 초이를 믿었고, 신뢰하는 것은 당연했다.

초이는 이를 악물고 쳐댔다. 어깨의 통증이 몰려왔지만 조금이라도 속도를 늦추면 더 고통스러울 것이라는 것을 알기 때문에 더 필사적으로 쳐댔다.

붕대로 감아놨던 어깨 부위의 상처가 터졌는지 피가 벌겋게 배어 나왔다.

이마에 맺힌 땀방울이 손끝으로 전해진 반탄력의 충격 때문에 흘러내리지를 않고 후두둑후두둑 튕겨 날아갔다.

삐익!

호각이 울렸다.

"정지!"

콰앙! 소리와 함께 마지막으로 초이가 휘두른 검에 기둥 조각이 터져 나갔다.

더 이상 견디지 못하고 중간이 부러져 나간 것이다.

그 안에 내장되어 있던 기계 장치들과 전선줄이 아니었다면 부러진 토막이 날아갔을 것이다.

기둥 반 토막이 닭 모가지처럼 툭 떨어져 전선줄에 매달려 덜렁대고 있었다.

경관들뿐만 아니라 그 자리에 있던 모든 사람들이 입을 딱 벌리고 있었다.

정작 초이 본인만이 무릎을 두 손으로 짚고 허리를 숙인 채 숨을 몰아쉬고 있을 뿐이었다.

병사 하나가 곤잘레스 승려 앞으로 달려왔다.

"합격 판단 계측기가 불통입니다."

"알고 있다, 병사."

"어떻게 판정을 내릴지 말씀해 주셔야……."

"이 멍청한 녀석! 네가 보기엔 저 녀석이 불합격인 것 같으냐?"

"그, 그것은… 하, 합격입니다."

"정답이다, 일병. 그렇게 발표하도록."

곤잘레스 승려는 흥분으로 뛰고 있는 심장을 억누르면서 근엄하게 내뱉었다.

第7章
사탄의 나침반(The Compass of Satan)

Les fléaux passées diminué
665.1

Act 1

게리 그렉 중사는 부러진 기둥을 보면서 눈살을 찌푸리고 있었다.

곤잘레스 승려가 게리 그렉 중사를 데리고 나왔던 것이다.

1차 시험을 치른 뒤 탈락자들은 모두 해산했고, 범법자들은 현장에서 체포되어 연행되어 갔다.

합격자들은 이미 체육관 안으로 몰아넣은 상태였다.

"믿을 수 없군요."

한참을 바라보던 게리 그렉 중사는 신음하듯 한마디 내뱉었다.

"나도 내 눈으로 안 봤다면 믿지 않았을 겁니다."

그때 병사 하나가 서류를 들고 와서 경례를 붙였다.

"분부하신 서류 가져왔습니다!"

"수고했네."

곤잘레스 승려는 병사로부터 서류를 받아 들어서는 게리 그렉 중사에게 건넸다.

"녀석에 대한 신상 명세서를 뽑아오라고 했소이다. 난 경관들에게 대강 들었으니 중사께서 직접 확인해 보시지요."

게리 그렉은 몇 장의 서류를 받아 들고 두툼하게 장갑 낀 손으로 넘겼다.

서류에는 초이의 얼굴이 정면과 옆면이 컬러로 뚜렷하게 박혀 있었고, 영어, 불어, 중국어 및 러시아어로 현상 수배가 된 내용이 적혀 있었다.

"흠, 군 장성이던 반역자의 아들에… 한국 정보부 요원을 여럿 살해했군요."

"이번에 폭행한 상대는 블라디보스톡 경찰국장의 아들인 모양입니다. 놈이 이곳 청사에 와서 한바탕 뒤집어놓고 간 모양입니다. 그 아들놈이 그 초이란 녀석을 잡아놓지 않으면 모조리 모가지를 쳐버릴 거라고 엄포를 놔서 모두 벌벌 떨고 있는 상황입디다."

"뭐요? 겨우 러시아 변두리 경찰국장 빽 가지고 떠들어대는 놈한테 떨어요?"

"그것만이라면 이곳에서 씨알도 안 먹히겠죠. 하지만 놈의 외조부가 황궁의 장관인 노미노보르프 후작입디다."

곤잘레스 승려의 말에 게리 그렉 중사는 흠칫했다.

노미노보르프 후작은 게리 그렉 중사로서도 익히 잘 알고 있었다.

러시아를 왕정 체제로 복귀시켜 놓은 데 지대한 공을 세운 혁명 주체 세력들 중 한 명이었다.

황제를 측근에서 보필하고 있으며 탁월한 처세술과 화려한 언변으로 황궁 내에서도 손꼽히는 세력가 중 한 명이다.

그 정도 인물이라면 이곳 경찰청장 정도는 단칼에 목을 날려 버릴 수 있는 위치이다.

"이 녀석이 거물을 건드렸군요."

"아마 그 경찰국장의 아들이란 놈이 초이란 녀석의 애인을 끌고 가서 강간하려 했던 모양입니다."

"망할 자식, 맞을 짓을 했구먼."

부우―

그때 체육관 쪽에서 부저 소리가 울렸다.

테스트를 시작을 알리는 마지막 신호인 것이다.

"일단 들어갑시다, 마지막 테스트를 치러야 하니까."

게리 그렉은 서류를 둘둘 말고는 체육관을 향해 걸음을 옮겼다.

오후에 1차 테스트를 통과한 총인원수는 48명이었다.

체육관에는 50여 명의 1차 관문을 통과한 응시자들이 모여 있었다.

한결같이 우람한 덩치에 범죄자 같은 인상들뿐이었다.

게리 그렉은 그들을 주욱 둘러봤다.

동양인 한 명이 게릭 중사의 눈에 띄었다.

180센티가 약간 넘을 듯한 키. 1차 테스트를 통과한 사내들 중 작은
덩치에 속한다.

동양인 녀석은 단 한 명밖에 없으니 저 녀석이 빅토르 최라는 녀석일
것이다.

저런 체격에서 기둥을 부러뜨릴 정도의 괴력을 뿜었다는 것이 믿겨지
지 않았다.

'일단 지켜보자. 괜히 탈락할 놈한테 미리 관심을 가질 필요는 없으니
까.'

게리 그렉은 생각을 정리하고 단상 위로 올라갔다.

"차렷! 감독관님께 경례!"

앞에 선 병사가 구령을 붙이자 왼손, 오른손, 각자 제멋대로 잔뜩 어깨
에 힘준 모습으로 덜렁덜렁 경례를 붙여댔다.

거우 1차 테스트를 합격하고 기사라도 된 듯한 기분이 드는 모양이었다.

"제군들, 1차 테스트에 합격하고 이 자리에 선 것을 축하한다. 난 2차 테스트 심사를 맡은 게리 그렉 중사다!"

초이는 단상에 서서 이야기하고 있는 거구의 사내를 유심히 보았다. 아랍인같이 시커먼 턱수염을 길렀고 움푹 패인 눈에서 차가운 안광이 뿜어 나오는 것이 육중한 바위 같은 위압감을 느끼게 하는 사내였다.

"2차 테스트 요령에 대해 간단하게 설명을 할 테니 두 번 번복하는 일이 없도록 잘 새겨듣도록. 여기에 있는 48명이 한 시간 동안 자유 격투를 벌여 최후로 쓰러지지 않고 서 있는 자, 단 한 명을 합격자로 할 것이다."

게리 그렉의 발표에 체육관 주변에 서 있던 병사들과 경관들의 눈이 휘둥그레졌다.

지금까지의 방법과 달랐던 것이다.

전에는 두 명씩 토너먼트 방식으로 계속 3분간 목봉으로 대련을 시켜 경기 내용이 충실한 자를 가려 승자로 판별하는, 다소 강도가 낮은 선출 방식이었던 것이다.

체육관 2층에서 관람하던 구경꾼들이 와우! 하고 일제히 탄성을 터뜨렸다. 응시자들의 가족들이나 친구들이 대부분이다.

응시자 가운데 한 명이 손을 들고 외쳤다.

"할 말 있소!"

"뭔가?"

"저희가 알던 것과 다른데, 왜 그런 거요?"

모여 있던 사내들이 웅성거렸다. 그도 그럴 것이 선출 방식에 대해서는 소문을 들어서 알고 있었던 것이다.

게리 그렉 중사의 대답은 간단했다.

"내 맘이다. 내 방식에 불만인 사람은 여기에서 나가도록."

할 말이 없었다. 테스트는 시험관의 자유 재량권이 전면 인정된다는 것쯤은 들어서 알고 있었기 때문이다.

질린 얼굴들로 각자 옆 사람들을 쳐다봤다.

약육강식! 약한 자는 강자에게 먹힐 수밖에 없는 거다. 결국 이렇게 되면 모두가 적인 셈이었다.

초이는 자신도 모르게 한숨을 푹 쉬었다.

'저 빌어먹을 중사는 테스트하는 데 짜증이 나서 한 방에 끝내 버리고 술 마시러 갈 생각만 하고 있는 게로군.'

곤잘레스 승려는 중사의 폭탄 같은 발언을 듣고 놀랐지만 곧 왜 그랬는지 게리 그렉 중사의 흉심을 꿰뚫었다. 그만큼 곤잘레스는 사람의 마음을 읽는 데 정확한 두뇌를 가지고 있었던 것이다.

애초대로라면 적당히 끝내고 술을 마시러 갈 생각을 하고 있었는데 빅토르 최라는 청년의 이야기를 듣자 중사의 가슴에 불이 일어났을 것이다. 자신도 그랬으니까.

무료하고 짜증난 일상에서 잠들었던 야수가 잠을 깨었던 것이다.

즉, 빅토르 최의 진정한 솜씨를 직접 눈으로 확인하려 하는 것이다.

한편 초이에게 욕을 먹은 경관은 내심 쾌재를 부르고 있었다.

제아무리 날고 긴다 해도 48명 중 한 명에 뽑힌다는 건 낙타가 바늘구멍을 통과하는 것이나 다름없다.

저 무지막한 거구의 덩치 놈들 속에서 놈이 혼자 살아남을 확률은 자신이 1등 복권에 당첨될 확률보다 더 희박하다는 생각에 게리 그렉 중사에게 박수라도 쳐주고 싶은 심정이었다.

챠우는 심장이 떨려서 맨정신으로 보고 있을 수가 없었다. 그래서 밖으로 뛰어나가 보드카를 한 병 사서 반 병을 병나발 불고 마셔 버린 후 나머지 반 병을 등산용의 조그만 스테인리스 술병에 담아 가지고 다시 체육관으로 뛰어왔다.

가족들이나 참관인들은 2층의 관중석에서 지켜볼 수 있었다.

백여 명 정도의 구경꾼들이 이 흥미로운 시합 발표에 흥분해 있었다. 만일 이런 시합이 벌어진다는 것을 미리 알렸다면 이 도시의 사람들이 전부 몰려들었을지도 모른다.

곧이어 응시자 전원에게 어른 키 정도 되는 길이의 목봉을 나누어주었다. 가운데 손잡이 부분의 1m 정도만 남겨두고 전체를 두툼한 가죽으로 감싼 해병대 격투용 곤봉이었다.

가죽을 손으로 눌러보았다. 권투 글러브 정도의 묵직한 탄력이 손끝으로 전해져 온다.

얼굴에 보호 헬멧을 쓰지 않고 한 대 제대로 맞으면 뻗어버릴 것이 틀림없었다.

"보호 헬멧은 안 주는 겁니까?"

한 명이 다시 소리쳤다.

게리 그렉은 대답 대신 다짜고짜 시작을 알리는 호각을 불었다.

삐익!

사내들이 어리둥절하고 있었다.

'뭘 두리번거리나? 이미 시작했는데!'

초이는 대뜸 옆에 있던 사내의 복부를 곤봉으로 세차게 밀어 찍었다.

사내가 눈이 튀어나올 듯한 충격을 받고 앞으로 고꾸라져 오바이트를 해대는 것을 볼 새도 없이 뒤에 있던 거대한 덩치에 문신을 온몸에 새긴 녀석을 후려쳤다.

뻐걱!

제대로 박힌 느낌이 전달된다.

그제야 다른 녀석들도 와악! 미친 듯이 비명을 질러대며 목봉들을 휘둘러 대기 시작했다.

호각이 시작 신호가 된 것이 아니고 초이의 공격이 신호가 된 셈이다.

순식간에 여기저기서 터진 비명과 고함으로 귀가 멍멍할 정도였다. 피가 튀고 팔이 부러져 나가는 사람이 속출했다.

경관들과 병사들이 휘둥그레진 눈으로 이 아수라판을 넋 놓고 바라보고 있었다. 전쟁터를 방불케 하는 치열하고 처절한 육박전이었다.

게리 그렉 중사는 자신의 호각 소리가 떨어지기 무섭게 곤봉을 휘둘러 세 명을 순식간에 때려눕혀 버린 동양인 녀석에게 시선을 고정한 채 노려보고 있었다.

굉장한 반사 신경이다. 조금도 주저하거나 망설임없이 앞에 걸리는 상대를 때려눕히고 있었다.

누군가에게서 튄 핏덩이가 초이의 얼굴에 붙었다.

반사적으로 고개를 돌리는 순간 부욱! 하고 곤봉이 날아들었다.

날아드는 곤봉을 걷어올리고 발로 자신을 공격한 사내의 명치를 찍었다.

발을 사용하는 것이 반칙인지는 생각해 볼 틈도 없었다.

일단 무슨 방법을 써서라도 살아남고 봐야 했다. 빌어먹을 털보 중사 놈 같으니! 속으로 게리 그렉 중사에게 욕을 퍼부어대면서도 곤봉은 미친 듯이 휘둘러 대고 있었다.

목을 맞고 눈이 뒤집혀 거품을 물고 기절한 사내를 병사들이 달려들어 끄집어내다가 누군가 휘두른 곤봉에 맞고 쭉 뻗어버렸다. 그 병사를 끄집어내려던 다른 두 동료 병사 역시 곤봉과 발길질에 채여 기절을 하고 말았다.

병사들은 그들을 구출하러 가는 것을 포기할 수밖에 없었다.

소리를 지르고 악을 써도 전혀 듣지 못한 듯 초이는 광란에 휩싸여 미친 듯이 눈앞에 어른거리는 상대를 향해 목봉을 휘두르고 발길질을 해댔던 것이다.

금세 체육관 바닥이 피로 질편해졌고, 벌써 반수 이상이 그 피 구덩이 속에서 신음하거나 기절해 뻗어버렸다.

병사들과 경관들도 흥분해서 미친 듯 소리를 질러대며 응원을 해댔다.

누구를 향한 응원인지는 모르지만 2층의 관람석에도 광분을 하며 목이 터져라 악을 쓰면서 응원들을 하고 있었다.

챠우 역시 마찬가지였다.

"무조건 때려눕혀! 초이! 지면 넌 좆되는 거라구!! 왜 치는 거야, 씨발!!"

초이를 응원하다가 옆에 있는 놈한테 버럭 소리를 질렀다.

녀석이 흥분한 나머지 챠우의 머리통을 치면서 악을 썼던 것이다.

"이 자식이 어따 대고 욕이야!"

대뜸 주먹을 휘두를 기세였다.

빠악!

챠우의 머리통이 덩치 큰 러시아인의 턱을 들이받았다. 챠우는 비록 뚱뚱했지만 가끔은 홍금보처럼 굉장히 빨랐다. 그래서 붙은 별명이 홍금보 아닌가.

동시에 뒤통수로 뒤에 있던 다른 사내의 눈두덩이를 들이받았다.

눈두덩이를 들이받힌 사내는 꼭지가 돌았는지 들고 있던 술병으로 사내의 머리통을 후려쳤다. 순식간에 관람석에서도 싸움이 번지기 시작했다.

한마디로 아비규환의 아수라장이었다.

곤잘레스 승려는 끔찍한 광경에 눈을 질끈 감았다 뜨면서 옆의 게리 그렉 중사를 돌아봤다.

그는 눈 하나 깜짝 하지 않고 팔짱을 낀 채 앞을 노려보고 있었다.

그의 시선은 초이 한 명에게 고정이 되어 있었다.

일곱 명째였다. 저 빅토르 최라는 놈에게 맞은 놈들은 한결같이 깨끗이 뻗어버리는 것을 눈으로 똑똑히 세고 있었던 것이다.

그만큼 효과적인 공격을 하고 있었다. 그러면서 조금도 흥분하거나 겁먹은 기색이 없었다.

생사를 건 싸움에서 흥분은 죽음으로 이어질 수 있다. 하지만 흥분하지 않은 사람은 거의 없다고 봐야 할 것이다.

그런데 저놈은 흥분한 기색이 전혀 없이 광분하고 흥분한 상대를 얄밉도록 급소만을 골라 공격해서 완전히 뻗게 만들고 있었다.

거기다 굉장한 반사 신경을 가지고 있었다. 앞, 뒤, 옆, 세 방향에서 동시에 당한 공격을 귀신같이 피해 버리고, 두 명을 때려눕힌 후 마지막 세 명째의 제공권 안으로 파고들어 완전히 두 팔다리의 제어를 불능으로 만들어놓고 이마로 콧잔등을 받아버리는 것이 아닌가.

머리에 받힌 사람이 입과 코에서 피를 뿜어대며 뒤로 벌렁 자빠지는 것이 보였다. 숨 쉴 틈도 없이 다시 몸을 돌려 다른 먹이를 노리고 덤벼들고 있는 녀석의 얼굴도 진상이었다. 온통 피로 뒤집어쓴 악귀 같은 모습이었지만 조금도 숨차 하는 모습은 아니었다.

소리를 지르느라고 사람들의 목이 쉴 지경이었다.

초이에게 욕을 얻어먹었던 경관은 어느새 자기도 모르게 초이를 목이 터져라 응원하고 있었다.

"지면 안 돼, 임마! 쓰러지면 네 인생은 끝장이란 말이다!"

어느새 모두 쓰러지고 여섯 명만 남았던 것이다.

피바다 속에서 뒹굴고 신음하는 사람들 틈에서 서 있는 여섯 명은 숨을 끊어질 듯 몰아쉬며 서로를 잡아먹을 듯 노리고 있었다.

초이를 제외한 다른 다섯 명 모두 이런 싸움은 난생처음이었다.

이런 싸움을 시킨 중사 놈이 때려죽이고 싶도록 미웠다. 하지만 그전에 눈앞에 있는 이 질긴 놈들부터 때려눕혀야 했다.

이 놀라운 격투 소문을 듣고 경찰청의 전 직원들이 몰려들어서 그야말로 체육관은 발 디딜 틈도 없는 상태가 되었다.

그들이 처음에 체육관 문을 들어서자 코끝으로 확 풍기는 것은 피비린내였다. 그리고 처참한 격투 현장을 보자 자신들도 모르게 피가 들끓고 흥분해서 악을 쓰면서 응원을 했는데, 그중에는 나타샤도 끼어 있었다.

얀센 오빠와 아버지가 연행되어 철창 안에 갇힌 것을 알게 되자 초이보다 한발 먼저 두꺼운 모직 옷과 내복을 싸들고 경찰서로 찾아왔던 것이다.

그런데 거기서 체육관에서 싸우고 있는 동양인의 소식을 들었다. 인상착의가 초이 같았다. 설마 하면서 달려와 보니, 맙소사! 정말로 초이였던 것이다.

그리고 챠우를 발견하게 되었고, 초이가 이 시합에 참석하게 된 자초지종을 챠우에게 듣게 되었다.

눈물이 왈칵 쏟아졌다.

우리 가족을 구하려고 저 지경이 되다니! 목 놓아 울고 싶어졌다. 울음 반, 악 반으로 목이 터져라 초이를 응원했다.

남은 다섯 명도 초이의 놀라운 솜씨를 목격하고는 무언 중에 약속이나 한 듯 다섯 명이 초이를 포위하기 시작했다.

'먼저 이 자식부터 때려눕혀야 한다' 라는 위기의식을 본능적으로 느꼈던 것이다.

이렇게 되자 사람들은 더욱 열광해서 초이를 응원하기 시작했다.

곤잘레스 승려는 아마 고대 로마의 원형 경기장에서 벌어졌던 검투사들의 경기가 이랬을 것이고, 판크라티온이라는 죽음의 격투가 이와 같은 분위기였을 것이라는 생각이 들었다.

피는 사람에게 광기를 불러일으키는 무엇인가가 있는 게 분명하다.

웬만해서는 감정의 변화를 느끼지 않는 강철 심장이라는 별명을 가진 게리 그렉 중사 역시 피가 서서히 뜨거워지는 것을 느꼈다.

'저놈은 사람의 피를 뜨겁게 만드는 무엇인가를 가지고 있군.'

주먹을 움켜쥐고 애써 감정을 감추고 있었지만 손이 땀으로 흥건히 젖는 건 어쩔 수 없었다.

"흐라하!"

먼저 한 명이 곤봉을 치켜들며 초이를 후려쳐 갔다.

동시에 양쪽 옆과 뒤에서 세 명이 곤봉을 휘두르며 머리와 몸통과 다리를 노리고 일제히 협공해 갔다.

초이는 앞에서 공격해 오는 곤봉을 쳐냄과 동시에 옆에서 무찔러 들어오는 곤봉을 막았다. 그리고 다른 옆의 녀석을 곤봉을 발로 막고 아구창을 걷어찼다.

뒤의 공격은 어쩔 수 없었다. 대신 가장 충격이 덜한 부위를 내줄 수밖에.

초이의 등짝을 곤봉이 찍었다.

설명으로 하자면 길었지만 순식간에 벌어진 공격이었다.

사람들은 초이의 몸이 돌아가고 발을 내밀면서 육중하게 터지는 소리들을 한꺼번에 들을 수 있었다.

숨이 턱 멎는 듯한 충격이 순식간에 온몸에 퍼졌다. 아무리 솜방망이로 감쌌다고 하지만 120킬로의 거구들이 후려치는 파워는 엄청난 충격

일 수밖에 없었다. 동시에 앞에 있던 녀석으로부터 어깨를 한 대 더 얻어
터졌다.

"걸렸다!"

뒤의 녀석이 환호를 지르면서 방심한 순간 녀석의 눈앞을 확 가리면서
초이의 뒤통수가 날아들었다.

콰앙!

녀석은 눈에 별이 번쩍임을 느끼고 얼굴을 감싸 쥐고는 자신도 모르게
비명을 터뜨리면서 주저앉았다.

얼굴을 감싸 쥔 녀석의 턱주가리로 초이의 낡은 가죽 군화가 다시 한
번 뻗어왔다. 손가락이 뭉개지면서 턱뼈가 여지없이 부서져 나가는 소리
가 울렸지만 함성 때문에 들리지 않았다.

순식간에 벌어진 일에 남은 네 명은 당황해서 한 걸음씩 물러났다.

게리 그렉 중사는 놀라움에 눈이 커졌다.

'골육지계?'

그렇다. 초이는 크루거를 상대했을 때와 같이 고기를 내주고 뼈를 취
한 것이다.

위기의 상황에서 깨끗하게 한 군데는 포기를 해버리고 상대의 급소를
물어 뜯는 짐승 같은 본능을 가지고 있었던 것이다.

초이는 그 순간 자신도 모르게 시베리아 대호(大虎)와 늑대들의 혈투
장면을 떠올리고 있었다.

호랑이가 체격적인 우위를 점하고 있음에도 불구하고 늑대들에게 당
했던 것은 급소를 물렸기 때문이다.

어깨와 등짝에 곤봉을 맞은 충격으로 한쪽 팔이 마비가 오는 것 같았고
호흡하기가 뻑뻑했다. 더군다나 어깨는 크루거로부터 칼을 맞은 곳이라
몸서리쳐질 정도의 끔찍한 고통이 등줄기를 타고 뇌를 뚫는 것 같았다.

동시에 독기가 뿜어져 올라왔다.

'좋다. 까짓것 팔다리 하나쯤이야 얼마든지 던져 주마! 대신 너희들은 목줄기를 내놔야 할 거다!'

초이의 눈에서 살기가 뿜어져 나오자 네 명은 가슴이 써늘해지는 것을 느꼈다.

그중 기도(氣道)가 약한 한 명은 당장에라도 곤봉을 팽개쳐 버리고 기권하고 싶었다. 집으로 돌아가고 싶었다.

하지만 강당을 가득 메운 사람들의 열광에 찬 함성들로 인해 그럴 수도 없었다.

그때 게리 그렉 중사는 판단을 내렸다.

'끝났군.'

목숨을 걸고 싸우는 싸움에서 기가 눌리면 게임은 끝난 것이나 다름없다.

"동양인이 이겼군요."

나직한 게리 그렉의 목소리에 곤잘레스 승려는 흠칫 돌아봤다.

"아직 네 명이나 남았……?"

채 말이 끝나기도 전에 두 명이 초이의 곤봉에 맞고 뻗는 것이 보였다.

다른 두 명은 뒷걸음질치다가 넘어져 있던 다른 응시생의 몸에 걸려 엉덩방아를 찧었고, 곧이어 초이의 곤봉이 한 명의 면상을 절구통 절구 찧듯이 무참하게 짓이겨 버렸다.

나머지 기도가 약했던 한 명은 끝내 곤봉을 팽개쳐 버리고 항복을 외치며 비명을 질렀다.

"와아!"

체육관은 그야말로 함성과 열광의 도가니였다.

고통으로 눈을 찡그리고 숨을 몰아쉬고 있는 초이에게 챠우가 공 구르

듯이 달려갔고, 나타샤도 달려가 초이의 목을 끌어안고 목 놓아 엉엉 울어댔다.

초이에게 욕을 얻어먹었던 경관도 옆에 있던 어린 병사의 목을 끌어안고 목이 터져라 빅토르를 외쳤고, 곤잘레스 승려도 주먹을 치켜올리며 한마디 했는데, 7개 국어를 유창하게 하는 실력자인 그는 앞에서 초이한테 들었던 단어를 응용한 것이었다.

"씨발 새끼, 최고다!"

정작 폭풍의 핵심인 초이만 '얘가 왜 이러나' 하는 눈으로 뜨악해서 자신의 목을 끌어안고 통곡을 하고 있는 나타샤를 멀뚱히 바라볼 뿐이었다.

초이가 곤잘레스 승려로부터 황제와 러시아 정교 대주교의 핏빛 인장이 찍힌 기사단 대회 출전 자격증을 받아 든 것은 그로부터 30분 후였다.

그는 곧바로 경찰청 본관으로 찾아갔다.

이미 얀센과 얀센 아버님은 철장에서 나와 있었다.

얀센은 시퍼렇게 멍든 얼굴로 초이의 온통 피로 젖은 몸을 힘차게 끌어안았다.

"올 줄 알았어, 초이!"

경찰청장은 두 눈 멀쩡하게 뜨고 초이와 얀센 가족들이 환호하는 사람들에게 둘러싸여 나가는 것을 지켜볼 수밖에 없었다.

크루거란 싸가지없는 놈에게 이 일에 대해 설명할 생각을 하니 한숨만 나올 뿐이었다.

하지만 어쩌랴.

게리 그렉 중사와 곤잘레스 승려가 초이와 얀센 일가에 대해 일체의 무력 행위는 허락하지 않는다고 엄중히 경고했던 것이다.

목이 잘릴지언정 황제와 대주교를 상대로 반항할 순 없잖는가.

Act 2

Puis de nouveau les guerres suscitees.

시베리아 벌판.

거대한 수직 이착륙기 한 대가 눈으로 뒤덮인 벌판에 세워져 있었고, 방한복을 입은 대여섯 명의 연구원들과 조사원들이 주변에 떨어진 잔해를 수거하고 있었다.

러시아 국경 수비대에서 파견 나온 대규모 공병대들은 추락한 무인 정찰기를 거대한 크레인으로 끌어내어 어른 팔뚝만한 쇠사슬로 친친 감느라고 몇 시간째 곤욕을 치르고 있는 중이었다.

수직 이착륙기 동체에 'Cloneid Flousa' 라고 쓰여 있는 걸로 보아 플로리다에 있는 네오 클로네이드 본사에서 직접 현장 조사를 나선 것임을 짐작할 수 있었다.

기사의 벌거벗겨진 시체를 검시관이 확인하였고, 수십 장의 사진 촬영을 한 후 곧바로 비닐 방수팩에 시체를 넣도록 지시하였다.

말의 시체를 조사하던 검시관 하나가 딱딱하게 얼어붙은 말의 자궁보를 들어올리면서 옆의 책임 감독관을 돌아봤다.

"자궁이 적출되고 탯줄이 잘린 것으로 보아 새끼를 낳은 듯합니다."

"미친 소리! 복제된 이 클론 말은 새끼를 가질 수 없다는 것은 상식이다."

"하지만 여기 증거가 있잖습니까. 이것은 분명 우리의 클론 안드로이드 말 뱃속에서 나온 것입니다."

"빌어먹을."

책임 조사관 빌리는 자신도 모르게 신음을 토했다.

이 우수한 클론 말을 복제하기 위해서는 강력한 면역 작용을 하는 인터루킨—4(IL—4)를 다량으로 생성하는 유전자를 투여해야 했는데, 이 인터루킨은 수놈의 정자가 암컷의 자궁 내에 들어오면 정자를 잡아먹기 때문에 난자와 착상이 애초부터 불가능하다는 것은 이미 네오 클로네이드 사의 연구원들이라면 누구나 알고 있는 상식이었다.

그런데 어떻게 새끼를 밴단 말인가.

그 사실을 가장 잘 알고 있을 주인공은 이 말의 주인이었지만 머리 반쪽이 짓뭉개져 시체가 되어 있었으니 답답할 수밖에.

만일 난자와 정자를 착상할 수만 있다면 기사단의 말을 복제해 내기 위해 엄청난 경비를 쏟아 붓지 않아도 될 터였고, 그 비밀만 알아낸다면 사람 또한 현재의 인류보다 월등히 뛰어난 체격과 초인적인 근육을 가진 신인류를 만들어낼 수 있을 것이었다.

"이봐, 아직도 멀었나?"

빌리는 옆을 돌아봤다.

우람한 체구의 기사 한 명이 망토를 휘날리며 이쪽으로 걸어오고 있었다.

"우리 단장께서 시체를 인수하고 여기를 떠나고 싶어 하신다."

은색의 강철 갑옷을 입은 콜룸부스 기사는 턱으로 한쪽을 가리켰다.

거대한 안드로이드 클론 말 이십여 필이 울타리처럼 원으로 서 있었고, 각자의 말 옆에 기사들이 깃발과 망토를 휘날리며 서 있었다.

가운데 휴대용 의자에 앉아 뜨거운 차를 마시고 있는 기사단의 단장을 위해 바람막이 인간 병풍이 된 것이었다.

"시신은 가져가도 좋습니다만 말의 시체는 저희가 가져가야겠습니다."

"말귀를 못 알아듣는군."

"단장께서는 우리 콜롬부스 기사단의 전통에 따라 전사한 장소, 즉 이곳에 무덤을 만들어주고 싶어 하신단 말이다."

빌리는 거만한 기사의 말투에 비위가 뒤틀렸다. 화성과 달에 연구 기지를 만들고 광석을 채취하고 있는 우주 시대에 이 작자는 자신이 로마의 검투사쯤이라도 되는 양 착각하고 있는 모양이었다.

"그것은 불가능합니다. 이 말의 시체를 본사로 직접 가져오라는 상부의 지시가 있었단 말이오."

"그건 너희 사정이고, 우리는 우리의 율법이 있단 말이다!"

기사도 짜증이 났는지 버럭 소리를 질렀다.

원형의 인마(人馬) 방풍 담장 안에서 고개를 숙인 채 잠자코 뜨거운 커피를 마시던 단장이 다투는 소리를 들었는지 고개를 천천히 들었다. 순간 그의 한쪽 눈이 번쩍 하고 섬광을 발했다. 분명 평범한 안구의 눈빛이 아닌 기계적인 질감의 의안이었던 것이다.

깎아놓은 듯한 얼굴에 핏기 하나 없는 무표정하고 창백한 얼굴, 굳게 다물고 있는 주홍빛으로 선명한 얇은 입술, 어딘가 낯익은 얼굴이었다.

그렇다! 그는 바로 십여 년 전 구치소의 지하 사형장에서 사형 집행을 당했던 바로 유한상, 바로 그였다!

유한상이 190㎝에 가까운 장신을 일으켜 걸어나가자 병풍을 이루고 있던 기사들이 소리없이 길을 터주었다.

저벅저벅.

말다툼을 벌이던 빌리 감독관은 다가오는 흑의 기사를 보는 순간 흠칫 몸이 굳어졌다.

스르릉.

옆에 차고 있던 기다란 티타늄 장검을 뽑아 드는 것이 보였기 때문이다.

"도대체 당신들은 어떻게 된 사람들이……!"

항의를 하는 빌리 감독관은 말을 잇지 못했다. 번쩍 하는 섬광이 그의 목을 긋고 지나갔기 때문이다.

무슨 일인가 싶어 조사를 하고 있던 다른 조사관들은 일제히 이쪽을 돌아봤다.

입을 벌리고 무슨 말을 하려고 입을 움직였지만 소리는 입 밖으로 나오지 않았고 대신 입 밑으로 목에 붉은 선이 횡으로 비치는가 싶더니 피가 분수처럼 뿜어져 나왔고, 곧바로 목이 분리되어 눈밭으로 떨어졌다.

이 돌연한 상황에 모든 공병대 병사와 수비대 병사들, 그리고 네오 클로네이드 사에서 파견된 조사관들은 얼음처럼 굳어졌다.

"맙소사!"

모두들 창백하게 변해서 입을 딱 벌렸다. 하지만 아무도 말을 하는 사람은 없었다. 괜한 말을 했다간 빌리 감독관같이 될 판에 누가 감이 입을 뻥긋이라도 하겠는가.

그제야 그들은 그 검은 전포(戰袍)를 걸친 사내가 말로만 듣던 그 유명한 '블랙 드래곤'이라는 별명의 학살자(Massacre)인 것을 눈치챘다.

"무덤을 만들어라, 존(John)."

"옛써!"

기사가 뒷꿈치를 붙이면서 우렁차게 경례를 붙였다.

마치 벌레라도 한 마리 죽인 듯한 모습의 검은 학살자는 칼에 묻은 피를 붉은 손수건으로 닦아내고는 검집에 꽂으면서 다시 자신의 부하들 쪽으로 걸어갔다.

블랙 드래곤은 중국 인민해방군 병사들에겐 공포의 대상이었다.

아니, 그의 섬뜩한 돌발적인 행동은 같은 콜롬부스 기사단들에게도 공포스러울 지경이었다.

백병전이 벌어졌을 때 질풍처럼 적의 핵심부로 돌진해서 수장(首將)들을 가차없이 두 동강 내버리고 4큐빗이 넘는 장창을 휘둘러 후방의 병사들을 무참하게 도륙해 댔다.

더군다나 티타늄 창날 끝에서 3큐빗 가까운 검기(劍氣)가 뻗어나와 그의 팔길이와 합쳐 제공권이 10m에 이르렀던 것이다.

그 검기에 스친 병사들은 들고 있던 개인 소총과 함께 뭉텅으로 잘라져서 이 등분되었고, 접근전에서는 검을 휘둘러 병사들을 잡초 베듯 베어버렸다.

그를 말에서 떨어뜨리고자 그가 탄 말에 총을 갈겨도 소용없었다.

말의 보호 갑주에는 에어 쉴드(Air shield) 장치가 되어 있어서 탄환이 솜처럼 먹어 들어갔다가 튕겨 나갈 뿐이었다.

유한상, 즉 블랙 드래곤은 콜롬부스 기사단에서 유일하게 백색의 검기를 뿜어낼 수 있는 전설의 소드 마스터였다.

또한 그는 바티칸 교황청과 러시아 공화국이 허락한 살인 면허(Licence to Kill)를 가지고 있었다.

그에 대한 불복종은 죽음뿐이었다. 하지만 그 부하들은 그를 끔찍하게 믿었다. 자신을 돌보지 않고 부하들을 구해냈던 적이 여러 번 있었던 것이다. 그는 누구보다도 부하들을 아꼈으며 보호했다. 그렇기에 그는 부하들에게 신이나 다름없는 존재였다.

조사단원들은 모두가 소름 끼치는 한기를 느꼈다.

누구 하나 나서서 항의를 할 수도 없었다.

한상은 사람들의 두려운 시선을 전혀 의식하지 않는 듯한 조용하게 가라앉은 모습으로 다시 자신의 부하들이 병풍처럼 둘러서 있는 인마 원형진 안으로 돌아갔다.

그 어떤 일이 있어도 조금도 감정의 동요나 기복이 없을 듯한 한상의 차갑게 식은 바위 같은 음산한 분위기에 모두들 압도당한 채 숨죽이고 지켜볼 뿐이었다.

의자에 놓고 갔던 스테인리스 머그컵의 커피가 이미 싸늘하게 식어 있었다.

"커피가 식었습니다만… 데워 드릴까요?"

옆에 있던 부관이 공손하게 말했다.

"아니, 됐다."

말이 끝나기 무섭게 스테인리스 머그컵이 벌겋게 달아오르는 듯싶더니 치익 하면서 김이 피어올랐다.

체내의 진기를 끌어올려 순식간에 차갑게 식은 커피를 데운 것이다.

부관은 흠칫했다.

자신도 생체 에너지 수련 과정을 탁월한 성적으로 마쳤지만 주황색의 검기를 뿜어내는 수준이었다.

아직까지 백색 검기를 뿜어낸다는 것은 꿈도 꾸지 못하는데 내공(內功)을 주입시켜 찻잔의 커피를 데운다는 것은 도대체 어느 경지란 말인가!

광자검은 생체 에너지 증폭 장치가 되어 있어서 마나를 체내에 끌어들여 하복부에 모아둘 수 있는 경지에 이른 사람이면 누구나 사용할 수 있다.

가장 약한 단계가 붉은빛이고, 그 다음이 주황빛, 오렌지, 노랑, 백색의 순서로 그 강도가 높아진다.

그 이상은 무색투명한 검기를 뿜어낼 수 있다는 소문은 들었지만 그 누구도 그 경지까지 이르렀다는 말은 들은 적이 없었다.

그는 문득 자신들의 단장 블랙 드래곤은 어쩌면 무색투명한 검기를 뿜어낼 수 있을지도 모른다는 생각이 스쳤다.

한상의 콜롬부스 기사단은 시베리아 극동 사령부 국경 수비대 제13기갑사단 제3전차대대 소속이었지만 독자적으로 움직일 수 있는 권한이 있었다.

시베리아에 있는 전투 지역에서 위급 상황이 들어온다든지 지원 요청이 들어오면 자신의 판단에 의해 출동을 하든지 아니면 거부를 하든, 단장의 재량에 달렸다.

며칠 전에 벌어진 이곳의 전투에서 한상의 콜롬부스 기사단은 세 명의 기사들이 부상을 입었고 한 명이 목숨을 잃었다.

그런데 시베리아 전쟁터의 들개 같은 놈들이 자신의 부하의 모든 장비를 벗겨가 버렸다. 팬티 하나만 남겨놓고.

반드시 놈들을 찾아 죽여 버릴 것이다.

들개 같은 놈들은 명예가 무엇인지도 모른다.

기사의 죽음을 모욕한 것이었다.

기사가 이런 식으로 최후의 모습을 우군이나 적군에게 보인다는 것은 기사단원들 모두에게 참을 수 없는 모욕이었고 수치였다.

자신 역시 팬티 바람의 시체로 발견되지 말라는 보장이 없지 않는가!

가차없이 목을 베어버린 잔인한 한상의 모습에 진저리를 쳤지만 그런 점에서 단장의 행동은 비참하게 죽은 전우의 명예를 뒤늦게나마 지켜준 것이다.

부하들은 그런 단장에 대한 믿음과 존경심이 우러날 수밖에 없었다.

남은 커피를 마시던 한상의 한쪽 눈빛이 갑자기 섬뜩한 빛을 발했다. 그리고는 고개를 들어 천천히 오른쪽의 벌판 구릉 언덕 쪽으로 시선을 고정시켰다.

부관은 의아한 얼굴로 단장의 시선을 따라 옆을 돌아봤지만 잔뜩 흐린 하늘 밑으로 회색 빛 벌판 외에는 아무것도 눈에 들어오는 것이 없었다.

"로이."

"옛써!"

"쥐새끼 한 마리가 훔쳐보고 있다. 처리해라."

한상의 말에 흠칫한 부관 로이는 투구에 부착이 된 고글을 내리고 파워 스위치를 올렸다.

곧바로 고글의 디스플레이에 숫자와 도형이 겹쳐지면서 곧 SPY—2위성에서 수신된 GPS가 현재 위치의 항공 사진을 보내기 시작했다.

레이더 소자를 위상 배열(Phased Array)한 방식의 SPY—1 레이더는 일반 레이더가 회전하면서 전파의 발사 방향을 조절하는 데 반해 고정된 위치에서 단지 주파수의 위성차를 이용하여 탐지한다. 일반 회전식 레이더가 분당 수십 회 회전하면서 짧은 시간 동안 한 방향만 탐색할 수 있는 반면, SPY—2 레이더는 같은 방향을 지속적으로 분당 수천 회 이상 연속적으로 사진을 보낼 수 있는 관성 항법 장치였다.

순식간에 고글 디스플레이어에는 자신들이 있는 위치에서 북서쪽으로 1천 2백 야드 거리에 두 사람의 형체를 잡아냈다.

화면이 좀 더 확대되면서 눈밭에 납작하게 엎드려 사진을 찍고 있는 사람의 모습이 분명히 비쳐졌다. 팔뚝만한 고배율 망원 렌즈가 부착된 카메라로 자신들을 찍어대고 있는 모양이었다.

부관 로이는 자신의 말에 가볍게 뛰어올라 부츠로 말의 옆구리를 찼다.

노라 킴(Nora Kim)은 언덕 위에 엎드려서 흥분된 모습으로 디지털 카메라의 셔터를 연방 눌러댔다.

블랙 드래곤이 티타늄 검을 휘둘러 조사 요원의 목을 베는 장면을 연결 장면으로 찍었다.

분명히 베일에 싸인 그 유명한 콜롬부스 기사단(Knights of Columbus)의 블랙 드래곤이 틀림없다.

그렇다면 굉장한 특종을 또 잡아낸 것이다.

얼굴의 모공까지 선명하게 렌즈에 잡아내 찍은 사진이 르몽드 지의 홈페이지와 잡지로 인쇄되어 전 세계로 뿌려질 것이다.

마술과도 같은 방법으로 스테인리스 머그잔의 커피를 수증기가 뭉클 피어오르도록 맨손으로 데우는 장면까지 찍었다.

스테인리스 머그잔에 온열 장치가 되어 있을지도 모르겠지만 좌우지간 대단히 진기한 장면임에는 틀림없었다.

그런데 갑자기 블랙 드래곤이 움직임을 멈추더니 자신 쪽을 정면으로 돌아보지 않는가!

순간 노라 킴은 특종 기자의 단련된 예감으로 자신들이 발각됐다는 것을 본능적으로 느꼈다.

아닌 게 아니라 블랙 드래곤의 옆에 있던 기사가 갑자기 말로 뛰어올라 자신이 있는 방향을 향해 곧장 질풍처럼 달려오고 있지 않는가!

"노라! 튀어! 놈들에게 들켰어!"

포터 겸 안내자인 쟈코브 말릭(Jacob Malik)이 외쳤다.

쟈코브 말릭, 그냥 편하게 야곱으로 불리는 2m에 가까운 거대한 덩치의 사내는 르몽드 지가 노라에게 특별히 붙여준 안내자 겸 보디가드였다.

여자 혼자 험한 전쟁터를 돌아다니면서 취재를 한다는 것은 자살 행위나 다름없었기 때문이다.

미련해 보이는 덩치에 걸맞지 않게 4개 국어를 하고 해박한 지식과 전 세계 곳곳에 폭넓은 친구들을 가지고 있는 사내였다. 중국에서 대대적인 반격을 준비하고 있다는 소문이 무성한 가운데 국경을 넘어 근래 가장 치열한 전투 지역인 이곳으로 온 것은 어제저녁이었다.

무인 정찰기가 추락되고, 순찰을 나갔던 국경 수비대 소속의 소위와 하사관이 살해당했다는 정보를 러시아 병사로부터 100달러를 주고 샀다.

특종 냄새를 맡은 노라는 서둘러서 스노우 모빌카를 한 대 빌려서 곧바로 이쪽으로 향했던 것이다. 노라는 재빨리 몸을 일으켜서 멀찍이 세워둔 스노우 모빌카를 향해 뛰었다.

두두두두두!

채 몇 발자국 뛰기도 전에 뒤통수 쪽에서 말발굽 소리가 덮치듯 들려왔다.

돌아보는 노라의 시선에 블랙 드래곤이 휘둘렀던 것과 같은 티타늄 검을 높이 치켜든 기사가 눈에 확 들어왔다.

"아악!"

눈을 질끈 감으면서 본능적으로 들고 있던 카메라를 위로 들어 올렸다.

까앙!

불똥이 튀면서 알루미늄 합금으로 된 단단한 다이케스팅 카메라가 반쪽으로 썽둥 잘라졌다.

"오 마이 갓!"

노라는 잘라진 카메라를 보고 비명을 질렀다.

기자에게 카메라는 자신의 분신과 같고 무엇보다 소중한 애인이었다. 십 년 동안 전 세계를 누비면서 수많은 특종을 잡아냈던 카메라가 두 조각이 나버린 것이다.

노라는 피가 거꾸로 치솟는 것 같았다.

"Son of Bitch! 뻑큐! 존만 새끼야, 물어내!"

노라는 영어와 한국말로 기사의 다리를 잡고 매달려서는 주먹으로 마구 두들겨 댔다.

흥분하면 자신도 모르게 한국말이 튀어나왔다.

미국에서 자라 미국에서 학교를 다녔고, 처음 워싱턴 포스트 지의 기자로 들어갔다가 그 유명한 오사마 빈 라덴의 9.11 테러 사건의 진상이 부시 정부가 조작한 생쇼였음을 밝혀낸 덕분에 회사에서 잘렸고, 괴단체들로부터 극악무도한 협박에도 눈 하나 깜짝하지 않던 노라였다.

그 직후 미 정부로부터 추방 명령을 받고는 가랫침을 퉤퉤 뱉어가면서 비행기에 올라타고, 자신의 부모님의 고향인 서울로 본의 아닌 귀향을 할 수밖에 없었다.

서울에서 2년 동안 백수 생활을 하면서 PC방에서 살다시피 하면서 게임과 채팅에 빠져들어 기상천외한 욕설들을 배웠고, 매일같이 번개를 했고, 매일같이 파트너를 바꿔가면서 공짜 술을 얻어 마셨다.

물론 상대방이 마음에 들면 못 이기는 척하고 잡아먹혀 주기도 했다(실은 잡아먹는 것이지만, 노라는 섹스를 굉장히 좋아하는 밝힘증이 있었다).

그러다가 인터넷 동호회에서 쿠데타를 일으킨 최 준장 부부의 자살 소식을 접하게 되었다.

미국의 거대 음모 집단인 프리메이슨의 짓일지도 모른다는 무수한 추측 내지는 소문들이 네티즌들 사이에 떠돌자 그동안 잠자던 기자의 본능이 다시 고개를 치켜들기 시작했다.

그 후부터 먼지가 쌓였던 카메라를 꺼내서 사건 현장들을 쫓아다니기 시작했다. 그러다 끝내는 경악스럽고 놀라운 사실을 알게 되었고, 그 사실을 어디로 보낼까 망설이던 중, 인터넷으로 사귀었던 프랑스 친구를 통해 르몽드 지의 데스크(편집국장)를 소개받게 되어 특종을 터뜨린 것이다.

최무의 준장 부부는 프리메이슨이 보낸 어쌔신(아샤신(ASSASIN:암살자))으로부터 살해당했다는 증거를 잡아냈고, 프리메이슨과 꼭두각시인 한국 정부에 대해서 세상에 폭로를 했다.

그 뒤부터 연거푸 목숨을 잃을 뻔한 사고를 당했다. 교통사고를 세 번이나 당했으며, 팔이 부러지고 다리가 부러졌지만 운 좋게도 목숨은 건졌다.

자신이 살고 있던 원룸 건물이 통째로 불이 나는 바람에 통닭구이가 되어버릴 뻔도 했으며, 밤길에 괴한들로부터 납치당할 뻔한 일도 두 번이나 있었다. 언제나 가지고 다니던 가스총과 전기 충격기와 고춧가루만 없었다면 꼼짝없이 어디론가 끌려가서 생매장됐을 거라는 생각이 들었고, 할 수 없이 정들었던 서울을 떠나 프랑스로 도망쳤던 것이다.

그 후 르몽드 지의 정식 직원이 되어 이번 러시아와 중국 인민해방군의 전쟁터에 종군 기자로 뛰어들게 된 것이었다.

퍼억!

기사의 발길질에 턱을 걷어차인 노라 킴은 뒤로 벌렁 나자빠졌다.

벌떡 일어난 노라는 화가 머리끝까지 치밀어 올라 품속에 넣었던 자신만의 무기를 꺼내 들어 기사의 얼굴로 확 뿌렸다.

맵기로도 유명한 청양 고춧가루 중에서도 태양초였다. 자신의 팬클럽 회원 중 하나가 서울에서 소포로 보내준 것이다.

제아무리 첨단 무기로 무장한 기사라 할지라도 이 뜻하지 않은 노라의 엉뚱한 공격엔 방어할 도리가 없었다.

기사는 미친 듯이 눈물 콧물을 흘리면서 기침을 해댔다.

"죽고 싶어 환장했어? 빨리 도망치잔 말야!!"

야곱은 노라의 목덜미를 잡아채 강제로 스노우 모빌카에 앉히고는 쏜살같이 도망쳤다.

순간 갑자기 스노우 모빌카 앞쪽에서 번쩍이더니 거대한 폭발음이 들렸고, 둘은 스쿠터와 함께 허공으로 치솟았다.

그리고는 눈 속으로 사정없이 곤두박질쳤다.

"아이고오, 뭐야, 씨발."

노라 입에서는 자신도 모르게 신음이 새어 나왔다.

고개를 들어 앞을 보니 거대한 말에서 장창을 겨누고 있는 검은 기사의 모습이 눈에 들어왔다.

'맙소사! 블랙 드래곤이었다!'

당황한 야곱과 노라 킴은 주위를 돌아봤다. 어느 틈에 이십여 명의 기사단원이 자신들을 포위하고 있는 것이 아닌가.

특수 부대 출신인 야곱은 본능적으로 차고 있던 군용 대검을 뽑아 들고 노라의 앞을 가로막았다.

군용 대검 정도로는 저들의 상대는 도저히 안 된다는 것을 알았지만 경호원으로서는 프로라고 스스로 자부하고 있었기 때문에 고객을 보호해야 한다는 생각이 들었던 것이다.

"신분을 밝혀라."

한상의 말투는 전혀 억양이 없는 영어였다.

마치 컴퓨터의 합성된 언어 같은 톤이었다.

자신도 모르게 얼어붙은 노라는 기어들어 가는 목소리로 대답했다.

"노라 킴. 미합중국 시민이며, 프리랜서 기자예요."

르몽드 지에 근무하고 있는 것을 말할 필요는 없다는 생각이 들었고, 추방되었지만 아직 미국 시민권 신분증은 지갑에 가지고 다녔던 것이다.

현재의 미국은 50개 독립주로 찢어진 상태지만 어쨌든 노라의 신분증을 발행해 준 것은 예전의 미합중국임엔 틀림없었다.

"킴?"

순간 한상은 멈칫했다. 노라가 뒤집어쓰고 있던 방한복 자켓에 달린 모자를 벗었기 때문이다.

질끈 동여맨 검은 생머리, 커다란 눈, 오뚝 선 콧날에 암팡지게 다문 입술, 노라는 상당한 미인형이었던 것이다.

서울에 있을 때 채팅 사이트에서 '밤에 피는 야화' 는 유명했었고, 노라를 서로 차지하려고 동호회 모임에서 소주병 깨고 칼부림까지 일어났던 일화도 있었다.

그 다음부터는 '씌레빠로콱 '으로 바꿨고, 지금껏 사용해 오고 있었고, 씌레빠로콱 팬클럽까지 생겨났다.

"그래요, 말 그대로 기사를 신문사나 매스컴에 제공하고 보수를 받는……."

"파파라치로군. 딕슨."

"옛써!"

옆에 있던 한 명의 기사가 말 위에서 힘차게 대답했다.

"저자는 우리에게 칼을 뽑아 들었다. 죽여라."

'오 마이 갓!'

노라는 속으로 비명을 질렀다.

저 새끼는 사람 죽이라는 것을 마치 담배 하나 사 와라 하는 졸병에게 심부름 보내 듯한 말투로 말하지 않는가.

"옛써!"

딕슨이라는 젊은 기사가 티타늄 검을 힘차게 뽑아 들면서 말에서 내렸다.

"제기랄!"

야곱은 자신이 실수했다는 것을 깨달았지만 이미 때는 늦었다.

칼을 팽개치고 항복하고 싶은 생각이 굴뚝같았지만 이미 학살자의 명령이 떨어진 이상 소용이 없을 거라는 생각이 들자 칼을 단단히 고쳐 잡았다.

칼을 뽑았기에 칼로 쳐죽이기로 작정을 한 모양이었다.

젊은 기사는 무표정하게 칼을 허공에 수웅수웅 돌리면서 야곱의 앞으로 걸어왔다.

야곱은 호주머니에 있던 휴대용 스테인리스 병에 든 보드카의 뚜껑을 열고 한 모금 들이컸다.

80도의 뜨거운 알코올이 식도를 타고 뱃속으로 순식간에 퍼지자 예전 특수 부대 시절의 오기가 되살아나는 것을 느꼈다.

"나 쟈코브 말릭을 우습게 봤다간 큰코다친다, 꼬마야. 흐흐."

야곱의 말에 기사 딕슨은 움찔했다.

"사진 몇 방 찍은 죄로 어차피 여기서 뼈를 묻어야 한다면 최소한 너희들 너댓 명은 끌고 저승으로 간다."

"미친 자식, 제정신이 아니로군."

말을 뱉는 것과 동시에 번쩍 하고 칼을 찔렀다.

카앙!

야곱은 정신을 바싹 차리고 딕슨의 검을 쳐냈다.

쳐내자마자 검이 방향을 바꿔 뱀의 혀같이 현란하게 움직이면서 쾌속 무비하게 찔러 들어왔다.

야곱은 뒤로 밀리면서 연달아 딕슨의 공격을 방어하는 한편 수법을 분석했다.

이 젊은 청년 기사의 공격은 일정한 패턴이 있다는 것을 곧 깨달았다. 찌른 후 페인트 모션, 찌르고 베고, 벤 후 다시 찔러들어 오는 수법.

검을 휘두르지 않고 최단거리로 큰 움직임 없이 공격을 해왔던 것이다.

그렇다. 기사들의 검법은 펜싱을 응용한 검법이었던 것이다.

기본적으로 검도는 '찌르기' 도 있지만 '베기' 가 기본이다.

'베기' 동작은 칼을 휘두르는 어깨를 중심으로 하는 원형 곡선이다.

그에 반해 펜싱의 찌르기는 최단거리인 직선을 따라가는 것이다.

어차피 동등한 근력과 운동 신경을 가졌다고 볼 때, 무기의 이동 거리가 짧은 쪽이 보다 유리하다. 물론 파괴력 측면에서는 베는 쪽이 우위겠지만 심장 한 번 찔려 죽으나 몸뚱이가 통째로 베어져 죽으나 죽는 것은 마찬가지이기 때문에 펜싱 쪽이 효율적이라고 볼 수 있다.

Coupe(꾸뻬).

Degagement(데가즈망).

Une—deux(윤—두).

Une—deux—trois(윤—두—트롸).

찌르기(팡트)의 패턴 대로 공격해 들어왔다.

그렇다면 다음은 Fleche(플래쉬). 즉, 던져 찌르기로 들어올 차례였다.

기사들은 호기심 어린 눈으로 커다란 덩치의 털북숭이사내를 유심히 지켜보고 있었다.

그 사내는 육중한 체구임에도 불구하고 몸놀림이 깃털처럼 가볍고 경쾌하기 이를 데 없었다.

자신들의 동료 딕슨은 유럽권 펜싱 챔피언 경력이 있는 실력자였다. 그런 딕슨의 공격을 본능적인 몸놀림으로 가볍게 튕겨낸다는 것은 단순한 파파라치는 아님에 틀림없다.

카앙!

야곱은 기다렸다는 듯 딕슨의 공격을 차단하고는 짧은 군용 대검으로 거세게 쳐올렸다.

순간 딕슨은 손끝에서 뼈를 타고 올라오는 지독한 통증에 자신도 모르게 검을 쥔 손을 놓았고, 검은 허공으로 솟구쳐 날아가 버렸다.

'아차!'

속으로 비명을 지르는 순간 무지막지한 주먹이 딕슨의 투구 헬멧을 후려쳐 왔다.

콰앙!

머리에 강한 충격을 받으면서 딕슨은 자신이 날아간다는 것을 깨달았다.

지켜보던 기사들은 흠칫했다.

믿을 수 없었다.

사냥감을 놓고 자신들의 동료가 요리를 하는 것을 즐기는 기분으로 지켜보았었다. 그런데 자신들의 동료가 파파라치의 주먹을 맞고 개구리 뻗듯 뻗어버리지 않는가!

"Fucking!!"

한상의 옆에 있던 기사 한 명이 분노한 얼굴로 광자검을 뽑아 들었다.

한상이 손을 들어 저지했다.

"잠깐."

기사는 오렌지 빛의 광자검을 빛내면서 의아한 얼굴로 한상을 돌아보았다.

한상은 무표정한 얼굴로 핏빛 망토를 휘날리며 말에서 천천히 내렸다.

끼고 있던 장갑을 뽑아 벗어서는 옆에선 부하에게 건네고는 더운 김을 뿜어내며 숨을 몰아쉬고 있는 야곱을 향해 걸어갔다.

"당신은 특수 부대 출신인가?"

"그렇다."

"어디에서 훈련을 받았나?"

야곱은 블랙 드래곤의 질문에 의아한 표정을 떠올리면서 대답했다.

"버지니아 주 노포크(Norfolk)에서 받았다."

"그렇군, 당신은 네이비 실(Navy Seals) 출신이었군."

한상이 중얼거리듯 말했다.

야곱은 흠칫했다.

훈련소는 두 군데였다.

캘리포니아 주 샌디에고(San Diego)와 버지니아 주 노포크(Norfolk).

버지니아 노포크에서 훈련을 받았다는 것만으로도 자신의 내력을 단번에 찍어냈다는 것은 블랙 드래곤이 네이비 실과 무관하지 않다는 것을 의미했다.

"공격해라."

마치 산책이라도 하면서 경치를 둘러보는 듯한 태도로 한상이 말했다.

"뭐?"

"공격하라는 말이다. 이해 못하나?"

"맨손으로 나와 싸우겠다는 것인가?"

한상은 입가에 흐릿한 미소를 띠워 올렸다.

"네가 네이비 실에서 받은 격검술로는 내 한 초식도 받을 수 없다."

"미친……."

“저 자식이!”

자신들의 단장에게 반말로 지껄이는 것도 못 참을 판에 이젠 상스런 욕까지 해대는 야곱의 모습에 대원들은 당장이라도 뛰어나가 목을 벨 듯한 기세였다.

야곱은 칼을 내팽개쳤다.

“좋아, 나도 맨손으로 상대해 주지!”

한상의 입가에 비웃음이 떠올랐다.

“후회할 텐데.”

“난 무기가 없는 사람을 공격해 본 적은 없어! 예전에도 그랬고 앞으로도 마찬가지야!”

버럭 고함을 지르면서 야곱은 팔을 채찍처럼 휘둘러 주먹을 날려갔다.

한상은 주먹이 날아오는 것을 의식하지 못한 듯 서 있었다.

‘걸렸다!’

야곱은 속으로 부르짖으면서 희열을 느꼈다.

그런데 생각처럼 되지 않았다.

분명히 주먹 끝에 걸려야 할 한상이 그림자같이 꺼져 버린 것이다.

순간적으로 당황한 야곱이 눈을 희번득이면서 블랙 드래곤의 자취를 찾는 순간, 등 쪽에서 차갑고 톤이 없는 한상의 목소리가 들려왔다.

“사람을 보고 공격해야 할 것 아닌가.”

머리털이 곤두서면서 소름이 쭉 끼쳤다.

다급하게 몸을 확 돌렸더니 한상은 아무 일도 없었다는 듯 뒤에 서 있었다.

보통 인간의 동작은 리액션이라는 준비 동작이 있다.

의자에 앉았다가 일어서기 위해서는 몸이 앞으로 굽혀지며 낮아진다. 주먹을 뻗기 위해서는 몸이 뒤로 젖혀져야 하고, 몸을 움직이기 위해서는 몸이 움직이려는 반대 방향으로 움직이는 것이다. 그것이 불변의 인체 메카니즘인 것이다.

그런데 블랙 드래곤은 어떤 준비 동작이나 움직임 없이 유령처럼 뒤로 이동해 있었던 것이다. 본능적으로 위험을 느낀 야곱은 반사적으로 블랙 드래곤의 면상을 노리고 주먹을 뻗었다.

순간 퍼엉! 모래 자루를 두들기는 듯한 파공성이 야곱의 복부에서 터져 나왔다.

야곱이 채 주먹을 뻗기도 전에 한상이 야곱의 제공권 안으로 파고들어 어느새 주먹을 꽂아 넣고 있었던 것이다.

야곱은 입이 딱 벌어졌다. 숨이 턱 막혔고 창자가 끊어진 듯한 충격이 온몸에 퍼졌다.

야곱은 평생 동안 사선을 넘으며 무수한 전투와 격투를 해왔었다.

하지만 이건 주먹이 아니라 대포알에 정통으로 맞은 듯한 느낌이 들었다.

통나무가 배를 꿰뚫는 듯한 기분이었다.

아래서부터 비스듬히 위로 올려친 것이다.

사람의 몸은 보통 중력에 반응하여 내장 기관이 아래로 쳐져 있었다.

45도 방향으로 아래서 위로 올려치면 충격과 파괴력이 극대화된다는 특수 부대 교관의 말이 순간적으로 야곱의 뇌리에 떠올랐다.

'이자는 특수 부대 교육을 받은 인간이다!'

야곱은 속으로 부르짖었다.

창자가 뒤틀리고 내장이 꼬여 버린 것 같은 충격에 이어 목구멍으로 구토가 치밀어 올랐다.

"우웩!"

핏덩이가 섞인 오물이 왈칵 뿜어졌다.

두꺼운 방한 자켓을 입고 있었고 안에도 모직으로 된 스웨터와 두꺼운 내의를 두 벌이나 겹쳐 입었지만 충격은 그만큼 대단했던 것이다.

배를 움켜잡고 꺽꺽대고 있는 야곱을 무표정하게 내려다보던 한상이 물었다.

"부대에서는 어떤 세포 조직에 속했었나?"

'빌어먹을! 이 판에 그런 것이 뭐가 궁금하단 말인가.'

"저격… 세포(Sniper Cell)조였다. 하아, 하아."

야곱은 숨이 끊어질 듯 괴로웠지만 필사적으로 헐떡이면서 대답을 했다.

"이름은?"

"쟈코브 말릭(Jacob Malik)."

"그렇군, 쟈코브."

한상은 머리를 끄덕였다.

블랙 드래곤의 억양없는 목소리 톤에는 저항할 수 없는, 그리고 거부할 수 없는 마력 같은 그 무엇인가가 있었던 것이다.

네이비 실은 미 해군 소속의 최강의 인텔리 특수 부대였고, 야곱은 저격 세포조에 속해 걸프전과 아프리카 및 중동 지방에서 전투를 벌였었다.

네이비 실은 통상 '세포'라는 작은 조직으로 나누어지는데, 회피 세포(Evasion Cell), 회복 세포(Recovery Cell), 군보호 세포(Force protection Cell), 저격 세포(Sniper Cell)조로 나뉘어진다.

"노멀 소령를 아는가?"

야곱은 다시 한 번 한상의 질문에 흠칫했다.

"당신… 네이비 실 출신인가?"

야곱은 숨을 헐떡이면서 물었다.

"내 질문이 먼저다, 쟈코브."

한상은 차갑게 내뱉었다.

"그, 그렇다. 내 직속 상관이었고 난… 중사였다."

"그런가? 어쩐지, 내 부하들을 애 다루듯 한다 했더니."

한상은 고개를 끄덕였다.

"노멀 소령 밑에 있었다면 그럴 만하다."

노멀 소령은 미국의 모든 특수 부대들의 살아 있는 전설이었다.

지상 최강의 격투 교관!

어떤 무술가들이나 격투기, 권투나 레슬링들의 챔피언들을 애들 다루듯 꺾어놓았고 부숴놓았다.

불패 전설을 자랑하며 지상 최강의 인간 병기라는 별명이 붙은 사내였다.

"당신, 노멀 소령을 아는가?"

한상은 야곱의 질문에는 대답하지 않고 노라 킴을 돌아봤다.

노라는 찔끔했다.

"넌 한국인인가?"

"그, 그래요."

"다음번에 내 사진을 찍는다든지 내 눈에 다시 띈다면 죽인다."

무표정하게 내뱉으면서 기다란 검은 머리를 쓸어 올렸다.

순간 노라는 멈칫했다.

그의 오른 손등에 마치 예수 같은 흉터와 오른쪽 눈이 의안(義眼)이라는 것을 발견했기 때문이다.

"……!!"

순간 전율과 공포가 노라의 등골을 훑고 지나갔다.

순간적으로 무섭게 노라의 두뇌는 회전을 시작해서 2년 전의 기억 파일을 끄집어냈다.

최무의 준장의 부인 송애랑 여사의 감추어둔 유언장을 자신이 발견했었다.

최준장 자택의 욕실 거울의 뒷면에 아이펜슬로 급하게 쓰여진 글에서 아들에게 남긴 글을 발견했던 것이다.

그 글에 의하면 자신들을 죽인 암살자는 최 준장이 쏜 국궁(國弓)의 화살에 손등을 관통당하고, 오른쪽 눈을 꿰뚫려서 흉터가 남게 될 것이라는… 그리고 검은 머리카락의 장발, 장신의 사내라는 내용이었다.

'맙소사!'

그렇다면 블랙 드래곤이 최 준장 부부를 암살한 프리메이슨의 아샤신(ASSASIN)이란 말인가?!

노라는 다급히 소리쳤다.

"자, 잠깐!"

하지만 한상은 뒤도 돌아보지 않고 말 위로 올라탔다.

"가자."

고삐를 당겨 말을 몰고 언덕 아래를 향해 빠르지 않은 속도로 달려 내려갔다.

의아한 기사들은 이해할 수 없다는 얼굴로 야곱을 돌아보면서 마지못해 한상의 뒤를 따라 내려갔다.

야곱은 갑자기 태도를 바꿔 자신을 살려준 블랙 드래곤에 대해 궁금했지만 지금은 서 있기도 고통스러웠다.

다시 울컥 피를 한 모금 토해냈다.

그제야 놈의 팔은 기계로 만든 의수일지도 모른다는 생각이 들었다.

그렇지 않고서야 인간의 주먹이 그런 위력을 가질 수가 없는 것이다.

그 누구도 자신을 단 한 방의 주먹으로 재워 버릴 순 없다.

설사 전성기의 타이슨일지라도 말이다.

"노, 노라, 나 좀……."

넋이 나간 듯 사라져 버린 블랙 드래곤 쪽을 향해 굳어져 있던 노라는 그제야 정신이 든 듯한 후다닥 야곱 쪽을 돌아봤다.

"창자가 다 토막 난 것 같……."

채 말을 마치기도 전에 다시 피를 한 덩어리 뭉클 토했고, 그대로 야곱은 의식을 잃고 앞으로 고꾸라졌다.

병원의 벽이 무너지면서 병실에 갇혀 있던 환자들이 몇 명 깔려 죽고, 대여섯 명이 부상당하는 바람에 정신 병원은 그야말로 정신이 없었다.

남자 간호사들이 뛰어다니면서 벽돌 더미에 깔린 환자를 끄집어내는 중에도 원장은 혹시 외부에서 이 사실을 알까 봐 병원의 셔터를 내리고 문을 걸어 잠가 버렸다.

무토와 크루거는 그 혼란의 외중에 서서 어리둥절할 뿐이었다.

멀쩡하던 까죠프 노인이 자기 앞에서 고꾸라져 죽어버렸으니 기가 막힐 뿐이었다.

그때 크루거는 까죠프 영감의 몸에서 허연 물체가 스슥 빠져나오는 것을 보았다.

연기와 비슷한 것 같았지만 연기는 분명 아니었다.

그리고는 곧바로 사람과 같은 분명한 형체를 이루기 시작하더니 승려복 차림의 흰 덩어리의 사내 모습으로 변했다.

크루거는 자신이 잘못 본 것이 아닌가 하고 눈을 비비고 다시 봤지만, 분명히 자신의 앞에는 사람도 아니고 연기도 아닌 우람한 체구의 사내가

서 있었다. 단지 하체 부분이 희미해져서 마치 공중에 떠 있는 듯 보였다.

"쿡쿡쿡, 이젠 믿겠느냐?"

크루거는 기절할 듯이 놀랐다.

"뭐야?! 당신은 유령인가?"

"그렇다. 이것이 나의 본모습이다. 살아생전에는 라스푸틴으로 불렸지만, 내 본명은 그리고리 예피모비치 노비흐(Grigory Yefimovich Novykh)이니라. 쿡쿡쿡."

"비, 빌어먹을, 말도 안 돼!"

"라스푸틴이라는 이름은 '난봉꾼'을 뜻하는 '라스푸트닉'에서 유래된 것이니라. 네 녀석도 그런 점에서는 라스푸틴이라고 부를 수도 있겠군. 쿡쿡쿡."

"미, 미친!"

"이봐, 크루거! 정신 차려! 왜 그래?"

무토가 크루거의 어깨를 잡고 흔들었다.

"왜 그러냐니? 보고도 모르겠냐! 저 괴물이 까죠프 영감의 몸에서 빠져나왔다구!"

"뭐라고?"

무토는 앞을 바라봤지만 아무것도 없었다.

아니, 무토의 눈에는 보이지 않았던 것이다.

"무슨 소리야. 아무것도 없는데?"

"자신을 라스푸틴이라고 하는 괴물이 안 보인단 말야?"

"푸하하하하!"

라스푸틴이 앙천광소를 터뜨렸다.

'윽!'

고막이 터져 버릴 듯한 충격에 크루거는 귀를 막고 신음을 토했다.

"귀를 막아도 소용없느니라. 내가 하고 있는 말은 입술로 뱉는 말이
아니라 파동으로 전해지는 음파이다. 네놈만이 나를 볼 수 있고 들을 수
있다."

"무슨 헛소리를 지껄이는 거냐!"

크루거는 이 믿을 수 없는 사실에 혼이 다 달아날 지경이 되었다.

"난 유체이다. 네 녀석은 나와 파동이 비슷해서 나를 볼 수 있고, 내가
말하는 소리를 느낄 수 있는 것이다."

"유, 유체가 뭐냐?"

"유체라는 것은 영혼계와 물질계인 이 세상을 연결하는 중간 물질(中
間物質)이니라. 다시 말해 네 몸뚱이와 네 영혼을 연결시켜 주는 중간 물
질로 영체이기도 하고 물질적인 성질도 일부 띠고 있는 것이다."

"빌어먹을, 어렵게 말고 쉽게 설명하라고! 도대체 무슨 소릴 지껄이는
거냐!"

버럭 소리를 지르는 크루거의 모습에 무토는 어이가 없었다. 아무리
둘러봐도 자신의 눈에는 아무것도 보이지 않았다.

"네 녀석이 나를 똑똑히 볼 수 있도록 지금은 엑토플라즘[1]으로 내 모
습을 좀 더 확실하게 보이게 한 것이다."

"혼백이란 말이냐?"

"그렇다. 한데 네놈은 말버르장머리가 고약하구나. 네 할아비도 나보
다 한참 나이가 어리다."

"빌어먹을! 무식한 인간들이 나이가 벼슬이라더니, 귀신이 되어서 나
이 타령을 하자는 거냐?"

"푸하하하하!"

---

1) 註釋 엑토플라즘: '유체'가 보다 확실하게 물질적 특징을 띠고 나타난 것이나 또는
'유체' 자신을 일컫는 것

희뿌연 형체를 한 라스푸틴은 배를 잡고 웃어댔다.

"듣고 보니 그도 그렇군. 귀신에게 시간은 흐르지 않는다. 그런 점에서 내 나이는 정확하게 44살이다. 킬킬킬."

"44살?"

"내가 죽었을 때 나이가 44살이었다, 꼬마야."

"젠장할! 그럼 까죠프 영감 몸뚱이를 계속 사용하지 왜 기어나온 거냐?"

"새로운 숙주를 찾기 위해서지. 그 늙은 놈의 몸은 이제 신물이 났단 말이다."

"영혼은 물질계에서 영향을 못 주는 것으로 알고 있는데?"

"계집애만 밝히고 대가리가 텅 빈 녀석인 줄 알았더니 제법 아는 것도 있구나, 꼬마야. 큭큭큭."

"무시하지 마라, 괴물! 이래 뵈도 러시아의 천재들만 모인다는 아카뎀 고로독 출신이다!"

"오냐, 알고 있다. 네 아비 빽으로 들어갔다가 강의실에서 여학생을 강간하다 들켜서 쫓겨난 것도."

'헉!'

크루거는 찔끔했다.

이 귀신은 모든 것을 훤히 꿰뚫어보고 있다. 정말 라스푸틴일지도 모른다는 생각이 들자 소름이 쭉 끼쳤다.

"네 말대로 일반 귀신들은 물질계에 어떤 영향도 끼칠 수는 없느니라."

"그렇다면 당신은 어떻게 된 거냐?"

"나야 특별한 경우이다, 꼬마야. 후후후. 자의식이 강하거나 한(恨)으로 뭉친 많은 영들 중에서 큰 에너지를 가지고 있어서 물질계에 영향을 줄 수도 있단 말이다. 모든 물질들은 각각의 고유한 진동수와 파장을 가지고 있어서 비슷한 것끼리는 서로 반응하고 영향을 줄 수 있는 것이다."

"마, 말도 안 돼! 사기치지 마라, 영감!"

"사기라고? 지금 너와 대화하고 있는 난 뭐라고 생각하느냐, 꼬마야."

'……!!'

그렇다. 자신의 뺨을 꼬집어보았지만 분명히 꿈도 아니었고, 무토는 옆에서 자신을 어이없다는 얼굴로 지켜보고 있었다. 크루거 자신에겐 분명히 보이고 들리는데 무토 녀석은 전혀 느끼지도 듣지도 못하고 있는 것이다!

"기(氣) 세계에 앞서 있는 중국 놈들은 이것을 동기(同氣) 감응(感應)이라고 표현하기도 한다."

"빌어먹을 중국 놈들까지 끄집어 들일 필요는 없다."

"오냐, 꼬마야! 큭큭큭."

"꼬마 꼬마 하지 마, 늙은 영감쟁아!"

"모든 면으로 네 녀석은 아직 꼬마이다. 달리 뭐라고 부르겠느냐."

"빌어먹을, 내겐 크루거라는 이름이 있단 말이다!"

"네놈의 전생은 다른 이름이었느니라."

"허튼소리 하지 마! 좋다, 당신의 말은 모두 인정하마! 그런데 네가 라스푸틴이란 것은 어떻게 믿지?"

"내 사념으로 과거를 보여줄 수 있다, 꼬마야. 이것을 과거 퇴행 영시(past psycho—metric appearance)라고 한다. 잘 봐두려무나, 꼬마야. 큭큭큭."

라스푸틴은 손을 앞으로 뻗어 한 바퀴 휘저었다.

그러자 마치 홀로그래피로 된 스크린처럼 입체적 환영이 크루거의 앞으로 펼쳐지기 시작했다.

"오 마이 갓."

크루거는 자신도 모르게 나직한 신음을 토했다.

튜멘 주(州) 토볼스크라고 쓰인 공회당이 보였고, 작은 마을의 빈민가에서 한 농부가 아내인 듯한 여자의 가랑이 사이에서 갓난아이를 받는 것이 보였다.

"보라, 저 아이 바로 나 라스푸틴 그리고리 에피모비치 노비흐니라."

주변에서 몰아치듯 나타난 사실과도 너무나 흡사한 광경들에 얼이 빠진 크루거에게 라스푸틴은 친절하게도 설명을 덧붙였다.

그리고 곧바로 그 어린아이는 성년이 되어 여러 수도원과 성지를 돌아다니며 예언도 하고 환자를 치료하는 장면과 농민들이 성자(聖者)라고 부르며 안수 기도를 받고 있는 장면이 보였다.

못된 짓 한 것은 안 보여주고 좋은 점만 골라 보여주고 있는 것 같았다.

상트페테르부르크의 신학교장이 그곳 상류 사회에 소개하였고, 궁정에도 황녀들과 궁녀들의 존경과 경의의 시선 속에 발걸음도 당당히 출입하는 장면이 비쳐졌고, 혈우병(血友病)을 앓고 있던 황태자를 기도로 고쳐서 황제와 황후가 기뻐하는 모습도 비쳐졌다.

그리고 암살당하는 장면. 그것은 역사 교과서에서 배운 그대로의 장면이었다! 그리고 영계, 이후 귀신이 되어 방황하다가 까죠프 영감에게 빙의하는 장면까지 그야말로 눈 깜짝할 사이에 나타났다 사라지곤 했지만 크루거는 똑똑히 인지할 수 있었다.

크루거는 자신의 주변으로 마치 파노라마 영화처럼 순식간에 펼쳐지는 것에 넋이 반쯤 나가 벌어진 입이 다물 줄을 몰랐다.

"이봐, 크루거. 도대체 왜 이래?"

"아, 씨! 가만 좀 있어!"

크루거는 버럭 고함을 질렀다.

무토는 어이가 없었다. 이건 완전히 미친놈 아닌가?

정신 병원에 들어오더니 미쳐 버린 것이 아닌가 하는 생각이 들었다.

Act *4*

깊게 파여진 얼음 구덩이 속에 죽은 기사의 시체가 뉘어졌다.

그 시체 위에는 기사 중 한 명이 망토를 벗어 덮어주었고, 그 옆에는 그 기사가 탔던 말의 시신이 놓여졌다.

탕! 탕! 탕! 탕! 탕!

각자 묵념과 기도를 간단하게 올린 후 각자의 소지품을 시신 위에 한 가지씩 던졌고, 마지막으로 총을 허공에 쏘는 것으로 장례식을 마쳤다.

전쟁이 끝난 후일 모든 시신은 다시 수거되어 고향 땅으로 돌려보내지게 될 것이고, 이 무덤은 그 영광의 기념비가 세워질 것이다. 그것이 콜룸부스 기사단의 약속이었다.

장례식을 마친 후 기사들은 숙연한 기분들로 현장 근처에 있던 원반 돔형의 캐리어로 돌아왔다.

한상이 지휘하는 기사단의 작전 상황실 겸 지원함이기도 한 이 캐리어는 호버 이동식으로서 수소 이온 엔진과 원자력 추진 엔진으로 반중력 운행을 하는 함체이다.

직경 55m에 9.5m의 높이의 매머드 급 캐리어는 수직 이착륙이 가능하고 늪지와 수면 운행도 가능한 전천후 이동식 전함이었다.

　네오 클로네이드 사에서 개발해 바티칸에 제공한 이 캐리어 장갑 표면은 내(耐)빔용 방어막 경면 처리(鏡面處理)를 한 중합금 금속으로 되어 있어서 웬만한 전차포 미사일 공격에도 끄떡없었다.
　거기에 대전차를 때려잡는 파이어 볼과 적외선 유도 방식의 AIM—9M 사이드 와인더(Sidewinder) 단거리 공대공 미사일 24발과 레이더 호밍 방식의 AIM—7M 스패로우(Sparrow) 중거리 공대공 미사일 6기가 장착되어 있었다.
　대전차 공격용 무기인 파이어 볼은 워낙 파괴력이 커서 웬만한 장갑차 정도는 뚫고 들어가 폭발해서 때려잡을 정도의 괴력을 지닌 무기였다.
　전체가 3층 구조로 되어 있었으며, 1층은 비상용인 에어 바이크인 왈큐레 24대가 탑재된 격납고와 마구간 및 의무실, 식량, 기계 부속 창고가 있었고, 2층은 기사들의 개개인 침실과 휴게실, 3층은 조종실 및 종합 통제실과 블랙 드래곤의 개인 숙소가 있었다.
　자신이 속한 부대로 귀환 이동 지시를 해놓고 자신의 방으로 오자마자 컴퓨터를 부팅한 후 노라 킴이라는 이름을 쳐넣자, 순식간에 그녀들에 관한 정보들이 LCD 화면에 가득 차 올랐다.
　레이저 고속 프린터가 그녀에 관한 모든 자료를 초당 한 장씩 인쇄하여 토해놓기 시작했다.
　한상은 그중 한 장을 뽑아내서는 들여다보았다.
　그녀가 워싱턴 포스트 기자로 있으면서 9.11 테러를 폭로했다가 퇴직 조치가 된 사연들이 담긴 내용들이었다.
　그리고 다른 한 장은 현재 그녀가 르몽드 지의 기자라는 것과 프리메이슨 조직의 B급 암살 대상으로 분류된 극비 파일이었다.

B급이라면 섀도 정부 내에서도 그녀를 상당히 비중있게 다루고 있다는 증거였다.

자신이 살해한 최무의 준장조차도 D급에 속했을 뿐이다.

A급은 통상 각국의 수뇌, 수상, 대통령이나 비밀 정부에 치명적인 위험이 될 수 있는 인물들이다.

한상이 기억하는 바로는 과거 링컨 대통령과 케네디, 현재의 네오 플로네이드 사의 사장 정도였다.

그녀를 사로잡는다든지 살해한다면 한상의 레벨 포인트는 한 단계 오를 수 있었을 것이다.

한상은 현재 프리메이슨 스코틀랜드 파 28도급이었다.

과거 미국의 대통령이었던 빌 클린턴은 최고위였던 프리메이슨 33도였다.

12세기에 예루살렘이 회교도들에게 유린당하자 프리메이슨에 속했던 기사(knight)들이 나서서 성지 회복을 외쳤고, 이에 많은 젊은이들이 호응하고 교황과 왕과 영주들도 물질적 지원을 아끼지 않았다.

이들이 바로 템플 기사단(Knights Templars)이며, 그들은 정복하러 간 이슬람에서 오히려 그들의 신비주의 종교를 배워왔고 유럽과 중동 간의 무역을 통해 엄청난 부를 축적하게 되었다.

이들이 유럽 전역에 손을 뻗치고 세력이 강해지자 이들을 후원하던 교황과 왕들은 경계심을 갖기 시작하였으며, 당시 프랑스 왕인 필립 3세는 템플 기사단에게 진 막대한 빚을 갚기 어려워지자 템플 기사단장인 드 몰레를 프랑스로 초청해 화형에 처하고, 전국의 템플 기사단들을 체포해서 감옥으로 집어넣었다.

그 이후로 템플 기사단은 지하로 잠적해 비밀리에 활동을 시작하였으며, 프랑스에서 박해받던 프리메이슨 중 상당수가 영국 스코틀랜드로 건

너가 세력을 형성해 스코틀랜드 파가 되었고, 영국 잉글랜드에서 요크 파가 결성되어 프리메이슨의 양대 산맥이 되었다.

이후 프리메이슨들은 미국으로 건너갔고, 현재 미국의 수도 워싱턴 D.C.는 'District of Colombia'의 약자로서 컬럼바 여신의 이름을 딴 콜럼부스 파(프리메이슨 조직)의 지역이란 뜻이었으며, 미국 뉴욕(New York)도 영국 프리메이슨 요크(York) 파의 새로운 근거지란 뜻이기도 했다.

요크 파는 영국 왕실에까지 침투해 기사단장을 왕족이 맡게 됐으며, 이로 인해 유럽이 프리메이슨이 주도한 혁명에 휩싸일 때도 무사히 왕실을 보존할 수 있었다.

하지만 프랑스 왕실은 프랑스 혁명을 이용한 프리메이슨들에게 철저하게 짓밟혔고 응징을 당했다.

스코틀랜드 파는 이집트 신앙을 기본으로 하고 33계급으로 나뉘지만, 요크 파는 겉으로는 기독교를 내세우며 10등급으로 나뉜다.

프리메이슨에 입단하면 4등급부터 스코틀랜드 파로 갈 것인지 요크 파로 갈 것인지 선택할 수 있었는데, 한상은 프리메이슨 스코틀랜드 파를 선택했던 것이다.

한상은 노라 킴의 자료를 훑어보다가 로이에게 고춧가루를 뿌렸던 장면을 회상하고는 자신도 모르게 쓴웃음이 나왔다.

다른 사람들은 절대 이해하지 못할, 한국인만이 알 수 있는 그 일로 인해 한상의 차갑게 굳었던 마음이 누그러졌던 결정적인 계기가 됐고, 그녀를 살려둔 것이기도 했다.

캐리어로 돌아올 때까지 계속 기침을 해대며 콧물과 눈물을 흘려대던 로이를 떠올리고는 다시금 쓴 미소를 지었다.

한상은 옷을 벗고는 샤워 부스로 들어갔다.

온수 버튼을 누르자 군살 하나 없는 강철의 질감을 주는 한상의 몸 위로 샤워 물줄기가 쏟아져 내렸다.

온몸에 휘감긴 상처와 흉터들… 복부며 등, 허벅지의 자상과 총상 등, 수많은 생사의 기로를 겪으면서 얻어진 상처들이었다.

그것은 그동안 한상이 얼마나 험악한 삶을 살아왔나를 여실히 증명해 주는 것이기도 했다.

갑자기 목덜미에서 바늘로 찌르는 듯한 통증이 느껴졌다.

손끝으로 목덜미를 더듬었다.

그곳에는 쌀톨만한 작은 흉터 자국이 약간 부풀어 올라 말 그대로 쌀 반 톨만큼 도드라져 있었다.

십여 년 전 한상이 사형을 당한 후, 미국 네바다 주에 있는 'Area 51'이라는 코드네임이 붙은 지하의 극비 연구소에 옮겨져서 다시 깨어났다.

그들의 말대로 부활을 한 것이다!

그 직후 목덜미에 새끼손톱만한 마이크로칩 삽입 수술을 받았다.

생체 칩은 생체 전류나 온도차로 작동되며 신용 카드 기능, 신분 확인 기능, 위치 추적 기능, 마인드 콘트롤 기능, 생체 정보 전송 기능과 건강 체크 기능을 가진다는 설명을 그곳 연구원으로부터 들었다.

그 이후로 '그들' 은 한상의 모든 것을 감시하고 조종하기 시작했고, 한상은 주인을 따른 개처럼 충실하게 지금껏 '그들' 을 위해 묵묵히 일해 왔다.

적어도 겉으로는…….

한상이 알게 된 '그들' 이라는 존재는 한마디로 거대한 것이었다.

그들은 미국 속에 있는 또 다른 정부였다.

'그림자 정부' 라고 하기도 하였고, '섀도 캐비넷' 이라고 부르기도 하였다.

미 국방장관이나 수많은 조직들의 책임자들이 '그들' 조직의 꼭두각시였었고, 미국의 대통령조차 그들의 하수인이었다. CIA나 NASA까지 그들이 모두 장악하고 있었다.

심지어 6.25 동란까지 그들이 만들어낸 작품이었다는 것도 알게 되었다.

또한 죽었던 자신을 살려낼 수도 있는 가공할 과학 기술을 가지고 있었던 것 역시도.

주입식 암기 위주의 공부를 강요당했던 꽉 막힌 한국의 교육 제도에서는 그러한 존재가 있었는지 알래야 알 도리가 없었겠지만, 그 엄청난 사실 앞에서 한상은 망연자실할 수밖에 없었다.

하지만 이미 죽었던 자신의 몸까지 살려낸 '그들'의 존재를 깨닫는 데는 오랜 시간이 필요하지 않았다.

한상 자신이 '그들'의 암살자, 하수인 노릇을 하였기에 그들 핵심에 접근할 수 있었던 것이다.

그들 즉 세계 그림자 정부를 구성하는 자들은 프리메이슨 조직의 수뇌부들이었으며 300위원회, 일루미나티들이라고도 불렸다.

그들이 2차 대전 이후에 만든 '빌더버그 그룹', '삼변회', '로마 클럽', 'UN'은 '세계의 숨은 정부'를 구성하는 중요 골격이기도 했다.

이러한 조직들의 회원은 세계적인 정치가와 참모들, 석유 회사의 간부들, 다국적 기업의 총수들, 언론사의 사주와 중역들, 언론인, 군인, 법률가, 교육가들로 구성되어 있는데, 피라미드 형태의 조직을 이루고 있다. 그러나 회원들조차도 그 사실을 알지 못하며 점조직 독립적 형태로 운영하고 있었다.

그들의 근거지는 영국이며, 금융이나 보석, 마약, 은행, 지도자들, 심지어 록뮤직 계까지 모두 통제하고 있는 동시에 이들은 일루미나티, 검은 귀족들과 함께 세계 엘리트 조직의 정상을 차지하고 있다.

그들은 세계적인 인재를 새로운 회원으로 받아들이곤 하는데, 예를 들면 CNN의 사주 테드 터너는 그들을 위한 프로그램을 많이 만들어서 300위원회의 회원으로 추대되기도 하였다

몇백 년 동안 세계적인 갑부로 군림한 가문은 자동적으로 회원이 된다.

한때 독일의 우편 사업을 독점했던 본 투른과 탁시스 가문은 미국의 록펠러 가문을 '가난한 친척' 쯤으로 여길 정도로 거부였고, 역시 300위원회 중 한 명이다.

'검은 귀족'은 이탈리아의 베니스와 제노바를 중심으로 활동하고 있다.

가장 잘 알려진 가문은 조반니 아그넬리 가문으로, 이탈리아의 산업과 금융을 장악하고 일찍이 로마 클럽을 탄생시킨 원동력이 되었으며 빌더버그 그룹의 중요한 멤버이기도 하였다.

항간에 떠도는 소문을 빌자면 '이탈리아 총리의 제일 중요한 직무는 아그넬리 저택의 문 손잡이를 광나게 잘 닦는 일이다' 라는 말이 있을 정도로 검은 귀족의 부와 권력은 대단한 것이었다.

검은 귀족은 국제 무역과 은행업을 장악하고, 롬바르디아, 플로렌스, 제노바, 베니스, 밀라노, 함부르크, 암스테르담, 런던에 은행을 차려 금융권을 장악했다.

현대에 이르러서는 금융 센터를 스위스로 옮겨 돈 세탁과 마약 거래에 일인자 역할을 하고 있다.

영화나 소설 등에서 가장 안전하게 돈을 보관하는 것으로 스위스 은행이 자주 소개되곤 한다.

스위스의 은행들 역시 검은 귀족들의 소유이며, 그 은행들의 돈에 대해서는 그 누구도 뒤를 캘 수가 없다.

그들은 매년 포츈 지가 선정하는 세계 100대 거부 같은 데는 끼지도 않는다. 로스차일드 가문이나 검은 귀족은 자신들이 그런 잡지에 등장하

는 것을 애초에 손을 써서 막기 때문이었다. 몇 년 동안 최고 갑부로 올랐던 빌게이츠를 거지나 다름없는 정도로 취급할 정도이다.

그런데 그것을 영악하게도 눈치채고 맨 처음 터뜨린 것이 바로 노라 킴, 바로 그녀였다.

자신이 암살한 최무의 준장 부부 역시 자살이 아닌 암살이라는 것을 알아낸 것도 그녀였고, 9.11 사태가 부시 정부의 조작극이라는 것도 세상에 까발린 것도 그녀였다.

그녀는 섀도 캐비넷의 암살 대상 중 한 명으로 지정된 품목이었던 것이다.

그런 것을 알고 있었지만 그녀를 모른 척하고 살려준 것은 지금 자신이 생각해도 모를 일이었다.

이유가 있다면 아마 그녀가 같은 한국인이었다는 점, 같은 세대의 젊은 여자라는 것 때문이었을 것이다.

타국만리에서 자신의 정체를 감춘 채 떠돌아다니고 있는 한상은 언젠가부터 뿌리 깊은 고독감을 느끼고 있었고, 저주와 증오감만이 남아 있던 한국이라는 나라에 대해 어느 때부터인지 애증(愛憎)과 함께 아련한 향수를 느끼고 있었다.

신세계 질서를 지향하는 거대 비밀 정부의 음모와 프로젝트를 눈치채고 있는 지금의 한상으로서는 한국이라는 작고 불쌍한 나라는 연민을 불러일으킬 뿐이었다.

그 조직의 뿌리는 기원전의 현 인류 역사부터 시작된 것이다.

〈므깃도 제1권 끝〉